ちくま文庫

眺めのいい部屋

E.M.フォースター
西崎 憲・中島朋子 訳

国鉄スワローズ物語

広岡知男・金田正一

目次

第一部

第二部

眺めのいい部屋

第一部

第一章　ペンション・ベルトリーニ

「女主人《シニョーラ》にこんなことをする権利なんてないわ」とミス・バートレットは言った。「あの人は確かに言ったのよ。南向きの眺めのいい部屋をふたつ、隣同士のを用意してくれるって。それなのにこれは北向きじゃない。北向きよ。中庭しか見えないわ。しかもこんなに離れてる。ルーシー、まったくどういうことかしら」

「おまけにロンドン育ち」ルーシーも言った。シニョーラの思いがけないアクセントを聞いて、ルーシーはいっそう失望していた。「ここがロンドンと言われてもおかしくないわね」ルーシーは眼の前の光景をあらためて見直した。食卓を挟んですわっている二列のイギリス人たち。そしてその前に並んでいる水の白い瓶とワインの赤い瓶の列。イギリス人たちの後ろの壁にかかる故ヴィクトリア女王と、やはり物故した桂冠詩人の勿体ぶった額に入った肖像画。ほかに壁を飾るものとしては、英国国教会の告知の貼り紙（オックスフォード大学修士、カスバート・イーガー牧師）が一枚あるだけだった。「ねえ、シャーロット、ロンドンにいるみたいだってあなたも思わない？　外に一歩出れば、珍しいものばかりだなんて信じられないわ。だからうんざりするのも無理はないわ」

「このお肉は一度スープの出しを取ったものに違いないわ」ミス・シャーロット・バートレットはフォークを置きながら言った。

「アルノ川を見たかったわね。シニョーラが手紙で約束してくれたのはアルノ川が眺められる部屋だったの。あの人にはこんなことをする権利はないわ。ほんとに何てことでしょう」

「わたしは小部屋でも何でも構わないのだけど」ミス・バートレットはさらに言った。

「あなたが眺めの悪い部屋だなんてあんまりよ」

ルーシーは自分がわがままを言っていたのではないかという気がした。「シャーロット、わたしを甘やかさないで。あなたもアルノ川を見渡せる部屋でなければ。一緒でないとだめよ。だから最初に言われた正面のあの空き部屋を――」

「それはあなたの部屋にしなければ」彼女の旅費の一部はルーシーの母が出していた。その鷹揚な計らいへの感謝を、ミス・バートレットはたくみに機会を捕らえては幾度となく仄めかした。

「いいえ、あなたの部屋よ」

「とんでもない。ルーシー、そんなことをしたら、お母さまがわたしを許さないわ」

「お母さんが許さないのはわたしのほうだわ」

ふたりの声はしだいに高くなり、悲しいことに、態度は少々気色ばんだものになってきた。ふたりは疲れていた。それぞれが相手を思いやるふりをしながら、相手を言い負かそしばしば出会う、不作法な人間のひとりが、あろうことか、テーブルに手をつき、身を乗りだすようにして、ふたりの口論に割りこんできた。男は言った。

「わたしのところは眺めがいいですぞ、眺めが」

ミス・バートレットは驚いた。下宿式ホテル《ペンション》に宿泊している人々は、たいていほかの客に声をかけるまで、一日や二日ぐらい相手を観察するもので、だいじょうぶだと判った時には、相手はもう引き払ってしまっているということも珍しくなかった。顔を見る前に、声を掛けた相手が、育ちの良くない人間であることが判った。男は老人と言ってよい年恰好で、ありふれた感じの顔には鬚がなく、眼が大きかった。眼にはどこか子供っぽさが宿っていたが、歳を取ったために、そうなったというわけではなさそうだった。ではどこからそうした印象が生まれたか、ミス・バートレットはじっくり考えることをしなかった。老人の着ているものに眼が移ったのだ。それは彼女の眼鏡にかなうものではなかった。たぶん自分たちがこの場に馴染む前に、この男はなんとか知りあいになろうとしていたのだろう。だから、男が話しかけてきた時、ミス・バートレットはとぼけることにした。「眺め？　ああ、眺めのことですか？　眺めがいいということは素晴らしいですわね」

「こいつは息子です」と年配の男は言った。「名前はジョージ。こいつの部屋も眺めがいい」

「はあ」口を開きかけたルーシーを制しながら、ミス・バートレットは言った。

男はつづけた。「つまり、あなた方がわたしたちの部屋を使って、わたしたちがあなた方の部屋を使うってことです。交換するんです」

宿泊客のなかでも比較的家柄の良い人々は驚きあきれ、新入りのふたりに同情した。ミス・バートレットが、口を思いきりすぼめて応えた。

「ほんとうに、御親切に。でもそういうことは出来かねますわ」

「なぜですか？」テーブルのうえに両の拳をついて男が訊いた。

「ありがたいのですが、出来かねますから出来かねますの」

「わたしたちはあまり——」ルーシーが言いかけた。

従姉がふたたび制した。

「でも、なぜだね」老人は引き下がらなかった。「女は眺めがいいのが好きだ。だが男はそうじゃない」と、まるで聞き分けのない子供のように拳でテーブルを叩きながら、息子に向かって言った。「ジョージ、この人たちを説得してくれ」

「あの方たちが僕たちの部屋を取るのは当然のことだ」と、息子は言った。「それ以外に言いようがない」

息子はふたりの女に眼を向けることさえしなかったが、その声は憂鬱で、当惑しているようだった。ルーシーもまた当惑していた。厄介なことに巻きこまれかけていると感じていた。ルーシーは不思議な気分を味わった。このふたりの育ちの悪い観光客が、自分の主張を述べるたびに、議論はさらに広く深くなり、ついには部屋や見晴らしといったことから外れ、まったく違った何かに変わっていくような感じを覚えたのだ。いままで知らなかった何かに。いま父親のほうはミス・バートレットに詰めよっていた。なぜ交換してはいけないのだ？　何か反対するわけでもあるのか？　ものの三十分で部屋はきれいさっぱり空ける。

　ミス・バートレットは上品で気の利いた会話には長けていたが、粗野な態度を前にしては為す術《すべ》を持たなかった。これほど乱暴な人間を上から押さえつけることなど不可能だった。彼女の顔が立腹のあまり紅潮した。ミス・バートレットは「あなた方はみなこんなふうなのですか？」といった面持ちで周囲を見まわした。食卓の奥のほうに、小柄な老婦人がふたり、椅子の背にショールを掛けてすわっていたが、みるからに「わたしたちは違いますよ。わきまえております」という表情で見返した。

「お食事をなさい、ルーシー」ミス・バートレットはそう言うと、さっき不平をこぼした肉を、ふたたび突つきはじめた。お向かいの人はとても変わっているわね、とルーシーが小声で言った。

「お食事をなさい。このペンションは失敗だったわ。明日宿を変わりましょう」

　そういった矢先に、断固たるその決断は覆されることになった。食堂の入り口のカーテンが開き、ひとりの牧師が姿を現したのである。太っていて感じの好い牧師は、テーブルに向かって足早に歩きながら、明るい声で遅刻を詫びた。まだ慎み深さをあまり会得していないルーシーが思わず立ちあがり、歓声をあげた。「あら、ビーブさんではありませんか？　まあ、嬉しい。ねえ、シャーロット、わたしたちここに泊まらなくてはならないわ、いくら部屋がひどくても。まあ、何てことでしょう」

ミス・バートレットはルーシーよりはいくぶん冷静に言った。

「ビーブさん、お会いできて光栄です。憶えていらっしゃらないと思いますが、ミス・バートレットとミス・ハニーチャーチです。タンブリッジ・ウエルズの者です。あの寒いイースターの年に、聖ペテロ教会の牧師さまを手伝っていらっしゃいましたわね」

いかにも休暇中という雰囲気を漂わせた牧師の記憶は、ふたりのそれほどはっきりしたものではなかったが、にこやかな顔で近づいてきて、ルーシーの申し出を受けいれ、隣の席に腰を下ろした。

「お眼にかかれて嬉しいです」とルーシーが言った。彼女の魂は飢えていた。もし従姉が許せば給仕と巡り会っても喜んだことだろう。「世のなかは狭いものですね。サマー・ストリートのことなんて、ほんとに驚きでしたわ」

「ミス・ハニーチャーチはサマー・ストリートの教区に住んでおりますの」ミス・バートレットが足りない部分を補った。「ルーシーから聞き及びました。サマー・ストリートにお移りになるのを、つい先ごろ承諾なさったそうで」

「母の手紙で先週知りました。わたしがタンブリッジ・ウエルズに滞在していた時に、牧師さまにお会いしたことを母は知りません。でも早速母に返事を書きました。じつは、ビーブさんはって」

「そのとおりです。この六月にはサマー・ストリートの教区に移ります。このように可愛らしい住人がおられる場所に任命されて幸運です」

「まあ、ほんとうに嬉しいわ。わたしの家はウインディー・コーナーと呼ばれています」

ビーブ牧師は大きく頷いた。

「母とわたしはたいがいそこにおります、それと弟が。弟を教会に行かせることはありませんが——あの、教会はかなり遠くなので」

「ルーシー、ビーブさんにお食事をさせてあげましょう」

「充分にいただいておりますよ。それも楽しく」牧師が好んで話そうとしたのはルーシーのほうだった。自分の説教を覚えているかもしれないミス・バートレットのことよりも、ルーシーのことを、演奏のことを思いだしたのだった。ルーシーにフィレンツェには詳しいのかと尋ねた牧師は、長い説明のすえにようやく、フィレンツェを訪れるのははじめてだという答えを得た。新来者に助言を与えるのは気持ちの好いことだった。しかもその一番手になることは。

「田舎巡りをなおざりにしてはなりませんぞ」牧師は助言を締めくくった。「まず、最初の晴れた日の午後には、フィエーゾレ山まで馬車で行くんですな。それからセッティニャーノのほうへ回ってみるとか、後は何なりと好みに応じて回ればよろしい」

「それはだめよ」食卓の奥のほうから声が上がった。「ビーブさん、それは違うわ。最初の晴れた日の午後は、お嬢さん方はプラート市に行くべきよ」

「いま喋ったあの人、とても頭が良さそうね」ミス・バートレットは従妹に囁《ささや》いた。「わたしたち運が良いわ」

ほんとうに、すばらしい知識が雨のようにふたりに降り注いだ。食堂の人々が口々に教えてくれたのだ。見るべきものについて、それをいつ見ればよいかについて、市街電車を止める方法、物乞いを追い払う方法、ヴェラム紙のノートにいくら払ったらよいか、どんなにイタリアが素晴らしいと実感するか。ペンション・ベルトリーニ全体が、話しかけてもまったく問題のない人間だと決めたらしかった。あらゆる方向から親切な婦人たちが笑いかけ、呼びかけた。なかでも頭の良い女の声がひときわ高く響いた。「プラート市よ。プラート市にいらっしゃい。あそこはごちゃごちゃして、何とも言えない魅力のあるところよ。わたしは大好き。ごらんの通り、わたしは自分を束縛していた体面というものをすっかり脱ぎ捨てたわ」

先ほどジョージという名が明かされた若者が、頭の良い女をちらりと見てから、憂鬱そうな顔で皿に視線を戻した。若者と父親がその場に溶けこんでいないのは明らかだった。ちやほやされている最中に、ルーシーはそんなことを考えた。冷たく取り残されている人たちがいるというのは、あまり嬉しいことではなかった。食事を終えて、立ちあがった時、ルーシーはふたりのほうを向き、小さくぎこちないお辞儀をした。

父親のほうはそれを見なかったが、息子は気がつき、お辞儀を返す代わりに、眉を動かして微笑んだ。まるであいだに挟まっている何かを透かして微笑んでいるような、そんな笑みだった。
ルーシーはカーテンの向こうに消えた従姉を追いかけた。顔を叩いたカーテンは、まるで布ではないように重かった。カーテンの向こうに信頼に欠けるシニョーラが立ち、宿泊客にお辞儀をしていた。かたわらにはふたりの子供がいた。シニョーラは頭の音が欠けるロンドン訛りで幼い息子をエネリと呼んだ。娘のほうはヴィクトリエという名前だった。イタリア風の優雅さと細やかさを備えたロンドンっ子というのはなかなか物珍しい存在であったが、団欒室はさらに違和感があった。そこはブルームズベリーの下宿屋あたりの、真にくつろげる雰囲気というものが意識されているらしかった。ここはほんとうにイタリアなのだろうか？

　堅く詰め物をした、色も形もまるでトマトのような肘掛椅子に、ミス・バートレットは早くも腰を下ろしていた。ビーブ牧師に話しかける彼女の細長い頭は前後に揺れていて、ゆっくりとした規則的なその動きは、まるで眼に見えない障害物を砕いてでもいるように見えた。「わたしたち、ほんとうに感謝しておりますの」と彼女は話していた。「最初の晩ってほんとうにだいじですもの。ビーブさんが入っていらした時、わたしたちは一風変わった試練の時《モーヴェ・クウァル・ドウール》を迎えていたんですよ」

　牧師は、それはお気の毒にと言った。

「夕食の時にわたしたちの向かいの席にすわった男の人の名前をもしかして御存知ですか？」

「エマースンさんですか」

「あの方、ビーブさんの御友人ですの？」

「仲良くやっています。宿泊客同士としてごく普通に」

「では、もう何も申しませんわ」

しかし牧師が少し水を向けると、ミス・バートレットは先をつづけた。

「わたしは御承知のとおり、いわば従妹のルーシーの付き添いといった役どころです。若い娘《こ》が素性も知らない人に負い目を作ることになると大変です。自分の行動が適切なものであったらよかったと思いますわ」

「あなたの行動は当然でした」牧師は落ち着いて答え、それからおもむろに付けくわえた。

「とはいえ、その申し出を受けてもべつに害はなかったでしょうね」

「もちろん、害はないでしょう。でも義理を負うことは避けたいのです」

「あの人はだいぶ変わっています」牧師はふたたび躊躇《ためら》いを見せたが、穏やかな口調でつづけた。「しかし思うに、あなた方が承知したからといって、それを逆手に取るようなことはしないでしょう。感謝の気持ちを表わして欲しいなどとも思わないでしょう。あの人に長所があるとすれば、思っていることと言うことにまったく違いがないということです。あの人はいまの部屋は自分には価値がないものだが、あなた方は価値を見いだすかもしれない。あの人は礼儀正しくないかもしれないが、べつにあなた方に恩を売ろうとも思ってないでしょう。真実を語る者を理解するのはとても難しいことです。少なくともわたしにとっては」

ルーシーは嬉しかった。「あの人が良い人だといいなと思っていました。わたしはみんなが良い人だといいなと、いつも思っています」

「あの人物はそうだと思います。善人であり、同時にうんざりさせる人物でもある。たぶん重要な問題について、わたしとはことごとく意見が食い違うでしょうが。察するところ、これはまあ希望でもありますが、あの人はあなた方とも違いますね。でも彼の場合、嘆かわしい人間であると言うより、意見の合わない人間であると言ったほうが真実に近いでしょう。ここにきた当初は、まあ当たり前かもしれませんが、みんなを怒らせました。あの男には洗練も作法もない。不作法だというわけではない。ただ自分の意見を胸のうちに収めておくことができない性質《たち》なのです。わたしたちも、気の毒なシニョーラに文句を言いそうになりました。でも、ありがたいことに、いまではあまり気にならなくなりました」

「一口に申せば」とミス・バートレットは言った。「あの人は社会主義者ではないのですか?」

その便利な言葉を牧師は認めたが、唇は一瞬物言いたげにひきつった。

「そうして、たぶん自分の息子も社会主義者に育てあげたのではありませんか?」

「ジョージのことはよく知らないのです。ジョージはまだ人と話すことを学んでいない。ジョージは良い人間だと思いますよ。それに頭も良いと思います。もちろん父親のやりかたをそっくり受け継いでいる。ジョージもまた社会主義者だということは、有りうることです」

「まあ、お蔭さまでほっとしましたわ」ミス・バートレットは言った。「それで、牧師さまはあの人の申し出を受けいれるべきだったとお思いですか？　わたしは疑り深くて心の狭い女でしょうか？」

「そんなふうにはまったく思いません。そんなつもりで言ったのではないのです」

「でも、なんといっても、あからさまに失礼な態度をとったのだから、謝ったほうがいいのでしょうか？」

牧師は幾分苛々《いらいら》した様子で、その必要はないでしょうと言って立ちあがり、喫煙室のほうに向かった。

「わたしって退屈な女かしら」牧師が去ったあと、ミス・バートレットは言った。「ルーシー、なぜ何も言わなかったの？　ビーブさんは若い人がお好きなのよ。あの方を独り占めしてしまったのかしら。夕食の時だけでなく、今夜はずっとあなたがお相手して差しあげればいいなと思っていたのだけれど」

「ビーブさんは好い人ね」ルーシーは感激していた。「憶えていたとおりの人だわ。人間の善い面だけを見る人だと思うわ。誰もあの人を牧師だと思わないでしょう」

「まあ、ルーシーったら」

「でも、わたしの言いたいことは判るでしょう？　たいがいの牧師さまがどういうふうに笑うかよく知っているでしょう。ビーブさんは普通の人のように笑うもの」

「へんな子ねえ。あなたを見ているとお母さまを思いだすわ。ビーブさんはあなたのお母さまのお気に召すかしら」

「お母さんはぜったいビーブさんを気にいるわ。それにフレディーだって」

「ウインディー・コーナーの誰もがビーブさんを気にいるでしょうね。とても現代的なところですもの。わたしといえば、どうしようもないほど時代遅れのタンブリッジ・ウエルズに慣れてしまったけれど」

「そうねえ」ルーシーの相槌はごく曖昧なものだった。

シャーロットの様子には何とはなしに不服そうな雰囲気があったが、それが自分に向けられたものなのか、ビーブ牧師に向けられたものなのか、それともウインディー・コーナーのしゃれた世界、あるいは、タンブリッジ・ウエルズの狭い世界に向けられたものなのか、ルーシーにはよく判らなかった。突きとめようとしてはみたが、その試みはいつものように不首尾に終わった。ミス・バートレットは、誰にたいするものであるにせよ、それを真面目な顔でかたわらに押しやり、言った。「面白くない連れだと思っているんじゃない？」

ルーシーはふたたび考えていた。「ああ、またわたしはわがままで意地悪になっているんだわ。もっと気を配らなければ。シャーロットには、貧しいってとても悲しいことなのだわ」

折よく、さっきから眼が合うとごく穏やかな笑みを返してくれていた高齢の小さな婦人が、近づいてきて、今までビーブ牧師が占めていた椅子にすわってていいかと、尋ねた。その申し出に快い了承が与えられると、老婦人は椅子に腰を下ろし、おっとりとした口調で喋りだした。イタリアのこと、思いきってここにきたこと、それが大成功で喜んでいること。姉の健康が回復してきた。夜は寝室の窓を閉めたほうがいい。朝になったら瓶の水をすっかり空にしておくべきだ。いかにも面白い調子で婦人は話を進めた。部屋の向こう側で怒濤のように繰り広げられている中世イタリアのゲルフ党とギベリン党についての声高な議論よりも、よほど注目すべき話題だった。あれは単なる話の種などというものではありませんでしたよ、ほんとうにひどい災難でした、あのヴェニスの夜は。寝室に蚤よりも性質《たち》の悪いものがいたんです。まあ、さらに悪いものもいますけどねえ。

「でもほら、ここはイギリスのように安心できますでしょう。シニョーラ・ベルトリーニはとてもイギリス的な人ですもの」

「でもお部屋がなんとなく匂いません?」と、意気の上がらないルーシーが言った。「ベッドに入るのが恐いわ」

「まあ、それなら中庭を眺めていらっしゃれば」老婦人はそう言ってから、溜息をついた。「エマースンさんがもう少し上手になさっていればねえ。夕食のときは、あなた方とてもお気の毒でした」

「あの人は親切のつもりだったのだと思います」

「それは違いありません」とミス・バートレットが割りこんだ。「ビーブさんに猜疑心が強いと叱られました。あの時はもちろん従妹のために躊躇っておりましたの」

「当然のことですわ」と小さな老婦人が答えた。そして若い娘を預かっていれば、いくら用心してても、しすぎるということはないものだという意味の言葉を、ふたりは低い声で交わした。

ルーシーは殊勝な娘に見えるように努めたものの、無意味なことをしているという気がしてならなかった。家にいればもちろん誰も自分に関してそうした用心などはしない。少なくとも自分ではそう思っていた。

「父親のエマースンさんについては、ほとんど何も知りません。ええ、あの人は機転の利く人ではありませんね。でも、こう思ったことはありませんか。どうしようもないほど不作法に見えても、そう片づけてしまえない人たちがいるって——優雅なって言えばいいかしら」

「優雅？」面食らったミス・バートレットが問い返した。「優雅なことと、不作法じゃないことは同じではありませんか？」

「普通はそう思うでしょうね」老婦人はどう言ったものかと思案の顔で言った。「でも、ものごとって難しいものですわ。ときどきそう思います」

老婦人はその話題を進めることはしなかった。というのも、きわめて上機嫌な面持ちのビーブ牧師がふたたび現れたからである。

「ミス・バートレット」牧師は声を張りあげた。「部屋のことは解決しましたよ。嬉しいことです。エマースンさんが喫煙室でちょうど部屋の話をしていたので、好い機会だと思って、もう一度申し出てみてはどうかと勧めたのです。エマースンさんはわたしをここに寄越して尋ねるように頼みました。あの人も再度申し出の機会を得て喜んでいましたよ」「まあ、シャーロット」とルーシーは従姉に向かって歓声を上げた。「部屋を交換していただきましょうよ。あの人は心から親切にしてくださっているんだわ」

言葉は返ってこなかった。

「いやこれは」気まずい沈黙のあと、ビーブ牧師は言った。「差し出がましいことをしたかもしれません。口を挟んだことを謝らねば」

気落ちした牧師が立ち去ろうと踵を返した時、ミス・バートレットが口を開いた。「ルーシー、わたしの意思はあなたの意思に比べればそんなに重要ではありません。フィレンツェであなたがしたいと思うことを、邪魔することはできないわ。なんといってもあなた方の御親切のお蔭で、わたしはここにいるのですもの。もしあの親子に部屋の交換をして欲しければ頼んでみましょう。ビーブさん、わたしがエマースンさんの御親切をお受けするとお伝えねがえますか？　それから、直接、礼を述べたいので、あの人をこちらにお連れくださいませんか？」

ミス・バートレットの声は小さいものではなかったので、その言葉は部屋中の人々の耳に届き、ゲルフ党とギベリン党の面々をも黙らせた。牧師は心のなかで女という性を呪いながら礼をし、彼女の言葉を伝えに部屋を出て行った。

「ルーシー、これはわたしの一存ということにしておいてね。了承したのが、あなただということを伏せておきたいの。ともかく、そうさせてね」

ビーブ牧師が戻ってきて、躊躇いがちに言った。

「お父さんのほうはちょっと手が離せないので、かわりに息子さんをお連れしました」

椅子がとても低く、床にじかにすわっているような感じだったので、若いエマースンは三人の女を見下ろすことになった。若者が言った。「父は風呂に入っているので、父に直接礼を言うのは無理です。でも、わたしに言って貰えれば、そっくりそのまま伝えます。浴室から出てきたらすぐ」

ミス・バートレットは風呂と聞いて言葉を失くした。彼女の棘のある慇懃さは空回りした恰好だった。若きエマースンはめざましい勝利を収めた。ひそかにビーブ牧師、そしてルーシーは快哉を叫んだ。

「気の毒な若者ね」ミス・バートレットは若者が立ち去るとすぐに言った。「部屋のことで父親をどんなに怒っているでしょう。礼を尽くそうとしても、あれで精一杯なのね」

「もう三十分ほどで部屋に入れるでしょう」ビーブ牧師はふたりの従姉妹同士をひとしきり考え深げに見やると、哲学的な日記を認《したた》めるために自室に戻った。

「おやまあ」小さな老婦人が息を吸いこみ、大空を渉《わた》る風が、こぞって部屋のなかに吹きこんだとでもいったふうに、身震いをした。「時々、男の人は、ものを見ないことがありますものねえ――」老婦人の声はそこで小さくなり、途切れた。だがミス・バートレットには、言わんとすることが判ったらしかった。会話がつづけられた。主題となったのは、物事を完全には理解することのない男というものだった。ルーシーにもまたそれは理解できなかったので、本でも読むことにした。ベデカーの『北イタリア・ハンドブック』を手に取って、フィレンツェの歴史の重要な年月日を覚えようとした。翌日は楽しもうと心に決めていたのである。そのように半時間ほどの有益な時間が過ぎていった。そしてミス・バートレットが溜息をつきながら言った。

「そろそろ様子を見にいってもいい頃ね。いいえ、ルーシー、動かないで。これに関してはわたしに全部まかせてちょうだい」

「何もかもあなたがする必要はないわ」

「あら、当然のことよ。これがわたしの仕事ですもの」

「でも手伝いたいの」

「だめよ、ルーシー」

この熱意。この無私無欲。シャーロットの人生はずっとこうだった。でも、このイタリア旅行に関して言えば、確かにいつも以上だ。ルーシーはそう感じた。いや、そう感じるよう努めた。にもかかわらず、ルーシーの心中には反抗的な気持ちがあって、申し出を受けいれることは、不作法ではなくむしろ優雅なことではないかと考えていた。いずれにせよ、ルーシーは自分のものになった部屋に入った時、嬉しさは微塵も感じなかった。

「説明させてちょうだい」ミス・バートレットは言った。「どうしてわたしが大きいほうの部屋を選んだかを。もちろんほんとうはあなたが大きいほうの部屋をとるべきなのだけど、どうやら、あの若い人が使っていたらしいの。あなたのお母さまはそうしたことを好まないでしょうから」

ルーシーにはその言葉の意味が飲みこめなかった。

「もし、好意を受けいれなければならないとしたら、若い人の部屋より、父親の部屋のほうが差し障りがないでしょう。自分なりの狭い範囲だけど、わたしは世間を見てきた女だから、物事の流れて行く先が見えるのよ。ビーブさんは保証はしてくれたけれど、こういうことまで気が回るわけではありませんから」

「お母さんは気にしないわ、きっと」ルーシーはそう言ったものの、自分の想像を超えたことが、進んでいるのではないかという感じにふたたび襲われた。

ミス・バートレットはただ溜息をつき、大きく広げた腕でルーシーを堅く抱きしめ、おやすみなさいと言った。ルーシーは霧に抱かれているような感覚を覚えた。自分の部屋に入ったルーシーは窓を開け、爽やかな夜の外気を吸いこんだ。ルーシーは部屋を提供してくれた親切な老人のこと、眼の前のものを見る機会を与えてくれた老人のことを思った。アルノの川面に躍る光の粒子。サン・ミニアートの糸杉の木立。アペニン山脈の手前の低い山並み。昇りゆく月と対照の妙を見せるその黒。

ミス・バートレットは、自分の部屋に入ると窓の鎧戸を閉め、ドアの鍵をかけてから、忙しく動きまわって押入の奥を確かめ、床下への抜け道や秘密の扉などがないかを調べた。

そうしているうちにミス・バートレットは洗面台の上にピンで留めてある一枚の紙に気がついた。紙には大きな疑問符が書いてあるだけだった。ほかには何も書かれていなかった。「どういう意味かしら?」彼女は首をかしげ、蠟燭で照らして貼り紙を注意深く検討した。はじめは何の意味も持たない紙が、やがて不吉なものに感じられ、人を脅かす危険なものに思えてきた。破り捨てたい衝動に駆られたが、幸いなことに、その貼り紙は若いほうのエマースンの所有物で、自分にはそんなことをする権利がないことを思いだした。そこで彼女は慎重にピンをはずし、きれいなままで若いエマースンに渡せるように、吸い取り紙のあいだに挟んだ。部屋の検査を終えると、ミス・バートレットはいつものように深い溜息をつき、ベッドに潜りこんだ。

第二章　ベデカーなしでサンタ・クローチェへ

フィレンツェで眼を覚ますのは気持ちの好いものだ。眼を開くと、そこは家具の少ない、広々とした明るい部屋で、床の赤いタイルはほんとうはそうでないのだが、ごく清潔そうに見える。天井では淡紅のグリフォンたちや、青い智天使《ケルビム》たちが、黄色いヴァイオリンやバスーンの森のなかで戯れている。慣れない掛け金に指を挟みながら、窓を大きく開け放つのも気持ちの好いものだ。そして窓枠から陽光のなかに身を乗りだしてみるのだ。彼方には美しい山々や森が広がり、その手前には大理石の教会が幾つか点じている。窓のすぐ下はアルノ川だ。堤防の上は舗道で、川波がそこにぶつかり、快い音をたてている。川の向こう岸は砂地になっていて、人が鋤や篩《ふるい》を手に働いていた。流れには一艘の舟が浮かび、それに乗った人もまた何やら謎めいた作業に精を出していた。市街電車が窓のすぐ下を走っていった。車両のなかには観光客がたったひとりいるだけだったが、デッキは人で溢れかえっていた。イタリア人たちは立っているのが好きなようだった。子供たちは電車の後ろにぶらさがろうと隙を狙っていた。車掌は悪気からではなく、ただ追い払うために、子供の顔めがけて唾を吐きかけた。やがて兵隊——男前で小柄な兵士たち——が現れた。兵士達は汚い毛皮の背嚢を背負い、より大柄な兵士のために作られた大きな外套を着ていた。兵士たちの横を、愚鈍で猛々しい面持ちの士官が歩いていた。その前方では少年たちと楽隊がいて、少年たちは音楽にあわせて、時々、蜻蛉《とんぼ》を切った。路面電車がそうした人々のあいだに割りこんだ。電車はまるで蟻の群れのなかの芋虫のように苦しげにもがいている。少年のひとりが転倒した。白い牛が何頭か、アーチの掛かった道から現れた。まったく、もし鉤形のボタン掛け器を売っている老人が手際よく交通整理しなかったら、道路はいつまでたっても混乱したままだったろう。

そんな瑣末なできごとを見ているうちに、貴重な時間がどんどん過ぎていってしまうのかもしれない。ジオットの三次元的な効果を狙った「触覚価値」とか、教皇制度の堕落とかを学びとろうとして、はるばるイタリアまでやって来た旅行者は、蒼い空とその下に住む男や女のほかには、何も記憶に残さずに帰国するかもしれない。だから、ミス・バートレットがノックして部屋に入ってきたのもあながち悪いことではなかった。部屋の鍵を掛け忘れたことや、身支度をすっかり整える前に窓から身を乗りだしたことについて小言を言い、早くしないと今日の最高の時間が無駄になってしまうと、ルーシーを急き立てたのは、そう悪いことではなかったのだ。ルーシーの支度が整った時には、従姉はすでに朝食を済ませ、パン屑の散らばったテーブルの前で、頭の良い婦人の話に耳を傾けていた。

朝の会話はいつもながらのものと言えなくもなかった。ミス・バートレットは少しだけ疲れていて、午前中はペンションで静かに過ごしたいと思っていた。もしルーシーがどうしても外出したいというのでなければ。しかし、ルーシーはどうしても外出したかった。何しろフィレンツェの最初の日なのだ。だったら、ひとりで外出するわ。ミス・バートレットとしてはそんなことを認めるわけにはいかなかった。もちろん、わたしはどこでも随いていくわ。だめよ、そんなこと。じゃあ、わたしも残るわ。まあ、それはいけないわ。いいえ、残るわ。

そこで頭の良い婦人が割ってはいった。

「もし周りの眼が気になるっていうのなら、そんなことは無視しても大丈夫よ。わたしが請けあうわ。それにミス・ハニーチャーチはイギリス人だから絶対安全です。イタリア人はよくわきまえているの。親友のバロンチェリ伯爵夫人にはお嬢さんがふたりいるけれど、女中が付き添ってあげられない時は、水兵帽を被せて学校に行かせるのよ。そうすればイギリス人だと誰もが思うの。髪を後ろできつく縛れば、特にね」

バロンチェリ伯爵夫人のお嬢さんたちの話を聞いても、ミス・バートレットはそれほど確信が持てなかった。彼女は自分がルーシーを連れて行くと言った。頭はそれほど痛くなったから。すると、頭の良い婦人は言った。自分は今日の午前はサンタ・クローチェ教会を見に行くつもりだが、もしルーシーも一緒に行きたいのなら喜んで案内する、と。

「汚い裏通り、わたしの愛する通りを伝って行きましょう、ハニーチャーチさん、あなたが幸運の女神なら、楽しい冒険ができるわ」

ルーシーはよろしくお願いしますと言って、早速ベデカーの旅行案内を開いてサンタ・

クローチェ教会の場所を探した。

「ミス・ルーシー、だめよ、すぐにベデカーから解放してあげるわ。ドイツ人のベデカー氏は表面的なことしか書いてないの。ほんとうのイタリアのことをまるで判っていないんだから。本物のイタリアは辛抱強く観察してはじめて見えてくるものよ」

　彼女の言葉に興味を掻きたてられたルーシーは、朝食もそこそこに新しい友人と張りきって出発した。ついにイタリアに巡り会えるのだ。ロンドンっ子のシニョーラや彼女の不手際は悪夢のように消え去った。

　ミス・ラヴィッシュは――それが頭の良い婦人の名前だった――陽当たりのよい河岸通《ルンガルノ》りに沿ってしばらく歩いてから、右に折れた。なんて暖かくて気持ちが好いんでしょう。でも横の通りから吹きつける風はまるでナイフのように肌を刺すわね。ポンテ・アレ・グラッツェ。心を惹きつける橋。ダンテも書いていた。サン・ミニアート。興味が尽きないし、なにより美しい。ミス・ハニーチャーチは人殺しに口づけをしたキリスト像の話を思いだした。川面の人は漁をしていた（それは事実ではなかった。しかし、見たところはそうだったのだ）。ミス・ラヴィッシュが白い牛の出てきたアーチ道で不意に走りだした。そして、足を止め、叫んだ。

「この匂い！　本物のフィレンツェの匂い！　あなたは知ってるかしら、どの都市にもそれぞれの匂いがあるのよ」

「そんなに素敵な匂いなんですか？」ルーシーは言った。不潔なところが嫌いなのは母親譲りだった。

「人は素敵なものだけが眼あてで、イタリアに来るんじゃないのよ」というのが返事だった。

「人生を謳歌するために来るのよ。ボン・ジョルノ！　ボン・ジョルノ！」右に左に挨拶しながらミス・ラヴィッシュは言った。「あの可愛らしいワインの荷車を御覧なさいな。荷車を押す若者がわたしたちをじっと見ているわ、何ていう純朴さ」

そんなふうにミス・ラヴィッシュはフィレンツェの街を進んでいった。性急に、騒々しく、陽気に。優雅さこそ及びはしなかったものの、彼女はまるで仔猫のようだった。それほど頭が良く、それほど陽気な婦人と一緒にいられるのは、ルーシーにとって喜びだった。ミス・ラヴィッシュの着ている、イタリアの士官のような青い軍服風のコートが、いやがうえにもお祭り気分をかきたてた。

「ボン・ジョルノ！　年寄りの言葉に耳を貸しなさい、ミス・ハニーチャーチ。下層の人にもちょっとした礼儀を忘れなければ、無用な後悔はしなくてすむものよ。これがほんとうの民主主義というものね。もっともわたしはばりばりの急進派だけれど。驚いたでしょう？」

「とんでもない、全然驚きません」とルーシーも大きな声で応えた。「わたしの家も急進派なんです、それも筋金入りの。父はいつもグラッドストーンに投票していました。アイルランドのことであんな無茶をするまでは」

「なるほど、なるほど。それでいまは敵方に乗り換えたと言うわけね」

「まあ、ラヴィッシュさんたら！　もし父が生きていればいまも急進派に投票していたと思います。アイルランドのことが収まったんですもの。じつは前の選挙のときに、玄関の上のガラスを割られたんです。トーリー党の仕業に違いないと弟のフレディーが言ってました。まさか、浮浪者のせいでしょうと母は言ってましたけれど」

「許せないわね。でも、もしかしたら、お宅は工業地帯なのかしら？」

「いいえ、サリー州の高台です。ドーキングから五マイルくらい離れたところで、ウィールドの森が見渡せるんですよ」

ミス・ラヴィッシュは興味を持ったようで、歩調を緩めた。

「いいところよね。よく知ってるわ。素敵な人々が沢山いるわね。サー・ハリー・オトウェイを御存知？　――あの人こそ真の急進派ね」

「ええ、よく知ってます」

「それと、博愛主義者のバターワース老夫人は？」

「まあ、うちの土地で畑を作ってらっしゃる方ですわ。なんて偶然なんでしょう」

ミス・ラヴィッシュはアーチ越しの細いリボンのような空を見上げ、呟いた。

「まあ、サリー州に地所があるの？」

「ほんの少しですけど」ルーシーは俗物と思われるのがいやでそう言った。「たった三十エーカーです。斜面の小さな果樹園、それと畑が」

ミス・ラヴィッシュは別段気を悪くしなかった。サフォークにある自分の伯母の地所と同じくらいだと言った。イタリアが遠のいた。ふたりは、何年か前、サマー・ストリートの近くに家を構えたレディー・ルイーザの苗字が、何だったかを思いだそうとした。レディー・ルイーザ何某《なにがし》はどういうものか、その家が気にいらなかったらしかった。ミス・ラヴィッシュはやがて名前を思いだして、それを口にしたが、急に黙りこんだかと思うと、大きな声で言った。

「いけない、どうしよう。道に迷ってしまったわ」

たしかに、サンタ・クローチェに行くにしては時間がかかりすぎていた。サンタ・クローチェの塔は、宿の階段の踊り場からはっきりと見えていた。ミス・ラヴィッシュがあまりにも自信たっぷりにフィレンツェを知っていると言ったので、ルーシーは何ら疑いもせずに後ろに随いてきたのだった。

「迷ってしまったわ、ミス・ルーシー、政治のことで悪口を言っている時に曲がるところを間違えてしまったのよ。憎らしい保守党の連中がさぞかし嘲笑《わら》っていることでしょうね。どうなるんでしょう。見知らぬ街に女がふたりだけ。さあ、これでわたしが言っていた冒険になったわね」

サンタ・クローチェを見たい一心のルーシーは、もっともな対処方法として、道を尋ねることを仄めかしてみた。

「いいえ、それは臆病者のすること。ああ、だめだめ、ベデカーなど見ては。わたしにそれを寄越しなさい、あなたには持たせないわ。成りゆきにまかせて歩きましょう」

そういう次第で、ふたりはフィレンツェの東の一画によく見られる、広くもないし、絵のようでもない、灰褐色の通りの幾つかを運にまかせてさまよってみた。ルーシーは、レディー・ルイーザの不満のことを忘れ、代わりに自分の不満を意識しはじめた。そしてつぎの瞬間、ルーシーは一気に忘我の極みに至っていた。イタリアが眼前に現れたのである。彼女はアヌンツィアータ広場に立っていた。本物のテラコッタが、孤児養育院アーチに嵌めこまれたメダイヨンのなかの嬰児《みどりご》が見えた。安っぽい複製が現れても決して新鮮さを失うことのない、聖なる嬰児がそこにいたのだ。恵みの衣から突きだした手足は輝くばかりで、力を漲らせた白い腕は高みに連なる円環のなかで広げられていた。これほど美しいものはいままで見たことがないとルーシーは思った。だが、それを見たミス・ラヴィッシュは、失望の呻き声を洩らし、一マイル以上も遠くに来てしまったと言いながら、ルーシーの手を引っ張った。

大陸風の朝食の効果が現れる、より正確には消える時間がやってきていた。そこで、ふたりは小さな店に寄ってマロン・ペーストの焼きたての熱いパンを買った。みんながそうしていたのだ。パンは、包み紙の味がしたし、髪油のような味がしたし、想像のつかないものの味がした。しかし、お蔭で力が湧いてきて、もうひとつの広場に辿りつくことができた。その広場は大きくてごみごみしていて、突きあたりに並外れて不恰好な白と黒の建物の正面が見えた。ミス・ラヴィッシュが建物に向かって芝居がかった口調で呼びかけた。

サンタ・クローチェだった。冒険は終わった。

「ちょっと待って。あのふたりを遣りすごしましょう。さもないと言葉をかけなければいけないわ。わたしはそらぞらしいお付きあいは嫌いなの。まあ、いやだ。あの人たちも教会に入っていくのね。まったく外国見物のイギリス人そのもの」

「わたしたち昨日の晩、あのふたりの真向かいにすわったんですよ。部屋を譲ってくださったの。とても親切な方々ですね」

「あの恰好を御覧なさい」とミス・ラヴィッシュは笑った。「わたしのイタリアをまるで二頭の牛のように歩き回っている。わたし、自分が意地悪なのはよく判っているけれど、ドーヴァー海峡に試験の問題用紙を置いて、合格しなかった旅行者を追い返したいものだわ」

「どんな問題を出すんですか?」

どっちみちあなただったら、満点で合格よ、といったふうに、にこやかに笑い、ミス・ラヴィッシュはルーシーの腕に軽く触れた。ふたりはそうした喜ばしい気分で、大きな教会の石段を登り、なかに入ろうとした。しかし、その時、ミス・ラヴィッシュは急に足を止め、手を振って大きな声で叫んだ。

「あそこに友達がいるわ。この街の人なの。声をかけなくっちゃ」

そう言ったかと思うと、ミス・ラヴィッシュはすでに広場を横切って走っていた。軍服風のコートを風にはためかせ、一度も立ち止まることなく、真っ直ぐに白い髭の男のところまで駆けよると、いかにも楽しげに男の腕を抱えこんだ。

ルーシーは十分近く待った。彼女はだんだん疲れてきた。物乞いが纏《まと》わりつき、埃が眼に入り、公共の場所を若い娘がひとりでうろつくものではないという言いつけが、頭のなかでぐるぐる回った。ルーシーは少し個性的に過ぎる嫌いのあるミス・ラヴィッシュの許に行こうと、そろそろと石段を降りて広場に立った。ちょうどその時、ミス・ラヴィッシュと現地の友人も動きだし、大きな身振りを交えながら、横道へ入って見えなくなった。

怒りのために涙が溢《あふ》れてきた。ひとつにはミス・ラヴィッシュが自分をすっぽかしたため、ひとつには彼女がベデカーを持って行ってしまったからだった。宿に戻るにはどうしたらいいのだろう？　サンタ・クローチェのなかをどう回ればいいのだろう？　これでフィレンツェの初日はめちゃめちゃだ。二度とフィレンツェには来ないかもしれないのに。数分前には意気揚々として、教養ある女らしく語り、自分を個性豊かな人間であると自負することも出来ないではなかった。しかし、教会の入り口を潜《くぐ》るいまの彼女はすっかり悄《しょ》げかえり、教会がフランチェスコ派によって建てられたのか、それともドメニコ派によって建てられたのかさえも思いだすことができないような状態だった。

もちろん素晴らしい建造物であることには違いない。けれど、まるで納屋みたいだ。それになんて寒いこと。ジオットのフレスコ画がこのなかにあるはずだ。ジオットのフレスコ画の前に立てば、その触覚価値にたいして、しかるべき感想を覚えるはずだった。だが、どれがそうなのか教えてくれる人はどこにいるだろう。作者も制作年月日も定かでない彫像に夢中になるはずもなく、ルーシーは膨れっ面で歩きまわった。聖堂の身廊や袖廊《そでろう》に墳墓の石板が敷きつめられていたが、そのなかのどれが真に素晴らしいものなのか、どれをラスキンが褒めちぎったのか、教えてくれる人はいなかった。

やがてイタリアの天邪鬼《あまのじゃく》な魅力がルーシーに影響を与えはじめた。ルーシーは知ろうとすることを止め、楽しむことをはじめた。彼女はイタリア語の掲示板を解読した。教会に犬を連れて入ってはいけません。お祈りをする時は、自分のいる神聖な伽藍を敬うためにも、また衛生のためにも唾を吐いてはいけません。彼女は見物人を観察しはじめた。みんなの鼻が、手に持っているベデカーの表紙のように赤くなっている。聖堂はそれほど冷々《ひえびえ》としていた。彼女は三人の幼いローマカトリック教徒を襲う、恐ろしい運命を眺めた——男の子がふたりと女の子がひとり、人生をはじめるために、聖なる水を掛けあっていた。三人の子供は浄められた徴《しるし》に、水を滴らせながら、マキャベリ記念堂のほうに歩みを進めた。それからおずおずと記念堂に近づき、ずいぶん離れた場所で立ちどまった。そうして、記念堂の石に指を触れたり、ハンカチで撫でたり、頭を付けたりしては、またもとの場所に戻った。いったいどういうことなのだろう？　三人は同じことを何度も何度も繰り返した。やがてルーシーは、子供たちがマキャベリを誰かほかの聖人と間違えて、御利益を得ようとしていることに気がついた。やがて間違いにたいする戒めが下された。一番小さな子供がラスキンに感銘を与えた石板に躓《つまず》き、横になっている司教像の顔のあたりに足をひっかけた。プロテスタントのルーシーは、咄嗟に駆けだしていた。だが遅かった。幼い子供は司教像の上向きになった爪先の上に手酷い勢いで転んでしまった。「憎たらしい司教め」同時に駆け寄ったエマースン氏はそう悪態をついた。「生きていた時も無情で、死んでからも無情というわけか。坊や、外に出てお日さまの光にあたりなさい。太陽に触るのだよ。坊やは陽のあたる場所にいるべきだ。しかし、癪に障る司教だ」

エマースン氏の言葉にたいし、自分を抱きあげたふたりの大人にたいし、それに、埃を払われたこと、打ったところをさすられたこと、神さまを信じるなと言われたこと、そうしたことにたいして、子供は泣くよりほかにすべを知らなかった。

エマースン氏はルーシーに言った。「ひどいものだ。この子は怪我をしているし、寒がっているし、怯えてもいる。しかし、教会から期待できるのは本来こうしたものだけだ」

子供の足はまるで溶けかかった蠟だった。ルーシーとエマースン氏が何度子供を立たせようとしても、その度に子供は泣き崩れるのだった。さいわい、祈りを捧げていたイタリア婦人が子供を助けに来た。その婦人は母性のもつ不思議な力で、子供の背中をしゃんとさせ、膝に力を吹きこんだ。子供は立ちあがり、しゃくりあげながら、切々《きれぎれ》に何か言いながら、去っていった。

「あなたは賢いお人だ」とエマースン氏はイタリアの婦人に向かって言った。「遺物みたいな坊主たちの誰にもできないことをした。わたしはあなたと同じ信条を持つ者じゃないが、同朋を幸せにする者たちには尊敬を覚える。宇宙に摂理はない——」

彼は息を継いだ。

「どういたしまして《ニエンテ》」とイタリアの婦人は言い、ふたたび祈りの場に戻った。

「あの女の人は言葉が判らなかったんじゃないかしら」ルーシーが言った。

気が張っていたせいか、エマースン親子にたいする用心の念がいつのまにか消えていた。この親子には愛想好くしよう、作法通りというより、優雅であることを心がけよう、そしてできれば、部屋が素敵だったと心から言って、シャーロットの慇懃無礼な態度を帳消しにしてしまおう。

「あの御婦人はすべて承知している」とエマースン氏が言った。「ところで、あなたはここで何をしているのかな？　この教会を観にきたのですか？　見物は終わりましたか？」

ルーシーは自分が憤慨していたことを思いだした。

「違います。ミス・ラヴィッシュとここに来ました。あの人が全部説明して下さるはずだったのです。でも入り口のところで——まったく、あんまりですわ——あの人どこかに行ってしまったんです。しばらく待ったのですが、どうしようもなくて、ひとりで入らなければならなかったのです」

「ひとりだとまずいことがあるのかね」とエマースン氏が言った。

「そう、なぜひとりで来てはいけないのですか？」息子のジョージが、はじめてルーシーに面と向かって尋ねた。

「だってミス・ラヴィッシュがベデカーを取りあげてしまったんですもの」

「ベデカー？　ああ、あなたが気に病んでいたのがベデカーのことでよかった」とエマースン氏が言った。「ベデカーがなくて心細いのはもっともだ。もっともなことだ」

ルーシーは戸惑った。新しいものが生じているという感覚にふたたび強く捕らわれた。しかし、その新しいものが、自分をどこに導いてゆくのか、ルーシーには見当もつかなかった。

「もしベデカーがないのなら」と、息子が言った。「僕たちと一緒にいればいい」

新しいものが導く先というのはこれだろうか？　生真面目な口調でルーシーはその申し出を断わった。

「ありがとうございます。でもそれはできませんわ。あなた方と御一緒するために、ここに来たと誤解なさっていなければいいのですが。わたしは子供を助けたいから来ただけです。それと昨晩のお礼を申しあげたかったので。昨晩は御不便がなかったでしょうか？」

父親が穏やかな声で言った。「お嬢さん、あなたは歳の行った人の言うことを耳にして、そっくり真似して喋っていますね。自分を堅物のように見せているが、あなたは実際はそうではない。そんな下らない態度はお止しなさい。そしてこの聖堂の何が見たいのか言ってごらんなさい。あなたをそこにお連れするのはほんとうに嬉しいのですよ」

これはもう言語道断に無礼なことだった。激怒しても当たり前のことだった。しかし、怒りを抑えるのが難しいように、ときには怒りを爆発させることも難しいものである。ルーシーは不機嫌になれなかった。エマースン氏はなんといっても年寄りなのだし、ひとりの若い女性としては老人の機嫌をとるべきだろう。とはいえ、息子は若かった。若い女性としては、息子のほうには怒ったほうがいいように思えた。少なくとも彼には怒っていることを見せるべきだろう、一瞬、若いエマースンを凝視した後、ルーシーは口を開いた。

「自分が堅物でないことを望みますわ。わたしが見たいのはジオットです。どれがそうなのか教えていただければ嬉しいのですが」

息子はうなずいた。漠然と満足の表情を浮かべ、彼はペルッツィ礼拝堂へ案内した。若いほうのエマースンには教師のような雰囲気があった。ルーシーは、自分がまるで正しく答えた生徒のような気がした。

礼拝堂は熱心な表情を浮かべた一団の観光客で一杯だった。その中央から、どのようにジオットを見たらよいかを指導する解説者の声が、一段と高く響いた。触覚価値に注目するよりも、霊性をもって判断するように。案内者はそういうふうに言っていた。

「いいですか。サンタ・クローチェ教会のこの礼拝堂が、ルネッサンスに汚される前の、中世的熱情に衝き動かされた信仰心のお蔭で建てられたことをよく憶えておいて下さい。これらのフレスコ画をよく見れば――残念ながら修復のせいで台無しになってしまいましたが――ジオットがいかに解剖学や遠近法という罠にはまらずに済んだかが判るでしょう。これほど荘厳で、情緒的で、美しく、真実なものがあるでしょうか？　真の感性をもった人にとって、知識や技巧など何の役に立つというのでしょう」

「それは違うぞ」教会のなかで心掛けられる声の大きさからは、だいぶ懸隔のある声でエマースン氏は言った。「そんなことは何も憶えておかなくて構わない。信仰心によって建てられたって？　これを建てた労働者がそれに見合う金を貰っていなかったたっていうだけさ。それに、フレスコ画のなかに真実など見えないな。あの青い服を着たでぶを見てみろよ。わたしと同じくらい体重があるぞ。それなのに空に向かってまるで風船玉みたいに飛んでいる」

エマースン氏は昇天する聖ヨハネを描いたフレスコ画を指差していた。礼拝堂のなかの解説者の声に動揺が滲んだのも当然だろう。一団の人々は落ち着きを失ってそわそわしだした。ルーシーも同じだった。このふたりと一緒にいるべきではなかったのだ。しかしまるで呪文をかけられたようだった。ふたりはあまりにも真剣で、あまりにも風変わりだった。彼女は自分がとるべき態度に関して何が適切か考えることができなかった。

「なあ、これはほんとうにあったことなのか、それともほんとうではないのか？　どっちだ？」

「こんなふうだったんだろう、もしほんとうにあったとすれば。僕だったら、ケルビムの力を借りないで、自分の力で天に昇りたい。そうしてもし僕が天に昇るなら、友達が天国の柵から身を乗りだして迎えてくれるといいなと思う。ちょうどこんなふうに」

「お前は天には昇らないよ」と父親が言った。「お前とわたしは、そうだなあ、わたしたちを生んだ土に包まれて、静かに眠るだろう。そうして名前は確実に消えて失くなるだろう。わたしたちの仕事は確実に残るがね」

「聖人だか何だかが空を昇って行くというふうに見ないで、墓が空っぽになったことだけ見る人もいる。たぶんそういうふうに起こったと思う。もし、ほんとうにあったとしたら」

「失礼ですが」冷たい声がした。「この礼拝堂は二組が入るには狭すぎるようです。あなた方の邪魔はしないようにしましょう」

解説者は聖職者だった。一団の人々は信徒だったのだろう。みんな案内書と一緒に祈禱書を持っていた。みんなは黙って列をなし、礼拝堂を出ていった。そのなかにペンション・ベルトリーニの小柄な老婦人がふたり――ミス・テリーザ・アランとミス・キャサリン・アランがいた。

「行かないで」エマースン氏が叫んだ。「二組でも充分な広さです。行かないで下さい」

行列は一言も発せずに去っていった。やがて隣の礼拝堂から聖フランシスの生涯を説明する解説者の声が聞こえてきた。

「ジョージ、あの牧師はブリクストンの助任司祭じゃなかったか？」

ジョージが隣の礼拝堂を覗きに行って戻ってきた。「たぶんそうだと思う。よく覚えていないけれど」

「それじゃあ、あの人のところに行ってわたしが誰だか思いださせなくては。たしかにイーガーさんだ。なぜ隣に行ってしまったのだろう。声が大きすぎたのか？　どうも弱ったぞ。隣に行って、詫びを言ってこよう。そうしたほうが好いだろう？　そうすれば戻ってきてくれるかもしれない」

「戻ってこないよ」とジョージは言った。

しかし、自分のしたことが気になってならないエマースン氏は、カスバート・イーガー師に詫びを言いに行ってしまった。明かり採りの窓に心を奪われているふうを装ったルーシーの耳に、講義がふたたび中断され、心配そうであるがやはり押しの強い声と、気分を害した相手の短い返答が聞こえてきた。どのように些細な躓きをも悲劇と取ってしまう息子もまた、その遣りとりを聞いていた。

「父はたいていの人をあんなふうに怒らせてしまうのです。親切でやっているつもりなんですが」

「たいがいの人は親切になろうと思っているのじゃありません?」ルーシーはぎこちなく微笑んだ。

「自分の人格を高めようと思ってね。でも、父は人が大好きだから親切にしようとするのです。親切にされた人は父の気持ちに気づく。そして、腹を立てるか、怯えるかするのです」

「なんて愚かな人々なんでしょう」ルーシーはそう言ったものの、心のなかではその人たちに同情していた。「でも、親切な行いは如才なく行わなければ――」

「如才なくですか」

ジョージは侮蔑の色を浮かべて言った。どうやら間違った答えを出したらしかった。ルーシーは、このひどく変わった若者が、礼拝堂のなかを行ったり来たりするのを見守った。

若い男にしては何だかごつごつした感じで、厳しさのある顔だった——ほんとうに、影のなかに入るまでは。影のなかに入ると、その顔は一変して優しい表情を見せた。後に彼女はローマでふたたびこの顔を見た。その顔はシスティナ礼拝堂の天井で、団栗《どんぐり》の詰まった荷を背負っていた。健康的で筋肉質であるにもかかわらず、彼の印象は灰色を連想させるもので、夜にしか解決が見いだせない問題を抱えているといった印象を与えた。だが、その感じはすぐに消えた。何かにたいして、そんなふうに微妙な感想を抱くことは彼女に似つかわしいことではなかった。沈黙と未知の感情から生まれたそれは、エマースン氏が戻ると同時に消え去り、彼女はふたたび唯一自分に馴染みのものである、速やかな会話の世界に戻った。

「剣突を喰らったでしょう？」息子が穏やかに聞いた。

「だが、何人いるか知らんが、あの人達の楽しみの邪魔をしたのだからなあ。あの人達は戻ってこないだろう」

「……生来、同情に篤く……人の善き面を見つけるのに長け……友愛を胸にうち抱き……」

聖フランシスについての解説の断片が、仕切り壁の向こうから流れてきた。

「あなたの見物を駄目にしてはいけないな。聖人たちはもう見終わったかね」

「ええ、みんな素晴らしいものでしたわ。ラスキンが褒めていた墓石はどれだか御存知ですか？」

父親は知らなかった。彼は、どれがそうなのか探しに行こうと誘った。ジョージが断ったので彼女は少なからずほっとした。納屋のようだとはいえ、美しいものを満載した聖堂のなかをうろついて、ルーシーと父親はまんざら楽しくなくもない時間を過ごした。ふたりは物乞いを避け、列柱のあたりに屯《たむろ》する案内人を遣りすごしながら歩いた。犬を連れた老婦人や観光客たちのあいだを縫ってゆっくりとミサに行く司祭の姿がそこここで見られた。しかしエマースン氏はそれらにさほど熱のない視線を向けるだけだった。彼は、自分が体面を傷つけたと思っている解説者に、ずっと視線を向けていた。それから息子のほうにも心配そうに視線を向けていた。

「あいつは何であのフレスコ画を見ているのだ？　見るべきものなんてないと思うのだが」と落ち着かなそうにエマースン氏は言った。

「わたしはジオットが好きです。「触覚価値」と呼ばれている、あの感じがとても素晴らしいと思います。もっとも、デラ・ロッビアの嬰児《みどりご》のようなもののほうが、もっと好きですけれど」

「そうでしょうな。ひとりの赤ん坊は聖人一ダース分の価値がある。わたしの嬰児は天国全部と同じくらいの価値がある。だのに、見ればあいつはいまのところ、地獄に住んでいるようだ」

ルーシーはまたなにかしら不適切なものを感じた。

父親は繰り返して言った。「地獄にいる。不幸せなやつだ」

「まあ、そんな」ルーシーが言った。

「あんなに丈夫で元気なやつがどうして不幸せなのだ。これ以上何が必要だというのだ。神の名の下に人間は憎みあう、そういう迷信や無知には無縁で育ったのに。そういう教育を受けたのだから、あいつは幸せになるものだと思っていた」

彼女は神学者ではなかったが、眼の前の人物は不信心なだけでなく、とても愚かだと思った。母はこのような類の人と話すのを好ましいと思わないだろうという気もした、ましてシャーロットなら猛烈に反対するだろう。

「あいつに何をしてやれるだろう？　休暇ではるばるイタリアまで来たのに、あんなざまだ。外で遊んでいるべきなのに、墓の石で怪我をしたさっきの子供のようだ。えっ？　いまなんと言いましたかな？」

ルーシーは別段口を利いたわけではなかった。エマースン氏はそして唐突に言いだした。

「そう、この話をぼんやり聞き過ごしてほしくないのですよ。わたしの息子と恋に落ちてくれなどと言うつもりはない。だが、あなたはあいつに触れることができるし、理解することもできるかもしれない。歳も近いし、あなたは自分を縛ることをしなければ、とても賢い人だ。あなたはわたしを助けられるかもしれない。あいつはあまり女とは話したことがないのだ。あなたには時間がある。数週間はここに泊まるのではないですか？　しかし、あなたは思い通りに行動すべきです。昨晩のことから察すると、あなたは濁ったほうに傾きつつある。思い通りに行動すべきです。自分に理解できないことは、深みからみんな引きあげて陽の光に晒して、ほんとうの意味を知るのだ。ジョージのことを理解することによって、あなたは自分のことを理解するようになるでしょう。それはどちらにも良い結果をもたらすはずです」

エマースン氏の驚くべき発言にたいして、ルーシーは返す言葉を見つけることができなかった。

「あいつが何を悩んでいるのかは判っている。なぜ悩むのかは判らんが」

「何を悩んでいるのですか?」ルーシーは悲惨な話でも聞かされるのではないかと恐れながら訊いた。

「古来からの問題です。物事が正しい場所に収まらないという問題です」

「何に関する物事ですか?」

「宇宙のことですよ。それは確かだ。収まるはずがない」

「まあ、エマースンさん、一体なんのことですの?」

口調がまったく変わらなかったので、彼が詩を引用したことにすぐには気がつかなかった。

彼方より、宵と朝《あした》より
十二の風の吹くかの空から
生命の材料が結合してわたしを成すために

吹いてきた。ここに、わたしがいる（A・Eハウスマンの詩集『シュロプシャーの若者』三十二篇目の一節）

「ジョージもわたしも、こういうことだというのは知っている。だが、なぜこんなことであいつは苦しむのだろう。自分たちがこの風から生まれて、またそこに戻るのは判りきったことだ。たぶんすべての生は滑らかに流れる永遠のうえの結《むす》ぼれであり、縺《もつ》れであり、疵《きず》なのだ。しかしなぜそれが不満なのだ？ それよりもたがいに愛しあい、よく働き、この生を享受しようではないか。世界を嘆くことは、わたしにはよく判らん」

ミス・ハニーチャーチは頷いた。

「それなら、あいつの考えをわたしたちのように変えてしまおう。永久不変の『なぜ』の傍らには常に『肯定』があるのだということを教えよう。それが言いすぎだと思うなら、とりあえずの『肯定』が。それでも肯定は肯定だ」

ルーシーはいきなり笑いだした。笑わずにはいられなかったのだ。若者の憂鬱の理由は、宇宙がきちんと収まらないから？ 命が風もしくは縺れた糸？ 「肯定」？ 何とかがどうのこうの？

「ごめんなさい。ずいぶん冷たい人間だとお思いでしょうね。でも――でも」彼女は世慣れた女のように言い添えた。「息子さんは打ちこむものをお探しなのではないでしょうか。なにか趣味はお持ちではないのかしら。わたしも時には気が塞ぐこともありますけれど、ピアノの前にすわれば大体忘れてしまいます。弟は切手の収集が途轍もなく楽しいようです。たぶん息子さんはイタリアが退屈なのではないかしら。アルプスとか湖水地方とかに行ってみてはどうでしょう」

父親の顔が悲しげに曇り、手が静かに彼女に触れた。彼女は警戒はしなかった。自分の助言が役に立って父親が感謝していると思った。実際、この老人にはもう警戒は必要ではなかった。親切だがまるで鈍い人だった。彼女の意気は、一時間前ベデカーを失う前、芸術的感興に震えていた時のように、高く舞いあがった。墳墓の石板を大股でこちらに向かってくるジョージもまた、鈍くて哀れな男に見えた。ジョージが近づいた。顔のあたりが影になっていた。

「ミス・バートレットがいますね」ジョージが言った。

「まあ、大変、どうしましょう」彼女はにわかに我を失い、人生のすべてをふたたび違う角度から眺めることを強いられた。「いったい、どこにいますの?」

「身廊に」

「ほんとうですか。あのお年寄りのアラン姉妹はお喋りだから——」そこまで言って、あとは口をつぐんだ。

「かわいそうな娘さんだ」エマースン氏が突発的にそう言った。「かわいそうな娘さんだ」

ルーシーはその言葉を聞き流すわけにいかなかった。ちょうど自分がそう感じていたのである。

「かわいそうですって?　おっしゃる意味が判りませんわ。わたしは自分を幸運な人間だと思っております。断言してもいいです。わたしはまったく幸福で、いつも楽しい時を過ごしています。お願いですから、わたしのことを嘆いて、時間を無駄にしないでください。無理に作りださなくても、世のなかに嘆きはたくさんあるはずです。ではごきげんよう。おふたりの親切にはとても感謝しております。あら、従姉がまいりました。素晴らしい朝ね！　サンタ・クローチェはなんて素敵な教会でしょう」

ルーシーは従姉と並んで歩きだした。

第三章　音楽と菫《すみれ》とお腹《なか》

ルーシーは日常を混沌に満ちたものだと考えていたが、ピアノの蓋を開けた時はべつだった。彼女はより堅実な世界をそこに見いだすのだった。ピアノの前にすわると、ルーシーはもう慇懃でもなく、お高くとまってもいなかった。反逆者でも奴隷でもなかった。音楽の王国と日常の王国は別物だった。躾《しつけ》とか知性とか教養とかに爪弾きにされるようなものでも、音楽は受け入れてくれる。平凡な人間が音楽を奏でるとしよう。するとその凡人はいとも容易く天空に舞いあがり、聴いているわたしたちはそれを見上げて、どうして我々の隣から逃げることができたのだろうと訝《いぶか》る。その人が自分の見たものを人間の言葉に換えてくれたら、自分に起こったことを人間のやり方に換えてくれたら、わたしたちはその人をどんなに尊敬することか。しかしその人にはできないだろう。実際、できるとしても、ごく稀だろう。ルーシーはできた例《ためし》がない。彼女は輝かしい名演奏家ではなかった。音階を駆けあがる時、その音は真珠の連なりを連想させるものではなかったし、年齢と環境から推測される以上の音を生みだせるかというと、そんなことはなかった。まして、夏の宵に窓を開けて悲劇的な旋律を奏でるような情熱的な令嬢などではなかった。情熱はあったが、それは簡単にレッテルを貼れるような種類の情熱ではなかった。それは愛や憎しみや嫉妬、あるいはそのほかの典型的な感情のあいだから擦りぬけるものだった。それは彼女が大いなるものの下に、その楽器を演奏したからであった。ルーシーが悲劇的であるとすれば、その理由は唯一つ、女神を味方にして演奏するのを好んだ。どのような勝利か、何に対する勝利か――それは日常の言葉で表わすことはできなかった。ベートーヴェンのソナタの幾つかが悲劇的であることは誰も否定できないだろう。だが勝利になるか、絶望になるかは、演奏者が決めるのだ。ルーシーは勝利でなければならないと決めていた。

ペンション・ベルトリーニが雨に降り籠められた午後、ルーシーは自分が真に好むことに没頭する自由を得た。そこで彼女は、昼食を終えると垂れ布のかかった小さなピアノの蓋を開けた。周囲にいた何人かは彼女の演奏を聴き、称賛の言葉を贈ったが、ルーシーが何の反応も返さないと知ると、日記を書いたり昼寝をしたりするために、みんな自分の部屋に引きあげていった。ルーシーはエマースン氏が息子を探しているのも気に留めなかったし、ミス・バートレットがミス・ラヴィッシュを探しているのも気に留めなかったし、ミス・ラヴィッシュが煙草のケースを探しているのも同様に気に留めなかった。本物の演奏者の例に洩れず、彼女はひたすら鍵盤の感覚に酔いしれていた。鍵盤も彼女の指先を愛撫していた。流れる音だけではなく、感触も欲求を満たす手段《てだて》だった。

窓辺にひっそりとすわっていたビーブ牧師は、ミス・ハニーチャーチの矛盾する要素について思いを巡らせていた。タンブリッジ・ウエルズでそれを発見した時のことが思いだされた。上流の人たちが下流の人たちを楽しませるための会を開いた時のことだ。座席はかしこまった聴衆で埋まっていた。教区牧師の肝煎りで、紳士淑女が歌を歌ったり、詩を朗読したり、シャンパンを開ける儀式の真似ごとをした。演目のなかに『ミス・ハニーチャーチ――ピアノ――ベートーヴェン』というのがあった。ビーブ牧師は『アデライーデ』か『トルコ行進曲』あたりではないかと予想していたが、ピアノソナタ第三十二番の冒頭の小節が奏でられるのを耳にした時、少々心穏やかでなくなった。序奏の間じゅう緊張していたのは、この曲が調子が速くなってはじめて演奏者の意図が判るものだからだった。やがて主題が大音響で鳴り響き、これは只事ではないと牧師は思った。そして大団円を暗示する和音の進行のなかで、弦を打つハンマーが勝利を高らかに歌いあげていることに気がついた。第一楽章だけしか演奏しなかったので、牧師はほっとした。というのも、十六分の九拍子を含む複雑に入り組んだ曲に集中しつづけることなど、とてもできるものではなかったからである。聴衆は手を叩いたが、かしこまったおざなりのものだった。足を踏み鳴らしたのはビーブ師だった。それ以外に何もできなかったのである。

「あのお嬢さんは誰ですか？」彼は後で教区牧師に尋ねた。

「わたしの教区民の従妹にあたるお嬢さんです。選曲が成功したとは言えないようですな。ベートーヴェンはたいがいはごく簡潔で直接的な印象を与えるものだが、わざわざ不安な印象を与える曲を選ぶとはまったく旋毛曲《つむじ》がりなお嬢さんだ」

「紹介してください」

「たいそう喜ぶでしょう。あのお嬢さんとミス・バートレットはあなたの説教をたいへん称賛していましたから」

「わたしの説教？」ビーブ牧師は声を上げた。「いったい何であんなふうな娘がわたしの説教を聞く気を起こしたのだろう？」

紹介されて、理由が判った。演奏用の椅子から離れて牧師のもとへやってきたミス・ハニーチャーチは、ごく普通の若い娘だった。髪は黒く豊かで、色白の面立ちは愛らしく、まだ大人に成りきらない印象を与えた。音楽会に出かけるのが大好きで、従姉のところに泊まりに行くのが好きで、アイスコーヒーとメレンゲ菓子が大好きということだった。牧師の説教も好きなのは疑うまでもなかった。ピアノの蓋を閉じて夢見心地で自分のほうに近づいてきたルーシーに、ビーブ牧師は、タンブリッジ・ウエルズを去る前に教区牧師に言った言葉を、繰り返して聞かせることになった。

「ミス・ハニーチャーチ、あなたがこの演奏と同じような生き方をするようになったら、さぞかし痛快なことでしょうな――わたしどもにとっても、あなた自身にとっても」

ルーシーはいつのまにか普段の姿に戻っていた。

「まあ、なんて不思議なんでしょう。誰かが同じようなことを母に向かって言っていました。でも母は、わたしが二重奏を楽しむような、そんな生活を送ることにはならないはずだと言っています」

「お母さまは音楽がお好きではないのですか?」

「嫌いではありません。ですが、何であれ熱中しすぎる人は好きではないのです。母はわたしがピアノに関して馬鹿みたいになっていると思っているのです。母はそう思っているのです――どうしてなのかわたしには判りません。一度、自分の演奏が誰の演奏よりも好きだと母に言ったことがあります。母には伝わらなかったようです。もちろん、わたしの演奏が誰よりも上手だという意味ではありませんでした。わたしが考えていたのは、ただ――」

「判ります」なぜわざわざそのようなことを説明する必要があるのだろうかと、牧師は訝しんだ。

「音楽って――」ルーシーは、より一般的な話題を試みようとしたらしかった。だが、言葉はそこで潰《つい》えてしまった。ルーシーの視線は窓の外の雨のイタリアにぼんやりと据えられていた。この日、南の国のすべては混乱していた。ヨーロッパでもっとも優美なこの国は、濡れて形の崩れた布の塊のようだった。通りと川は汚れた黄色だった。橋は汚れた灰色だった。丘陵は汚れた紫色だった。その日の午後、トッレ・デル・ガロ行きを選んだミス・ラヴィッシュとミス・バートレットは、その丘陵の襞のどこかに閉じこめられていた。

「音楽は何でしょう?」牧師が先を促した。

「かわいそうなシャーロット。ずぶ濡れでしょうね」というのが、ルーシーの返事だった。

この遠出はいかにもミス・バートレットがやりそうなことだった。彼女はやがて戻ってくるはずだった。冷えた体で、疲れ果て、お腹が空いても天使の微笑を浮かべ、スカートやベデカーをびしょ濡れにして、軽く咳きこみながら。その一方で、空に歌が広がり、空気がワインのように芳醇な日には、彼女は団欒室に引きこもって一歩も動かず、もう歳なので元気な女の子の相手は勤まりそうにないと言うのだ。

「ラヴィッシュさんはバートレットさんを引きずり回していますね。雨のなかの真のイタリアを見せたいと思っているのでしょう」

「ミス・ラヴィッシュはほんとうに独創性のある人だわ」ルーシーは呟いた。それはいわば標準的な見解で、同時にペンション・ベルトリーニが創出しえた見解のうちで最高のものであった。ミス・ラヴィッシュにはほんとうに独創性がある。ビーブ牧師はその見解にたいして疑義の念を覚えたものであるが、それはあるいは聖職者の狭量さともいうべきものとして、考慮に値しないかもしれなかった。自らそう考えたせいもあり、またほかの理由もあって、ビーブ牧師は敢えて口を挟むことはしなかった。

ルーシーは畏敬の念を感じさせる声で尋ねた。「ミス・ラヴィッシュが本をお書きになるってほんとうですか?」

「みんなそう言ってますね」

「何の本なのですか?」

「小説のようです、現代のイタリアを題材にした。こうしたことはミス・キャサリン・アランに訊いてみたらいいでしょう。あの人自身も言葉の感覚が優れている人です。わたしの知っているなかでは一番ではないかな」

「ミス・ラヴィッシュに直接訊いてみます。せっかくお友達になったんですもの。でも、あの朝サンタ・クローチェでベデカーを持ったまま逃げてしまったのはいけないことだったと思います。シャーロットは、わたしがひとりぼっちなのを見つけて、たいそう立腹しました。わたしだって当然面白くありませんでした」

「でも、あのふたりは結局のところ、仲直りをしたのでしょう」

ビーブ牧師は、どう見ても似かよったところのないミス・バートレットとミス・ラヴィッシュのあいだに、突然友情が生まれたことに、非常に興味を持った。ふたりはいつも一緒に行動した。ルーシーは付けたりのような存在になった。ミス・ラヴィッシュだったらそれは頷けると牧師は思った。だが、ミス・バートレットはどう見ても不可解だった。あるいは心の深みに秘めていた謎の部分が、意図しないままに表にでてきたということかも知れなかった。タンブリッジ・ウエルズではミス・バートレットを鹿爪らしい付き添いに過ぎないと判断したが、このイタリアが彼女を道から踏み外させてしまったのだろうか？これまでの長い年月、ビーブ牧師は未婚の女を観察するのが好きで、それは彼の専門と言えた。自分の職業のお蔭で研究する事例には事欠かなかった。ルーシーのような娘は見ていて楽しいものだ。だが、じつに深遠な幾つかの理由から、牧師の異性に対する態度のなかには冷然としたものがあった。虜になるより、観察しているほうが好もしかった。

気の毒にシャーロットはずぶ濡れでしょう、とルーシーが言ったのは、それで三度目だった。アルノ川は水嵩を増し、砂州に幾筋もあった手押し車の轍《わだち》は洗い流されていた。だが、南西の方角がぼんやりと黄色に霞みはじめて、天気が快方に向かっていることを暗示していた。もっとも、それはさらに悪くなる兆しかもしれなかったが。外の様子を確かめようとルーシーが窓を開けると、冷たい突風が部屋に吹きこみ、ちょうどその時、ドアを開けて部屋に入ってきたミス・キャサリン・アランが情けない声を上げた。

「まあ、ハニーチャーチさん、風邪を引きますよ。ああ、ビーブさんもいらっしゃったのですか。ここがイタリアだなんて誰が思うでしょうか。姉のテリーザなんぞ、缶にお湯を入れて抱いてますわ。まったく、掛け布団も暖房の設備もないのですから」

彼女は横這いのような妙にぎこちない歩き方でふたりのほうに近づいてきて、腰を下ろした。部屋に男性がひとりでいる時や、男と女がふたりだけの時など、彼女はいつも照れくさいような顔をして入ってくるのだが、やはりそのような顔をしていた。

「あなたのきれいなピアノの音が聞こえましたよ、ハニーチャーチさん、部屋のドアは閉っていましたけれどね。ドアを閉めておくのは、ほんと、とても大事なことですよ。この国ではプライバシーの観念が全然ないのだから。みんな人のプライバシーを侵害して平気なのよ」

ルーシーはそつのない答えを返した。ビーブ牧師のほうは、モデナに滞在していたときの冒険談を女性陣に披露することを思いとどまった。風呂に入っている時、客室係のメイドが勢い良く飛びこんできて、明るく言ったのだった。「あら、気にしないで《ファ・ニェンテ》。わたしは《ソノ・》年増《ヴェッキア》なんだから」牧師は代わりにつぎのように言うことにした。「まったくそのとおりですよ、ミス・アラン、イタリア人はほんとうに気に障る人たちです。何でも覗き見したがるし、何でも知りたがる。おまけに何をしたいのかわたしたちが自覚する前に、もうそれを知っている。わたしたちはイタリア人の慈悲の下にある。イタリア人たちはわたしたちの考えを読みとり、欲望を予言する。辻馬車の馭者から、ええ、そうだな、たとえばジオットまで、わたしたちを裏っかえしにする。腹立たしいことだ。それなのに向こうの心のなかと言えば——まったく空っぽだ。イタリア人には知的生活というものがどんなものなのか、まったく判っていない。先日シニョーラ・ベルトリーニがロンドン訛りでわたしに向かって言ったことの何と正しかったことか。『ほんと、ビーブさん、あたしが子供らの教育のことでどんなにやきもきしているか、察してくださいな。可愛いヴィクトリエには、なにも知らないイタリア人の先生をつけたくないんですよ』シニョーラはそう言ってましたね」

ミス・アランには牧師の言っていることがよく判らなかったが、自分がからかわれていること、またそれが親愛の念からであることは察しがついた。ミス・アランの姉のほうはビーブ牧師に少々失望していた。頭が禿げ、朽葉色の頬髯を生やした風貌から、もっと有難みのあるものを期待していたのだった。まったく、いかにも議論好きな外観の下に、寛容な心や同情心やユーモアのセンスがあるなどと、誰が想像できるだろうか。そのわけがやすっかり気を好くしたミス・アランだが、相変わらず妙な歩き方だった。

っと明らかになった。ミス・アランは、椅子の背中と自分の背もたれのあいだから、ELという頭文字が明るい青緑色で刻まれた青銅色の煙草のケースを引きだした。

「それはラヴィッシュ女史のものですね」と、聖職者は言った。「ラヴィッシュ女史はなかなか素晴らしい人物だ。どうせならパイプでも吸ってみればいいのに」

「まあ、ビーブさんたら」ミス・アランは吃驚《びっくり》したような、面白がっているような、どちらとも言えない反応を示した。「ほんとうに、あの人が煙草を吸うのは困ったものですが、あなたが思うほどひどいことではありませんよ。あの人は言ってみれば絶望して煙草に手を出したのです。人生を賭けた仕事が地滑りで流されてしまったのです。そのことを考えれば、大目に見てあげるべきでしょう」

「それはいったいどういうことですか?」ルーシーは尋ねた。

ビーブ牧師はすわりなおして話を聞く態勢にはいった。ミス・アランが説明をはじめた。

「小説です。でもわたしが知るかぎり、あまり良い小説ではなかったようですわ。才能ある人がそれを間違った方面で使うのは悲しいことですね。でも、そういうことは得てしてあるものです。それはともかく、あの人はアマルフィにあるカプッチーニ・ホテルで作品をほとんど仕上げました。カルヴァリの洞窟での最後の場面の構想を固めて、それからインクを買いにちょっと外に出たのです。『インクを下さいな』ってあの人は言いました。でも、イタリア人の店員というものがどんなものか御存知でしょう? そうしてそのあいだに洞窟は岸辺でがらがらと音を立てて崩れてしまったのです。何より悲しかったのは、あの人が自分の書いたものを思いだすことができなかったことです。それ以来、あの気の毒な方は体調を崩して、煙草に手を出すようになったのです。これはほんとうは内緒ですが、嬉しいことにあの人はまた小説を書こうとしています。先日、姉のテリーザとミス・ポールに、イタリアの地方色を描くためのことは、もうすべて学んだと言っていたそうです。舞台は現代のイタリアらしいです。前の小説は歴史小説だったようですね。でも書き出しのアイディアが浮かばないので、手をつけることができなかったそうです。そしてあの方は霊感を得るために、まずペルージャに行き、つぎにここに来たのです。これは決してあちこちを旅行するための口実ではないでしょう。それにいつも御機嫌なんですよ。認めることができない人でも、何かしら尊敬すべきところがあるものだと、わたしは思わざるを得ませんわ」

このように、ミス・アランは人を見る目があるのにつねに思いやりがあった。彼女の言うことはまとまりに欠けたが、微妙な感傷がつねに奥底で響いていて、予期せざる美がそこに現れることも少なくなかった。それは秋に枯れていく森が、時折春を想わせる薫香を放つことを思いおこさせた。しかしずいぶん大目にみてしまったと思ったらしく、ミス・アランは、すぐに自分の寛容さを言いわけした。

「そうは言っても、あの人は少しばかり――こういう言い方はあまり好きではないのですが、少しばかり女らしくありませんわね。エマースン親子が到着したときの様子はどうも普通じゃありませんでした」

ミス・アランが勇んでその話題をはじめると、ビーブ師は笑みを浮かべた。ミス・アランが殿方の面前でその話を終わりまで話しとおすことができないことを、よく知っていたのである。

「ミス・ポールを御存知かしら、ハニーチャーチさん。髪がとっても黄色い方よ。彼女がレモネードを注文したの。あの父親のほうのエマースンはとても変わったふうに考えるのね」

ミス・アランが口を開けたまま、黙ってしまった。社交的な機転にかけては無尽蔵の蓄えを持つビーブ牧師は、お茶を注文しなくてはと言って席をはずした。ミス・アランは早速、話のつづきをいそいそと小声でルーシーに言った。

「お腹《なか》のことよ。エマースンさんはミス・ポールにお腹に注意しなさいと言ったの。胃酸過多という言い方をしたわ。エマースンさんは親切のつもりで言ったのでしょうね、きっと。じつを言うと、わたしは思わず笑ってしまったわ。不意を突かれたの。姉のテリーザは笑い事ではないと言ったけれど。でもわたしが言いたいのは、エマースンさんがお腹のことを言ったんで、ミス・ラヴィッシュが惹かれたに違いないっていうことなのよ。彼女は単刀直入な話し方が好きだと言っていました。それに、色々な階層の人たちの考え方を知るのが好きなんですって。彼女はエマースンさんたちがセールスマンだと思ったようでした——行商人という言葉を使っていましたっけ。夕食の間じゅう彼女は、我らが愛する祖国イギリスはひとえに商業の上に成り立っていると力説していました。姉のテリーザはとても怒って、デザートのチーズが出る前に席を立ってしまいました。去り際に『ラヴィッシュさん、わたしよりもずっと上手にあなたをやりこめることのできる人がいますよ』と言って、あの見事なテニスン卿の肖像画を指差しました。すると、ミス・ラヴィッシュは『おやおや、ヴィクトリア朝初期の人ね』と言ったのです。考えてもごらんなさい。『おやおや、ヴィクトリア朝初期の人ね』ですよ。姉は行ってしまいました。わたしもこれは一言あってしかるべきだと思い、『ミス・ラヴィッシュ、わたしもヴィクトリア朝初期の人間です。ということは、少なくとも我が女王陛下を貶《おとし》めるようなことは、これっぽっちも聞きたくないということです』と言いました。わたしの剣幕はそうとうなものだったと思います。わたしは女王さまが御本意ではないのに、アイルランドに行幸されたことを、彼女に思いださせてやりました。彼女は気圧されたのだと思います。返事はありませんでした。ところが、間の悪いことに、エマースンさんがこの部分を聞いていたのです。あの太い声で口を挟んできました。『まったくだ。まったくそのとおりだ。あの女がアイルランドを訪れたことは、称賛に値することだと思う』。あの女ですって！　わたし話があまりうまくありませんが、収拾がつかなくなってしまったことは、お判りになるでしょう？　それもこれも元はと言えば、みんなお腹《なか》のことからはじまったのです。でもこれでことが済んだわけではありません。夕食後、ミス・ラヴィッシュが、なんと、わたしのところへ来て言いました。『ミス・アラン、喫煙室に行ってあの感じの好い男性ふたりとお話をしたいの。御一緒して下さいな』そのような不適切なお誘いはもちろん断りました。

すると彼女は失礼にも、これはあなたの考えを広めることになるのですよと言ったのです。また、自分には四人の兄弟がいて、ひとりは陸軍で、あとはみんな大学関係だが、みんな努めて行商人と話すことにしている、とも言いました」

「そのつづきはわたしに話させてください」ビーブ牧師が戻ってきて言った。「ミス・ラヴィッシュはそれからミス・ポールを誘って、それからわたしを、それから誰彼構わず誘ったのですが、結局『わたしひとりで行くわ』と言って、立ち去りました。五分ほど経ったでしょうか、彼女が緑のラシャ張りの板を小脇に抱えてこっそり戻り、トランプのペーシェンスを始めました」

「いったい何があったのですか?」ルーシーが勢いこんで尋ねた。

「誰も知りません。これからもそうでしょう。ミス・ラヴィッシュがまさか言うはずもないし、エマースンさんは、語るほどのことでもないと思っているでしょうから」

「ビーブさん、エマースンさんは好い人なのですか?それともそうではないのですか?わたし、とても知りたいんです」

ビーブ牧師は笑って、自分で答えを出すべきでしょうな、と言った。

「でも、難しいわ。あの人はとてもおばかさんに見える時があるんですもの。そんな時は見ないようにしています。アランさんはどう思います?あの人は好い人なんでしょうか?」

ミス・アランは首を振って溜息をつき、不賛成の意を示した。ビーブ牧師は会話が面白くなってきたので、こう言ってけしかけた。

「ミス・アラン、あなたは彼を立派な人の仲間に入れなくてはいけないのですよ。あの菫のことがあるのだから」

「菫？　まあ、そうだわ！　誰が菫のことを言いました？　なんて噂の広まるのは早いのかしら。ペンションはまるで噂の巣窟ね。嘆かわしいわ。そうそう、わたしはサンタ・クローチェのイーガーさんの講釈であの親子がどんなことをしたか、ぜったいに忘れません。ミス・ハニーチャーチはお気の毒だったわね。ほんとうに災難でした。そう、わたしは意見を変えます。わたしはエマースンさんが好きではありません。あの人は好い人ではありません」

ビーブ牧師はその言葉に動じたようすもなく、微笑んでいた。彼はエマースン親子をベルトリーニの小さな社会に、引きいれようとさりげない努力を注いできたのだが、その努力は報われることはなかった。いまでもなおふたりに友好的なのはほぼ牧師だけだった。知性を標榜するミス・ラヴィッシュは敵意をあらわにしていたし、育ちの良さを旨とするアラン姉妹はこれでミス・ラヴィッシュに継ぐ存在になった。恩義を受けたことにたいして憤りを感じているミス・バートレットは、最低限の礼儀さえ惜しんでいた。ルーシーの場合は少々違っていた。彼女は漠然とだがサンタ・クローチェでの冒険のことを牧師に話していた。それについて牧師は、エマースン親子が奇妙にも協力して、ルーシーを自分たちの仲間に引きいれようとしているのではないかと推測した。自分たちの不思議な視点から社会を見せよう、自分たちの喜びや悲しみを見せようとしたのではないかと。じつに無用な行いだ。牧師は親子の主張がひとりの若い娘の眼に、崇拝すべきものと映らないようにと願った。そういうことにはならないで欲しかった。結局のところ、自分はエマースン親子のことは何も知らなかった。ペンションの喜び、ペンションの悲しみ。それらは泡沫《うたかた》のようなものだった。一方、ルーシーのほうは何と言っても自分の教区民になる人間だ。

空にじっと視線を据えながら、エマースン親子は好い人たちだと思うと、ルーシーはようやく言った。最近はしかしふたりの姿を見ることはなくなっていた。食堂の席さえも変わっていた。

「でもあの人たちはいつもあなたを待ち伏せして、一緒に外出しようとしてない?」小柄なミス・アランは好奇心もあらわに尋ねた。

「一度だけです。シャーロットが嫌がって何か言ったんです――もちろんとても丁寧に」

「シャーロットさんは正しいことをしたわ。あの親子にはわたしたちのやりかたが判りませんもの。自分たちにあった水準の人を探せばいいのよ」

ビーブ牧師には、エマースン親子は沈没状態のように思われた。ふたりの意図は――そう呼べるものだとしたら――潰えていた。ペンションの小さな社交界を牛耳ろうという意図は。いまでは父親も息子同様にほとんど口を開かなかった。ビーブ牧師はふたりが宿を去る前に、楽しい一日を過ごせるような計画を何とか立てられないものかと考えた。そう、遠足のようなものを。ルーシーにはちゃんと付き添いをつけて、そのうえでふたりに楽しんでもらうのだ。人々に楽しい思い出を提供するのは、ビーブ牧師にとって大きな喜びのひとつだった。

取り留めもなく話しているあいだに夕刻となり、空が明るくなってきた。丘陵や木々の色が戻ってきた。一様に泥の色だったアルノ川にも光が躍るようになってきた。空を覆った雲の端々に、青緑色の縁取りが見えるようになり、地面のそこここにある水たまりは明るい光を反射するようになった。やがて水を滴らせたサン・ミニアートが、傾きつつある陽の光を受けて、輝きを放ちはじめた。

「外に出るのには遅すぎるわね」ミス・アランはほっとしたような声で言った。「美術館はどこももう閉まっているわ」

「わたしは出かけようかなと思います」ルーシーは言った。「街を一回りする路面電車に乗ってみたいんです――デッキで、運転席のそばに立って」

話し相手のふたりが心配そうな顔になった。ビーブ牧師は、ミス・バートレットの留守中は、自分が面倒を見るべきだと思っていたので、あえて意見を言うことにした。

「わたしも行けたらいいのですが、あいにく手紙を書かなくてはいけないのです。もしひとりで出かけたいのなら、歩いた方が良いのではないですかな」

「イタリア人ばかりなのですよ、判ってるでしょうけど」ミス・アランも言った。

「言いたいことが伝わる人たちもいるんじゃないかしら」

だがふたりがなおも賛成しない様子だったので、ルーシーは譲歩して、観光客がたくさんいる通りをちょっと散歩するだけに留めるつもりだ、と牧師に向かって言った。

窓からルーシーを見ながらビーブ牧師が言った。「ほんとうは外出しないほうがいいのだが。本人もそれを知っている。ベートーヴェンを弾きすぎたのかもしれない」

第四章　四番目の章

ビーブ牧師は正しかった。ルーシーは音楽に浸った後、自分の欲求を明瞭に意識することができた。牧師の機知やミス・アランの示唆に富んだお喋りも、心の底から楽しんでいたわけではなかった。会話というものは退屈だった。何かもっと大きなものが欲しかったのだ。路面電車のデッキに立って風に吹かれれば、その気宇壮大なものに巡り会えると信じていた。

でもそのようなことはできっこない。レディーらしくないことだった。なぜだろう。なぜ大きなことはみんなレディーらしくないのだろう？　いつだったか、シャーロットがそのわけを言っていた。淑女というものは殿方より劣っているのではなくて、ただ、違った種類のものなのです。淑女の役目は自分がなにかを遣りとげることではなく、ほかの人が遣りとげられるように後押しをすることなのです。淑女というものは、機転と淑女としての誇りによって、間接的に多くのことを為すことができるのです。でも、もし淑女たるものが自ら事に当たれば、まわりの人に眉を顰《ひそ》められ、それから軽蔑され、最後は無視されるのです。詩というものはそういうことを描いてきました。

このような中世風のレディーのなかには重要なものがある。龍がいなくなり、騎士が立ち去ってもなお、レディーは生きつづけている。ヴィクトリア朝には、彼女は幾多《あまた》の城のなかで勢力を揮い、幾多《あまた》の詩歌のなかで女王と崇められた。日々の仕事をこなしつつ、彼女を護るのは喜ばしいことである。彼女が素晴らしい食事を作った時、尊崇の念を捧げるのは喜ばしいことである。ああ、しかしレディーは変わった。彼女の心のなかにも、かつてなかった憧れが芽生えているのだ。彼女もまた、吹きすさぶ風や、壮大な景観や、緑の大海《おおわだ》に魅せられるのだ。彼女は知った。この世の王国がいかに美に満ち、富に満ち、戦いに満ちているか――美しい地表、燃えさかる火を擁したそれ、後退する空に向かって伸びてゆく世界。レディーが自分たちを世界へ向けて駆りたてたのだと男たちは言いきる。お蔭で嬉々として地表を動きまわり、ほかの男たちとじつに喜ばしい出会いをしたと。そして、幸せであると、男であるという理由からではなく、生きているという理由で幸せだと言いきる。お祭り騒ぎが終わる前に、レディーは永遠の女性という立派な肩書きを捨て、束の間の自分として生きることを望むだろう。

慎重な態度が求められる場では、振り仰ぐべき規範と教えられているのではあるが、ルーシーはそうした中世的なレディーにはとうていなれそうになかった。かといって、反抗の手段も持たなかった。あれもこれもと制約を受けるのが鬱陶しかった。ルーシーは制約によく逆らったものである。そして、おそらく後になってそうしたことを後悔するのだった。この日の午後、ことにルーシーは反抗的だった。彼女のためを思ってくれる人々が賛成しないことを無性にしてみたかった。さすがに電車には乗れそうもないので、彼女はアリナリの店に行くことにした。

彼女はそこでボッティチェルリの『ヴィーナスの誕生』の写真を買った。ほんとうはとても美しいのに、残念ながらヴィーナスのせいで、その絵はだいぶ損なわれていた。ミス・バートレットは、その絵を買うのはやめなさいと言っていたのだ（芸術的に残念という意味は、もちろん裸体が含まれていたからである）。彼女はジョルジョーネの『嵐《テンペスタ》』と、『イドリーノ像』と、システィナ礼拝堂のフレスコ画を何枚かと、リュシッポスの『掻きおとす人《アポクシューオメノス》』を買い足した。そのうちに気持ちも少し鎮まった。彼女はさらにフラ・アンジェリコの『マリアの戴冠』や、ジオットの『聖ヨハネの昇天』や、デラ・ロッビアの嬰児とギド・レーニのマドンナを何枚か買った。彼女の好みは一般的なもので、とにかく有名なものならば、何でも是認した。

しかし、七リラ近くも使ったのに、自由への門はまだ開かないようだった。彼女は自分が不服なことに気がついていた。そして自分でそのことに気づいているというのは、彼女にとってははじめての経験だった。「世界は美しいものに満ち溢れているに違いない。いまのわたしはそれがあるところへ行けないけれど」母親のハニーチャーチ夫人が音楽を好まないのは不思議ではなかった。ピアノは娘を怒りっぽくさせるし、扱いにくくさせるし、話を通じなくさせるのだった。

「わたしには何も起こらない」シニョリーア広場に足を踏みいれたルーシーは、驚異の数々にはすでに慣れきっていて、上の空で眺めまわしながらそう呟いた。名だたる広場は影に包まれていた。太陽が顔を出したのは、広場を照らすには遅すぎる時刻だったのだ。噴水のネプトゥーヌス像はすでに実体感を失い、半ば神のような、半ば亡霊のような姿で薄闇のなかに浮かんでいた。噴水の縁にのんびりと腰を下ろす人間やサテュロスたちに、噴水の飛沫《しぶき》がかかっていた。それは夢のなかの風景のようだった。彫刻回廊《ロッジア・デイ・ランツィ》は三つの入口がある洞窟といった趣で、そのなかには、不死の神たちが影のように立ち並び、去来する人間たちを眺めていた。非現実的な時間だった。非現実的なものこそが現実だと思えるような、そんな時間だった。分別のある大人ならば、そんな時間にそんな場所で見るべきものは見つくしたと満足しただろう。しかし、ルーシーはより多くのものを望んでいた。彼女はなんとなく物足りない気持ちでヴェッキオ宮殿の塔を見上げた。塔は薄闇のなかで粗く仕上げられた黄金の柱のように見えた。それはもはや塔ではなかった。地に支えられているのではなく、静かな空で脈打つ、決して手の届かない宝玉だった。黄金の輝きは彼女を呪縛し、舗道に視線を落としながら帰路を行く時も、まだ瞼の裏で鮮やかに脈打っていた。

その時、それは起こった。

回廊の側で、ふたりのイタリア人が金の貸し借りのことで口論をしていた。「五リラだ」ふたりは叫んでいた。「五リラ！」ふたりは互いに譲らず、言い争った。ひとりが胸を軽く突かれた。突かれた男は顔をしかめた。そしてルーシーのほうに倒れかかってきた。まるでルーシーに関心があり、重大な伝言を伝えたいとでもいった表情だった。伝言を伝えるために口を開いた瞬間、唇の隙間から、一筋の鮮紅が現れ、濃く茂った顎の鬚を伝って流れた。

それだけだった。薄暮のなかから群集が湧いて出て、奇妙な男を眼の届かないところに連れて行った。ジョージ・エマースンは数歩ほど離れた場所を歩いていた。彼は男が立っていた一点を透かしてルーシーを見た。とても奇妙な感じだった。なにかを透かして彼女の姿を認めた。ルーシーの眼はジョージ・エマースンの姿を認めたものの、その姿は朦朧《もうろう》としていた。宮殿も朦朧として揺らぎ、無音かつ緩慢に彼女の上に伸《の》しかかってきた。空も一緒に落ちてきた。

「まあ、わたしどうしたのかしら?」と彼女は思った。

「わたしどうしたのかしら?」と眼を開けて呟いた。

ジョージ・エマースンはまだルーシーを見ていたが、視線を妨げるものはいまは何も挟んでいなかった。ルーシーはさっきまで退屈だと不平を洩らしていた。それがいまは驚くべきことに、ひとりの男は胸を刺され、ひとりの男は自分を腕に抱いていた。

ふたりはウフィツィ美術館のアーケードの石段にすわっていた。ジョージ・エマースンが運んできてくれたらしかった。ルーシーが口をきいたので彼は立ちあがり、膝の埃をはたいた。ルーシーはまた同じ言葉を繰り返した。

「まあ、わたしどうしたのかしら?」

「気を失ったんです」

「わたし、わたし――すみません」

「気分はどうですか?」

「平気です――何ともありません」彼女は頷き、笑みを浮かべることができた。

「じゃあ、宿に帰りましょう。ここにいても仕方がない」

ジョージは彼女を立たせようとして手を差し伸べたが、彼女はそれを見ないふりをした。泉のほうから聞こえる叫び声はいっこうに止む気配もなく、奇妙に虚ろに響いた。世界のすべてが色褪せ、本来の意味を失っているように思えた。

「とても親切にしていただいて。ひとりだったら、倒れた時、怪我をしたかもしれません。でももう元気になったので、ひとりで帰れます。ほんとうにどうもありがとう」

ジョージ・エマースンの手はまだ差しだされたままだった。

「そうだ、写真が」

「何の写真ですか?」

「アリナリの店で写真を何枚か買ったのです。広場で落としてしまったようですわ」ルーシーは妙に慎重な面持ちでそう言った。「もし、御迷惑でなかったら、拾ってきていただくわけにはいきませんか?」

ジョージ・エマースンはどこまでも親切だった。彼が背中を向けた途端、ルーシーはこっそりと立ちあがり、忍び足でアルノ川のほうに向かおうとした。

「ハニーチャーチさん」

　彼女は思わず胸に手をやり、足を止めた。

「黙ってすわっていたほうがいい。まだ、ひとりでは帰れない」

「どうもありがとう。でももうだいじょうぶ」

「だめです。もしだいじょうぶなら、堂々と、歩いていくはずだ」

「でも、ひとりで帰りたいのです――」

「それなら写真は拾ってきません」

「ひとりで帰りたいんです」

　ジョージ・エマースンは命令するように言った。「男がひとり死んだのだ――たぶん死んだと思う。すわってゆっくり休みなさい」彼女は驚き、従った。「僕が戻るまで動いちゃだめだ」

　黒い頭巾を被った、夢に出てくるような者たちが、広場にいた。宮殿の塔は落日の光を失い、地上に溶けていた。ジョージ・エマースンがあの薄闇の広場から戻ったら、何と言ったらいいのだろう？　先ほどの感覚にまた襲われた。「わたしどうしたのかしら？」――死んだ男と同様に、自分も魂の境界を越えてしまったのではないかという気がした。

　ジョージ・エマースンが戻ってきた。ルーシーは殺人のことを話した。奇妙なことに、その話題は気が楽だった。彼女はイタリア人の気質を語った。五分前に気を失うことになった事件のことを、饒舌といっていいほどの口調で喋った。もともと身体が丈夫なせいか、彼女はじきに流血沙汰の衝撃から立ち直った。まだ体のなかで翼がはためいているような気分だったが、ジョージ・エマースンの助けを借りずに立ちあがると、しっかりとした足取りでアルノ川に向かった。辻馬車がふたりに呼びかけたが、ふたりは断った。

「殺したほうの男が相手にキスをしようとしたのですか——まあ、イタリア人ってなんて変なんでしょう——しかも自分から警察に名乗りでたのですか。ビーブさんは、イタリア人は何でも知っているとおっしゃっていたけれど、わたしには何だか子供っぽいように見えます。昨日も従姉と一緒にピッティに行ったとき——あらっ、それは何？」

ジョージ・エマースンが何かを川に捨てていた。

「何を捨てたんですか？」

「僕が欲しいと思ったのではないものです」不機嫌な面持ちでジョージが答えた。

「エマースンさん」

「はい」

「写真はどこですか？」

彼は黙ったままだった。

「いま捨てたのはわたしの写真だと思いますけれど」

「どうしたらいいか判らなかったんです」ジョージ・エマースンの声が高くなった。まるで不安でたまらない少年の声のようだった。はじめてジョージ・エマースンにたいして親近の情を覚えた。「写真はみんな血だらけになっていた。ああ、やっと言えた。喋っているあいだじゅう、あの写真をどうしたらいいのか考えていたんです」ジョージ・エマースンは川面を指差した。「ほら、もう流れてしまった」川は橋の下で渦を巻いていた。「流れていってしまっても構わないと思っていた。僕はあんまり頭が良くないらしい。海まで流れてしまえばいいと思ってた――混乱しているんだ。ただ恐かっただけかもしれない」少年は大人に戻った。「途轍もないことが起こった。狼狽《うろた》えず、正面から考えなければならない。ひとりの人間が死んだというだけではない」

これ以上喋らせてはいけないと、ルーシーのなかの何かが警告した。

「確かに何かが起こった」彼は繰り返した。「僕はそれが何なのか突きとめなければ」

「エマースンさん――」

深淵な問題を考えることを邪魔されたかのように、ジョージ・エマースンは眉をひそめ、ルーシーの顔を見た。

「なかに入る前に、お願いしたいことがあります」

ふたりはペンションの近くに来ていた。彼女は足を止め、川沿いの舗道を縁取る欄干に肘を載せてもたれかかった。ジョージ・エマースンも同じようにした。同一の姿勢というものには時として魔術めいた力がある。同じ姿勢は、永遠の友情を示唆するもののひとつに算えられるだろう。彼女は口を開くまえに肘を組み替えた。

「わたしはばかなことをしたわ」

ジョージのほうは自分の思いを追っていた。

「こんなに自分を恥ずかしいと思ったことはこれまでないわ。どうしてあんなふうになったのかしら」

「僕も気を失いかけたくらいだから」ジョージ・エマースンはそう言ったが、ルーシーは彼が自分の態度に不快な印象を受けたような気がしてならなかった。

「千回謝ってもいいくらい迷惑をかけました」

「ああ、べつに何でもありません」

「それで——大事なことなんですけど——つまらない人たちがどんなふうに噂をするか、エマースンさんももちろん御存知ですわね。ことに女性が。——わたしの言いたいこと判って下さいます?」

「すみません、よく判りません」

「わたしが言いたいのは、誰にもこの話をしないで欲しいということなのです。わたしのばかな振るまいを」

「あなたの振るまい? ああ、だいじょうぶ、だいじょうぶです」

「どうもありがとう。それと、お願いですから——」

懇請の言葉をルーシーはそれ以上つづけることができなくなった。宵闇が濃くなり、足下の早い流れはいま黒々として見えた。彼は川に写真を捨てた。それからその理由を話した。そういう男性にたいして騎士道精神を求めても無駄なことにルーシーは思い至った。

この人は噂になるような話を自分からすることはしないだろう。信頼できるし、知性もあるし、親切だ。自分を高く評価さえしてくれているかもしれない。けれども、この人は騎士道精神を欠いていた。彼の頭のなかには、その態度と同様に、畏れ慎むという観念がないようだった。そういう人物に「お願いですから――」とだけ言って、つづきを察してもらえると期待しても無駄だった。あの美しい絵のなかの騎士のように、裸になった自分から眼を反らして欲しいと期待しても無駄だった。自分は彼の腕のなかにいたのだ。そして彼はそれを憶えていた。アリナリの店で買った写真の血のことを憶えているように。ひとりの男が死んだというだけではなかった。生者にも何かが起こった。ふたりは個というものが現れる状況にやってきていた。子供時代が枝分かれし、熱情に彩られた青春へと変わる場所にいた。

「ほんとうにどうもありがとう」と彼女は繰り返した。「こんな事件って簡単に起こるものなのですね。でも人はすぐにまたもとの生活に戻るのでしょう」

「僕は戻らない」

当惑し、彼女は尋ねた。

ジョージ・エマースンの答えは謎めいていた。「僕はたぶん生きたいのだと思う」

「何でしょう？　それはどういう意味ですか、エマースンさん」

「僕はたぶん生きたいのだと思う、と言ったんです」

欄干に肘を載せたルーシーは、アルノ川の面をしばし見遣った。流れる水の音はいままで耳にしたことのない音楽のように聞こえた。

第五章　楽しい遠出はどうなるか

親戚のあいだでは以前から「シャーロット・バートレットはどっちを向くか判らない」と言いならわされてきた。彼女はルーシーの冒険に機嫌よく理解を示した。事の顚末をかいつまんで話したのだが、ルーシーの振るまいも、ジョージ・エマースンの親切もすべて満足できるものと思ったようだった。その日、じつは彼女とミス・ラヴィッシュもまた冒険をしてきたところだった。ふたりは帰途、関税徴収所で足止めをされた。暇をもてあました無礼な若い官吏たちは、食料を忍ばせていないかとふたりの小さな手提げ袋を探ろうとした。きわめて不愉快な事態になりかねないところだったが、さいわいミス・ラヴィッシュは誰とでも渡りあうことのできる人だった。

良かったのか悪かったのか判らないが、広場でも堤防でも知っている人に見られてはいなかった。ただ、夕食の時に、ビーブ牧師が彼女の眼のなかに熱気を認めて、「ベートーヴェンの弾きすぎ」という言葉をふたたび心のなかで繰りかえしただけだった。しかし、牧師はルーシーが冒険を企てているものとばかり思い、すでに冒険に出会ったとは思っていなかった。しかし孤立はルーシーに重く伸しかかった。誰かに自分の考えを認めてもらったり、あるいは少なくとも反対されることに慣れていたのだ。自分の考えが正しいのか間違っているのか判らないというのは何だか恐ろしかった。

翌日の朝食の時、彼女は重要な決断をした。選ぶべき計画が彼女の前にふたつ提示されていた。ビーブ牧師はその日、エマースン親子と数人のアメリカ婦人と一緒に、トッレ・デル・ガロまで遠出するつもりだと言った。ミス・バートレットとミス・ハニーチャーチも好かったら一緒にどうか、と牧師は言った。昨日の雨のなか、そこまで行ってきたシャーロットは丁重に断った。しかし、その申し出はルーシーが喜ぶもののように思えた。ルーシーは買い物や、お金の交換や、郵便物の引き取りや、その他諸々の退屈なことを嫌っていた——そうしたことを午前中に済まさなければならなかった。それにはひとりのほうがはかどりそうだった。

「だめよ、シャーロット」ルーシーは熱心に主張した。「ビーブさんの御親切はありがたいけれど、わたしはいつもシャーロットと一緒よ。そのほうがずっといいわ」

「まあ、それでもいいわよ」ミス・バートレットは微かに頬を染めて喜んだ。ルーシーの顔は後ろめたさに真っ赤になった。シャーロットにたいしてなんて不実なんだろう、どうしていつもこうなのだろう、これからは自分を改めなくてはいけない。午前の用事のあいだずっと優しくしてあげよう。

彼女は従姉の腕に自分の腕をからませると、河岸通り《ルンガルノ》を歩きだした。今朝の川は音といい、色といい、また迫力といい、大いに見物に値した。ミス・バートレットは欄干に寄りかかって川を見ようと言った。それからすでに馴染みになったせりふを口に出した。

「お母さまとフレディーもこれを見ることができたら」ルーシーは少し苛立った。よりによって昨日と同じ場所で立ち止まるとは、いかにもシャーロットのすることらしかった。

「見てごらんなさいな、ルチア。まあ、あなたトッレ・デル・ガロ行きの一行を見ているのね。選択を誤ったと後悔するんじゃないかと心配していたの」

真剣に選んだのだから後悔はしていなかった。昨日は混乱を絵に描いたような一日だった——とても変な一日だった。日記に書くのも難しいような。けれども、シャーロットとの買い物のほうが、ジョージ・エマースンやトッレ・デル・ガロの頂上よりも望ましかった。あの縺《もつ》れたような心持ちを整理することなど、とてもできそうになかったので、ふたたび踏みこまないように、用心するに越したことはなかった。だから彼女は従姉が仄めかしたことを心から否定できた。

主役の俳優を思いださないように努めたものの、残念ながら大道具は残っていた。いかにも運命の気まぐれで、ルーシーはシャーロットの歩くままに、川沿いの舗道からシニョリーア広場に入った。石組みや柱廊や噴水や宮殿の塔といったものが、それほど深い意味を持って、心に迫ってきたという経験はいままでなかった。その時、ルーシーは幽霊というものが、どのような性質のものなのか、理解したように思った。

殺人のあったまさにその場所に陣取っていたのは、幽霊ならぬミス・ラヴィッシュだった。朝刊を手にした彼女は元気な声でふたりを呼んだ。昨日の恐ろしい惨劇の場から、彼女は小説に使えそうなことを思いついたのだった。

ミス・バートレットが言った。「まあ、それはおめでとう。昨日は絶望的な日だったけど、今日は幸運ね」

「あーら、ミス・ハニーチャーチ、こっちにいらっしゃい。わたしはついてるわ。さあ、あなたが見たことを最初から話してちょうだいな」

ルーシーはパラソルの先で地面をつついた。

「ああ、あなた、その話はしたくないかしら」

「ごめんなさい。もし、わたしの話を聞かなくても小説が書けそうだったらですけど、できればその話はしたくないんです」

年嵩《としかさ》のふたりは眼をあわせたが、そこに咎めるようなようすはなかった。若い娘だったら、感じやすいのは当たり前だった。

「謝るのはわたしのほうだわ。わたしたち物書きは恥知らずなの。詮索してはいけないものが人の心のなかにあるなんて思ってないのよ」

彼女は陽気に泉のほうへ歩いては引き返し、写実主義的要求を満たすため、しばらく計算をした。素材を集めるために今朝の八時からこの広場にいたのだ、とミス・ラヴィッシュは言った。大部分は使いものにならないが、でももちろん脚色というものがある。ふたりの男が五フラン札のことで争った。だが五フランの代りに若い娘を登場させるつもりだ。悲劇の度合いが高まるし、筋書きも素晴らしいものになる。

「主人公の名前は何にするの？」ミス・バートレットが尋ねた。

「リアノーラ」ミス・ラヴィッシュの名前はエレノアだった。

「まあ、素敵な女性だったらいいわね」

それは大事なことだから、ぜひともそうするつもりだ。

「筋書きはどんなふうになるの？」

愛、殺人、誘拐、復讐。噴水の飛沫が朝の光のなかで、サテュロス神たちを洗うのを見ている時、プロットが全部浮かんできた。

「こんな話をだらだらとして、ごめんなさいね」ミス・ラヴィッシュはそう結んだ。「ほんとうに判ってもらえる人には話したくなるのよ。もちろんいま話したのはただの輪郭にすぎないわ。フィレンツェやこの近所を書いて、地方色を盛りこんで、それからユーモラスな人物も登場させるつもりよ。そうそう、先に言っておくのがフェアね。わたしイギリス人の旅行者たちには無慈悲になるつもりよ」

「まあ、悪い人ね」ミス・バートレットが歓声を上げた。「あなたエマースン親子のことを考えているんでしょう」

ミス・ラヴィッシュはマキャベリ的な笑みを浮かべた。

「じつをいうと、イタリアでは、自分の国の人に共感を覚えることがないの。わたしが惹かれるのは見捨てられたようなイタリア人なのよ。できるかぎりそういう人間たちの生活を描くつもり。わたしは、繰り返し主張するわ、これまでも強く思ってきたのよ。昨日のような悲劇は卑しい人たちのあいだに起こったからって、悲劇性が薄れるわけじゃないのよ」

ミス・ラヴィッシュがそう結んだあと、適切な沈黙があった。ふたりの従姉妹は小説が成功するように述べて彼女と別れ、広場をゆっくりと横切った。

「彼女は聡明ね。わたしの理想とする人だわ」とミス・バートレットが言った。「あの最後の話にはほんとうに真実の響きがあったわ。感動的な小説になりそうね」

ルーシーも賛成した。いまの彼女の大きな関心事は何とかして巻き添えにされるのを避けようということだった。今朝の彼女は不思議なほど洞察力が鋭く、ミス・ラヴィッシュが自分を純真素朴な娘役で、小説のなかに登場させようという意図を持っていると確信したのだった。

「彼女は解放されてるわ、わたしが思う最高の意味でね」ミス・バートレットは考えながら言葉をつづけた。「でも深みのない人は彼女に驚くでしょうね。わたしは昨日彼女とじっくり話したの。彼女は正義や真実を信じ、人間に興味を持っているわ。わたしに話してくれたけれど、女性の運命というものにとても良い意見を持っているのよ。あら、イーガーさん。まあ嬉しい。驚きましたわ」

「わたしはそうでもありませんよ。じつは少し前からあなたとミス・ハニーチャーチを見ていたのです」在住牧師は愛想よく言った。

「わたしたちミス・ラヴィッシュとお喋りしてたんです」

牧師が眉をひそめた。

「そう見えましたが、やはりそうですか。あっちへ行きなさい《アンダーテ・ヴィア》！　わたしは忙しいのだ《ソノ・オックパート》！」後半の言葉は、にこやかな笑みを浮かべて近寄ってきた絵葉書売りに投げつけられたものだった。「思い切ってお誘いしようと思いまして。この週のうちに丘陵のほうに遠出をする予定なのですが、御一緒しませんか。フィエーゾレ方面に向かって、それからセッティニャーノを回って帰るのです。丘の途中にとても好いところがあるので、一時間ほど馬車を止めて散策をします。そこからのフィレンツェの眺めは何とも美しいものですよ。フィエーゾレからの陳腐な見晴らしよりはるかに素晴らしい。アレッシオ・バルドヴィネッティが好んで絵に描いた景色です。彼は風景に関しては特別な感覚を備えていた。特別な感覚を。だがそのようなことにいま興味を持つ人などいるだろうか。世のなかは我々の手にあまるようになってきた」

　ミス・バートレットはアレッシオ・バルドヴィネッティなる名前を知らなかった。だが、イーガー氏は並の牧師ではなかった。彼はフィレンツェのイギリス人居留地に在住していた。彼の知る人々はベデカーなど持たずに歩き回るし、昼食後の昼寝《シエスタ》にも馴染んでいるし、ペンションの客が聞いたこともないような場所まで足を伸ばして、素人には閉ざされた画廊などに、個人的な伝《つて》で入ることができるのだ。洗練された閑静な住宅、たとえば家具付きのフラットとか、フィエーゾレ山麓のルネッサンス風の屋敷とかに住んでいるそのような人々は、本を読んだり物を書いたり、研究したり、意見を交わしたりして、フィレンツェの詳細な知識を、いや認識を手に入れるのだ。クック旅行社のクーポン券をポケットに忍ばせているような人々の眼には、決して触れることがないそれを。

だから、牧師の招待はある意味では誇ってよいものであった。二種類の羊の群れを受け持っていた彼は、その接点でもあった。そして、移動性の群れのなかから価値あるものと認めた羊を、数時間ほど定住性の群れのいる放牧地に連れて行くのが、自ら明らかにしている習慣だった。ルネッサンス風の屋敷でお茶を飲むことができるのだろうか？　まだ牧師の口からその話は出ていないが、もしそれが実現したら、ルーシーはどんなに喜ぶことだろう。


確かに数日前ならばルーシーも喜んだかもしれなかった。しかし人生における種々の喜びは新しく組替えられつつあった。イーガー牧師とミス・バートレットとの遠出は――たとえ大きな屋敷でのお茶会という極めつきのことがあっても――もはや最高の部類に属することではなかった。彼女はシャーロットの恍惚とした返事を、少しばかり気が抜けた調子で繰りかえした。ただ、ビーブ牧師も行くと聞いた時だけ、返事に少し関心がこもった。

「我々は四人組ということになります。この労苦と喧噪の日々には田舎と田舎がもたらしてくれる清浄さが必要です。あっちに行きなさい《アンダーテ・ヴィア》！　さっさと行きなさい《アンダーテ・プレスト》、早く《プレスト》！　まったく、街というものは。確かに美しい。けれど、街は街だ」

ふたりは頷いた。

「まさにこの広場で浅ましく悲しい事件が起きたと、そう聞いております。ダンテやサヴォナローラのフィレンツェを愛する人々にとって、このような冒瀆は信じがたいことです——信じがたいことであり、また恥ずかしいことです」

「ほんとに恥ずかしいことです。ミス・ハニーチャーチはたまたまその場を通りかかったのです。かわいそうにまだその話をすることができません」ミス・バートレットは得意げにルーシーをちらりと見た。

「またどうしてこんなところに来たのですか？」牧師は父親のような調子で尋ねた。

ミス・バートレットの俄作りの自由主義は、この質問でたちまち消えて失くなった。

「この人を責めないで下さいな、イーガーさん。責任はわたしにあるのです。この人を付き添いもなしに外に出してしまったのです」

「では、ここにひとりでいたのですか」思いやりと非難が混じった声だったが、悲惨な事件の細部を聞くのは吝《やぶさ》かではないといった響きがこもっていた。浅黒い端正な顔に哀悼の表情を浮かべ、牧師は返事を求めてルーシーを見下ろした。

「ええ、まあそういうことです」

「ペンションの宿泊客の方が、御親切に連れ戻して下さいましたの」ミス・バートレットは巧妙に性別をぼかして言った。

「その御婦人にとって恐ろしい経験でしたな。まさか、あなたとその方は——えー、間近にいたわけではないでしょうね」

その日は朝からさまざまなことを耳にしたが、そのなかでも一番驚いたのはイーガー牧師のその言葉だった。尊敬すべき人たちの流血沙汰にたいする残忍とも言える執着。ジョージ・エマースンはそれにたいして不思議なほどの純粋さを見せたものだったが。

「泉のそばで死んだのだと思います」というのが彼女の答えだった。

「あなたとお連れは――？」

「柱廊《ロッジア》のところにおりました」

「それは不幸中の幸いでしたな。もちろん、低級な新聞の恥ずべき挿し絵などは御覧にはなっていないでしょうな――ああ、この男は街の厄介者です。わたしが在住の人間だと充分承知しているのに、安っぽい絵葉書を買ってくれと煩わせる」

絵葉書売りはルーシーと結託した――イタリアはつねに若さと結託していた。男は隙を見計らって折り畳み式の写真集を不意に広げ、ミス・バートレットとイーガー牧師のほうに突きだした。うまい具合にそれはふたりの手に引っかかった。教会と名画と名所が長い橋となってふたりの手を繋いだ。

「もうたくさんだ」牧師は叫んでフラ・アンジェリコの天使のあたりを打った。天使が裂けた。絵葉書売りの喉から悲鳴が湧いた。折り畳み式の写真集は思ったより価値のあるもののようだった。

「もしよかったらわたしが買って――」ミス・バートレットが言いかけた。

「放っておきなさい」牧師がぴしゃりと言い、三人は急ぎ足で広場を去った。

しかしイタリア人というものは、無視されたままでいることに甘んじるような種類の人間ではなかった。不平がある時はなおさらである。イーガー牧師への複雑怪奇な抗議は耐え難いものになっていった。男の脅し声や泣き落としの声であたりの空気は震えた。男はルーシーに頼んだ。取りなしてくれませんか、貧しいのです、家族を養わねばならないのです、食べるために必死なのです。男は様子を窺った。喚き散らした。弁償してもらった。しかし不満足だった。結局、解放された時には、草臥《くたび》れ果てた三人は草臥れたという以外の感情は持ちようがない状態になっていた。喜ばしい感情も、不快な感情も。

そんなことがあったが、その後は買い物をしようということになった。ふたりは牧師の案内でおそろしいほど大量に土産物を買った——練り紛細工に金メッキをした派手な小さい額縁。小さなイーゼルに乗った、樫の彫刻がほどこされた地味な額縁。ヴェラム紙のノート。ヴェラム紙のダンテの本。安いモザイクのブローチ、これは今度のクリスマス用。メイドたちはぜったいに本物と見分けがつかないだろう。さまざまなブローチ。壺。紋章の描いてある皿。セピア色の美術品の写真。雪花石膏《アラバスター》製のエロスとプシュケと、バランスをとるための聖ペテロ像——ロンドンならばもっと安く手に入るようなものばかりだった。

実りの多い朝だったが、ルーシーにはぜんぜん楽しい印象を残さなかった。理由は分からないが、彼女はミス・ラヴィッシュとイーガー牧師を少しばかり恐ろしいと思った。恐ろしいと思ったからだろうか、不思議なことに、彼女はふたりを尊敬できなくなっていた。ミス・ラヴィッシュがほんとうに偉大な芸術家なのかどうか怪しんだ。自分はそう思うことを受けいれてきたが、イーガー牧師がほんとうに高尚で教養のある人なのかどうか怪しんだ。新しい基準の下で見ると、ふたりには足りないものがあるように思われてきた。シャーロットについて言えば――シャーロットはまったく変わらなかった。彼女に優しくするのは可能だった。けれども彼女を好きになることは不可能だった。

「労働者の息子です。たまたま知りました。あの人自身も若いときは機械関係の職人だったのですが、社会主義の新聞に何か書きはじめたのです。ブリクストンで一緒だったことがあるのですよ」

エマースン親子のことを話しているのだった。

「最近は下層から出て、身を立てる人が妙に多うございますね」ミス・バートレットがピサの斜塔の模型を指で触りながら嘆息した。

「一般的には」とイーガー牧師は答えた。「そういう出世は好感をもって受けいれられるでしょう。教育を受けたいとか社会に進出したいとかの欲求は、まあ恥かしいものではありませんから。このフィレンツェに連れてきてやりたいと思う労働者も何人かいます――少ないですがね」

「あの人はいまも新聞に記事を書いているのですか？」ミス・バートレットが訊いた。

「違います。彼は有利な結婚をしたのです」

牧師は意味深長にそう言って溜息をついた。

「まあ、奥さまがいらっしゃるのね」

「亡くなりました、ミス・バートレット、亡くなったのですよ。どうして――どうして厚かましくわたしの顔をまっすぐ見ることができるのだろう、わたしを知人呼ばわりできるのだろうと不思議に思っております。かなり前のことですが、ロンドンにいた時、エマースンはわたしの教区民でした。先日、サンタ・クローチェでミス・ハニーチャーチと彼が一緒にいたあの時、わたしは彼を邪険にあしらいました。わたしからは邪険にされる以外の応対を引き出せないことを気づかせてやったのです」

「それはいったいどういう意味ですか」ルーシーの顔に血が上った。

「露見したのですよ」イーガー牧師は囁いた。

牧師は話題を変えようとしたが、しかしいかにも劇的な話の流れだったので、聴いているふたりは牧師が意図した以上の興味を覚えたようだった。ミス・バートレットなどは当然のことながらまさに興味の塊りになったが、ルーシーはエマースン親子には二度と会いたくないとは思っていたものの、牧師の一語でふたりを非難するような気にはとてもなれなかった。

「あの方が反宗教的な人だということですか？　それはもう知っています」

「ルーシー」ミス・バートレットがルーシーが口出しするのをそっとたしなめた。

「すべてを御存知だとしたら、わたしは驚きますね。息子のことは——当時は無邪気な子供でした——省きましょう。教育や親から受け継いだ性格が、あの子の成長にどんな影響を与えたかは、神のみぞ知るといったところですから」

「たぶん」ミス・バートレットは言った。「わたしたち聞かないほうがいいようですね」

「率直に申せばそのとおりです」イーガー牧師は言った。「これ以上は差し控えよう」ルーシーの反抗心が言葉になったのは、その時がはじめてだった――そう、生まれてはじめてだった。

「牧師さまはまだなにも話していません」

「あえてそうしているのです」牧師は堅い声でそう言った。

イーガー牧師は憤然と娘を見たが、娘も憤然と見返した。店のカウンターの前に立ったまま、牧師のほうを振り返った彼女の胸は波打っていた。牧師は彼女の顔を仔細に見た。真一文字になった唇を見た。自分を信用しないというのは、何といっても許せることではなかった。

「殺人です。どうしても知りたいのなら言ってしまいましょう」牧師は憤然と言い放った。

「あの男は自分の妻を殺したのです」

「どのようにしてですか」彼女も激した口調で応じた。

「彼が細君を殺したことは間違いありません――あの日、サンタ・クローチェで――ふたりはわたしの悪口を言いましたか？」

「いいえ、イーガーさん。一言も言っていません」

「ああ、そうですか、ふたりがわたしのことを中傷したのではないかと思っていました。では、あなたが弁護するわけは、単にあの人たちが魅力的だからということですね」

「わたしはべつに弁護などしていません」気持ちが萎え、以前の混沌とした世界に逆戻りして、ルーシーは言った。「あの人たちを善いとも悪いとも思っていません」

「一体なぜこの子が弁護しているなどとお思いになるのですか?」芳しくない雰囲気に慌てたミス・バートレットが訊いた。店員が聞き耳を立てているかもしれなかった。

「弁護するのが難しいことが、ミス・ハニーチャーチにはお判りになりますまい。あの男は自分の妻を神の面前で殺したのです」

神が持ちだされたのは印象的だった。牧師は実際のところ、自分の軽率な話をしかるべき状態に修正しようと思ったのだった。その後の沈黙は感銘が生じるべきであったが、気まずさだけが残った。ミス・バートレットが急いでピサの斜塔を買い求め、出口に向かって歩きだした。

「そろそろわたしは行かなければ」眼をつぶって、懐中時計を取りだしながら、イーガー牧師は言った。

ミス・バートレットは牧師の親切に礼を言い、熱心な口調で予定された遠出のことに触れた。

「遠出? ああ、いらっしゃるのですか?」

ルーシーは礼儀を思いだした。少しばかり、言葉遣いを改める努力をすると、イーガー牧師の自尊心は復旧した。

「遠出ですって」牧師と別れるとすぐに、ルーシーはそう叫んだ。「あの人の言う遠出って、ビーブさんとわたしたちとで、気楽に予定を組んだものじゃない。なぜあの人あんなばかみたいな態度で、わたしたちを招待するわけ？　むしろわたしたちのほうが招待すべきでしょう？　だって費用はめいめいが持つんですもの」

エマースン親子の悲運に同情しようと思っていたミス・バートレットだが、従妹の言葉を聞いて、予期していなかったことに気がついた。

「もしそうなら――もしビーブさんも加わるという遠出が、前にわたしたちがビーブさんと計画した遠出と同じなら、なんだか嘆かわしいことになりそうだわ」

「どうして？」

「ビーブさんはエレノア・ラヴィッシュも誘ったからよ」

「馬車がもう一台要るということね」

「もっと悪いことよ。イーガーさんはエレノアがお嫌いなの。エレノア自身それを知っているわ。率直に言えば、イーガーさんにとって、彼女はあまりにも型破りですからね」

ふたりは英国系の銀行の新聞閲覧室にいた。中央のテーブルのそばに立ち、『パンチ』や『グラフィック』を形ばかり眺めながら、ルーシーは頭のなかをぐるぐる駆け巡る疑問に答えようと、少なくとも疑問を整理しようと、努力していた。いままで馴染んできた世界が壊れ、かわりにフィレンツェが登場した。魔法の街。そこでは人々の思考や行動は途方もなく風変わりだ。殺人。殺人の告発。ひとりの人にべたべたし、ほかの人にたいしては無礼な上流婦人。こういうことがこの街では日常茶飯事なのだろうか？　この街の外見の紛れもない美しさの下に、良くも悪しくも、情熱的な欲求を湧きたたせ、かつそれをたちまちのうちに成就させる力があるのだろうか?

呑気《のんき》なシャーロットは、何でもないことに大いに頭を悩ませるわりに、大事なことには疎かった。驚くほど気配りに長けて「ものごとの流れゆく先」が読めるはずのシャーロットはその「先」に近づいた時には何も見えなくなるのだった。いま彼女は部屋の隅のほうで屈んで、首に吊るして服の内側に隠した麻の小袋から、旅行信用状を取りだそうとしていた。それがイタリアでお金を安全に持ち運ぶことのできる、唯一の方法だと教わっていたのである。シャーロットはまた英国系の銀行の建物のなかだけでしか袋を開けてはいけないとも教わっていた。袋を探りながら、彼女はぶつぶつ言った。「ビーブさんがイーガーさんに言い忘れたか、イーガーさんがわたしたちに言い忘れたのか、それとも、考えられないことだけれど、ふたりしてエレノアを、誘わないことに決めたのか。どうなってるか判らないけれど、ともかく準備だけはしておかなければならないわ。ふたりが楽しみにしてらっしゃるのはあなたね。わたしはただ体裁のために誘われてるだけ。あなたはふたりの牧師さまと一緒にいらっしゃい。わたしとエレノアは後の馬車で付いていくわ。わたしたちなら一頭立てで充分。でも、なんて面倒なんでしょう」

「ほんとうにそうね」と沈んだ同情の声で、ルーシーは相槌を打った。

「あなたはどう思う?」袋と格闘したせいで、頬を上気させたシャーロットが、服のボタンを留めながら聞いた。

「わたしに考えなんてないわ。自分が何をしたいのかさえ判らない」

「まあ、ルーシー！　フィレンツェにうんざりしている？　何をしたいのかおっしゃいな。そうすれば、明日は地の果てにでも連れて行ってあげるわよ」

「ありがとう、シャーロット」と、ルーシーは言い、どこに行きたいのかほんとうに考えてみることにした。

帳場に手紙が来ていた。一通は弟からで、運動と生物学のことばかり書いてあり、もう一通は母からで、いかにも母にしか書けないような楽しい手紙だった。黄色いクロッカスだと思って買ったら濃いベージュ色の花が咲いたとか、新しいメイドが来たが、羊歯《しだ》に水と間違えてレモネード用の果汁をやったとか、二戸建ての住宅が建ったので、サマー・ストリートもだめになり、サー・ハリー・オトウェイも心を痛めている、などなど。彼女は気楽で愉快な家の生活を思いだした。そこでは何をしても構わないし、自分の身には何も起こらなかった。松の森を抜けて登って行く道、よく片づいた居間、サセックスの森の眺め——すべてがくっきりと明瞭に眼の前に浮かんだ。しかし何か物悲しくもあった。さまざまに経験を積んだ旅人が昔訪れた画廊をふたたび訪れ、昔見た絵を見たら、そう思うように。

「なにか変わったことでもあったの？」ミス・バートレットが訊いた。

「ヴァイズ夫人と息子さんがローマに旅行に出かけたんですって」ルーシーは、一番つまらない出来事を伝えた。「ヴァイズ一家のことを知っている？」

「あら、戻るのはこっちの道じゃないわよ。シニョリーア広場は何度行っても飽きることがないでしょ」

「ヴァイズ家の人たちはみんな素敵なのよ。頭が良いの——ほんとうの頭の良さってああだと思うわ。ねえ、ローマに行きたいと思わない?」

「すごく行きたいわ」

シニョリーア広場は輝かしいと言うには、石が目立ちすぎた。ガラスもないし、花もないし、フレスコ画もないし、大理石の壁の光沢も、赤い煉瓦の安らぎもなかった。奇妙な偶然によって——地霊がこの広場を領していると考えなければ——立像たちの発する厳粛さを和らげているのは、子供の純真さではなく、若者の輝かしい苦悩ではなく、成熟した者の自覚的な達成感だった。ペルセウスとユデト、ヘラクレスとトゥスネルダ。彼ら彼女らは何かを成し遂げた。あるいは何かに苦しんだ。その者たちは不死であったが、不死は経験の後にやってきた。決して前ではなかった。その前は死すべき者たちだった。自然の孤独のなかだけでなく、この広場でも英雄は女神に会い、女傑は男神に会うのかもしれなかった。

「シャーロット!」ルーシーが突然叫んだ。「好いことを考えたわ。明日ローマに行きましょう。真っ直ぐヴァイズ一家のいるホテルに行くのよ。自分がどうしたいのか判ったわ。フィレンツェなんてもううんざり。さっき地の果てまで連れて行くって言ってたじゃない。ねえ、行きましょう。ね!」

ミス・バートレットは同じように陽気に応えた。

「まあ、あなたっておかしな人ね。遠出のことはどうなったの」

ふたりは実行の可能性の薄い計画を声を立てて笑いながら、無骨な美を湛えた広場を通りぬけた。

第六章

アーサー・ビーブ牧師、カスバート・イーガー牧師、エマースン氏、ジョージ・エマースン氏、ミス・エレノア・ラヴィッシュ、ミス・シャーロット・バートレット、ミス・ルーシー・ハニーチャーチが、いい眺めを愛《め》でに馬車で出かける。イタリア人が馬車を馭す。

記憶に長く残ることになったその日、フィエーゾレに向けて一行が乗った馬車を馭したのは、太陽の神の息子パエトーンだった。責任の何たるかを知らない火のような若者は、岩が目立つ丘陵の道を、主人の馬をがむしゃらに急きたてて進んだ。ビーブ牧師はたちまち若者の本質を見抜いた。信仰の時代も懐疑の時代も、若者に影響を与えてはいなかった。彼はトスカナ地方で馬車を操るパエトーンだった。そしてペルセポネがいた。若者は妹を途中で同乗させてもよいだろうかと許可を求めた。娘は冥府の女神ペルセポネだった。春とともに天上の母親の許に帰ってきたペルセポネは、背が高くてほっそりした娘で、まだ光に慣れていないので、仄白い顔の睫を伏せていた。イーガー牧師は娘を同乗させることに関して、それ自体は大したことではないが、要求はしだいに大きくなる、付けこむ隙を与えてはいけないと言って、反対した。しかし婦人方がとりなし、ほんとうに好意的な例外だということを得心させてから、女神は太陽神の息子の隣にすわることを許された。

パエトーンはすぐに左の手綱を持った手を上げて、彼女の頭を潜らせ、腰のあたりを抱えながら、馬を馭することができるようにした。彼女はそれを別段気にしなかった。馬のほうに背を向けていたイーガー牧師は、そのはしたない振るまいにまったく気づかず、ルーシーと話をつづけていた。同じ馬車に乗っていたのはエマースン氏とミス・ラヴィッシュだった。ひどいことになっていたのである。ビーブ牧師はイーガー牧師に相談せずに人数を倍にしてしまった。ミス・バートレットとミス・ラヴィッシュは、朝からずっと誰がどこにすわるか計画を練っていたのだが、馬車が来た肝心の時にてきぱきと指示を出すことができなかった。結局、ミス・ラヴィッシュとルーシーは同じ馬車に乗りこみ、ミス・バートレットはジョージ・エマースンとビーブ牧師と一緒に後続の馬車に乗った。

気の毒なのはイーガー牧師で、期待した四人組はすっかり別人と入れ替わってしまった。ルネッサンス風の山荘でのお茶は、もし牧師が内心で計画していたとしても、いまとなってはとうてい実現することはできなかった。ルーシーとミス・バートレットには確かに品位が備わっているし、ビーブ牧師は信頼性はないが、才気を持った人物である。だが安っぽい女流作家と、神の面前で妻を殺した新聞記者は――自分の紹介で訪ねるべき山荘など存在しなかった。

白い服で優雅に装ったルーシーは、一触即発の三人に挟まれ、背筋を伸ばして、緊張の面持ちですわっていた。イーガー牧師の言葉には熱心に耳を傾け、ミス・ラヴィッシュにたいしては宥めるようにし、エマースン氏にたいしては警戒をした——エマースン氏はいまのところ、たっぷりの昼食と眠気を誘う春の大気のお蔭で、幸いにも居眠りをしていた。彼女はこの遠出を運命の仕業と思っていた。もしこの遠出がなかったら、ジョージ・エマースンを避けとおすことができただろう。彼はルーシーと親密でいたいという気持ちをまったく隠していなかった。彼女はそれにたいして冷たい態度をとった。ジョージ・エマースンが嫌いだからではなく、ふたりのあいだに起こったことがどういう意味を持つのか判らなかったからである。ジョージ・エマースンのほうはその意味を知っているのではないかという気がした。そのことが恐かった。

何であれ、真に意味のあることは柱廊《ロッジア》で起こったのではなく、川べりで起こった。死というものを眼の当たりにして取り乱すのは許せる。けれどもそれについて語りあい、語りあってから沈黙し、沈黙してから共感を覚えたことは間違いだった。感情の部分が動転して間違いを犯したのではなく、心全体が間違いを犯したのだ。あれはいけないことだった(彼女はそう考えた)。一緒に暗い川面を見つめたこと、同じ衝動に衝き動かされて、互いに顔も見ず、言葉も交わさず、宿に戻ったことは。はじめのうちは罪の意識はほとんどなかった。トッレ・デル・ガロの一行に加わろうかと思ったくらいだから。しかし一旦ジョージを避けだすと、どんどん避けざるを得なくなっていった。皮肉な運命は、ふたりの牧師と従姉の姿を借りて悪戯をした。ジョージと一緒に丘陵へ遠出をしないうちはフィレンツェを離れることができないと、決められているようだった。

イーガー牧師はルーシーに丁寧な口調で話しかけた。ふたりのあいだの小さな蟠《わだかま》りは消えていた。

「それで、ミス・ハニーチャーチ、御旅行は美術の勉強が目的ですかな?」

「まあ、そんな、違います」

「たぶん人間の本質の勉強が目的でしょう、わたしと同じように」ミス・ラヴィッシュが口を挟んだ。

「いいえ、ただの観光です」

「ああ、そうですか」牧師は言った。「そういうことですか。無礼を許していただくならば、現地に在住しているわたしたちは、あなた方のような観光客を少なからず気の毒に思うのですよ。ヴェニスからフィレンツェへ、フィレンツェからローマへと、まるで手荷物のように受け渡され、ペンションとかホテルとかに一緒に押しこまれ、ベデカーに載っていないことは何も知らない。ただ『見た』とか『行った』だけをこなして、つぎの場所に移動する。その結果、街や川や宮殿が混ぜこぜになって、頭のなかで渦を巻いてしまうのです。パンチにアメリカ娘の漫画が載っていましたよ。『ねえ、パパ、ローマで何を見たっけ?』パパが応えて曰く『ああ、ローマではたしか黄色い犬を見たよ』あなた方の旅行はこのようなものでしょうな、はっはっは」

「わたしもほんとうにそう思うわ」牧師の辛辣な冗談に何度か口を挟もうとしていたミス・ラヴィッシュが言った。「アングロサクソンの観光客の、狭くて浅い、ものの見方は災厄のようなものね」

「まったくそのとおり。さて、ミス・ハニーチャーチ、フィレンツェのイギリス人社会は非常に規模が大きいのです。とはいえ、中身が均質ということではもちろんありません――たとえば、商売でここにいる人たちが少しいます。しかし大部分は研究者です。レディー・ヘレン・レイヴァストックなどは現在フラ・アンジェリコの研究に没頭しています。彼女の例を挙げたのは、今ちょうど彼女の山荘が左に見えたからです。いえ、立たなくては見えませんよ――ああ、だめです、立たないで。落ちますよ。レディー・ヘレン・レイヴァストックは自宅の厚く茂った生垣が自慢なのです。生垣の内側はまるで仙郷そのものですよ。まるで六百年も時代が遡ったような気がします。何人かの批評家は彼女の家の庭がデカメロンの舞台だと言っていますが、それも彼女の庭に興を添えていますね。そう思いませんか」

「ほんとうに」ミス・ラヴィッシュは大きな声で答えた。「教えてください。その批評家の人たちは、あの素晴らしい七日目の場面は、どこだと考えているのでしょうね?」

しかしイーガー牧師はルーシーに向かって語りつづけた。右側の家はアメリカ人としては最良の人物の――そんなアメリカ人などめったにいるものではないが――誰それ氏、それから何某氏たちは丘の下のほうに住んでいます。『中世の小径』という叢書に収められた彼女の幾つかの論文は当然知っておられますね。それからこちらの彼は『哲学者ゲミストス・プレトン』という本を書いているところです。このような人々の屋敷の美しい庭でお茶を御馳走になっていると、塀の向こうの新道を通り過ぎる路面電車の車輪の軋みが、聞こえてきます。電車は汗と埃にまみれた知的とは言えない観光客を満載しています。連中はただフィエーゾレをこなすために、一時間ほどあそこへ行くのです。じつに――じつに、連中が自分たちの間近にあるものに気づいていないことといったら、驚くばかりです」

牧師が話しているあいだ、馭者台ではふたつの影が恥ずかしげもなく戯れていた。ルーシーはたまらなく羨ましいと思った。ふたりは不品行を望んでそれを許された。ふたりにとってそれはじつに喜ばしいことだった。この遠出を楽しんでいるのはたぶん馭者台のふたりだけだった。馬車は激しく揺れながらフィエーゾレ広場を疾走し、セッティニャーノ街道に入って行った。

「ゆっくり《ピアーノ》！ ゆっくり《ピアーノ》！」イーガー牧師は頭越しに優雅に手を振りながら言った。

「大丈夫《ヴァ・ベネ》、シニョール、大丈夫《ヴァ・ベネ》」馭者は歌うように言うと、さらに馬に鞭を当てた。

今度はイーガー牧師とミス・ラヴィッシュがアレッシオ・ヴァルドヴィネッティについて議論を交わした。ヴァルドヴィネッティはルネッサンスの原因となった人なのか、それとも結果として表に出てきた人なのか？ 連れの馬車はずっと後方に遅れた。馬の走りがギャロップに変わると、居眠りしているエマースン氏の大きな体が、まるで機械のように規則的にイーガー牧師にぶつかった。

「ゆっくり《ピアーノ》！ ゆっくり《ピアーノ》！」殉教者のような眼でルーシーを見ながら牧師は言った。

馬車が大きく傾き、牧師が怒って振り返った。先ほどからペルセポネにキスをしようと努めていたパエトーンが、ちょうどそのとき望みを果たしたところだった。そしてちょっとした修羅場が、後にミス・バートレットが不愉快きわまりないと言った場面が、展開することになった。馬が止められ、恋人たちは離れるように命令された。若者はチップを貰う望みを断たれた。娘は直ちに降りるよう言われた。

「妹なんだ」彼は哀れな眼つきで一行をひとりずつ見ながら言った。

イーガー牧師は、お前は嘘つきだ、とまで言った。パエトーンは嘘つきと言われたことよりも、牧師の剣幕があまりに凄まじかったために頭を垂れた。しかし、馬車が急に止まって眼を覚ましたエマースン氏が、話に加わった。エマースン氏は恋人たちは何があっても引き離してはだめだと言い、自分は応援するぞというふうにふたりの背中を軽く叩いた。ミス・ラヴィッシュも、エマースン氏の味方をするのは気が進まなかったが、ボヘミアンを標榜している以上、応援しないわけにはいかなかった。

「わたしなら、ふたりを好きなようにさせるわ」彼女は声高に主張した。「わたしがそう言っても賛成してくれる人は少ないけれど。わたしはいつも因襲に真っ向から反対してきました。これこそわたしの言う冒険よ」

「許してはなりません」イーガー牧師は言った。「この男はわたしたちを騙そうとした。わたしたちをまるでクック旅行社の団体客なみに考えている」

「それは違います」とミス・ラヴィッシュが反対したが、勢いは眼に見えて衰えていた。

後方の馬車が追いついた。実際的なビーブ牧師が、こんなことの後だからふたりはもう眼に余ることはしないでしょうと言って、騒ぎに決着をつけた。

「放っておいてやろう」牧師を畏れることのないエマースン氏が頼んだ。「こんな幸運にはなかなか巡り会えないのに、馭者台からひきずり降ろすのはどうかと思うね。恋人たちに馬を操ってもらうとは、王さまでも羨むできごとだ。もしふたりを引き離すことになれば、それはわたしの知るどんなことより、神聖冒瀆に似ていると言うべきだろう」

人が集まりだしたわ、とミス・バートレットの合いの手が入った。

イーガー牧師の困ったところは、不屈の意志を持つといったことではなく、能弁であるということだった。彼はいま長口舌をふるうことを決心した。イーガー牧師はふたたび馭者に向かって話しだした。イタリア人の口から出るイタリア語は、深く厚い水流の音である。時には滝があって、大きな石が沈んでいて、単調さを救う。イーガー牧師の口から洩れるイタリア語は詰まった噴水の喘鳴にそっくりで、その声はだんだん高く早口になり、ついには軋みのようになり、突然の舌打ちで終わった。

「お嬢さん《シニョリーナ》」癇癪玉《かんしやくだま》の破裂が終わると、若者がルーシーに向かって言った。なぜ彼はルーシーに頼むのだろう？

「お嬢さん《シニョリーナ》」ペルセポネが艶のあるコントラルトで繰り返した。彼女はもうひとつの馬車を指差した。どういう意味だろう？

一瞬ふたりの娘は互いを見つめあった。それからペルセポネは馭者台を下りた。

「ついに勝ったぞ」馬車がふたたび走りはじめると、イーガー牧師はそう言って自らに拍手を送った。

「勝ったんじゃない」エマースン氏は言った。「負けたんだよ。あなたは幸せなふたりを引き裂いた」

イーガー牧師は眼を閉じた。彼はエマースン氏と隣りあわせになってしまったが、言葉を交わすつもりなどなかったのだ。エマースン氏はうたた寝から覚めて気分がすっきりしたのか、今し方の出来事について熱心に語った。彼はルーシーに賛成することを強要し、加勢してくれと息子に向かって叫んだ。

「わたしたちは金で買えないものを、買おうとしたところなんだぞ。この若者はわたしたちを乗せて走る契約をした。そしていま契約を果たしているんだ。わたしたちは彼の魂まで契約したわけじゃない」

ミス・ラヴィッシュは眉をひそめた。どこから見ても平凡なイギリス人と判断した男が、その枠から外れたことを言うのを聞くのは不快だった。

「馬車を走らせるのはうまくないわね。わたしたちをひどく揺さぶったもの」

「そうかね。まるでベッドの上みたいに静かだったが。ああ、いまはたしかに揺さぶっているな。なぜだかわかりますか？　わたしたちを振り落とそうとしているのですよ。たしかにこの男にはそうする権利がある。もしわたしが迷信深かったら、あの娘のことも恐れるでしょう。若い人たちを傷つけることなどしてはいけないのに。ロレンツォ・デ・メディチのことを聞いたことがありますか？」

ミス・ラヴィッシュの髪が逆立った。

「もちろん聞いたことがありますわよ。あなた、ロレンツォ・イル・マニフィーコのことを言っているの？　それともウルビーノ公ロレンツォのこと？　それとも背が低かったためにロレンツィーノと呼ばれているロレンツォのこと？」

「それは神さまだったら知ってるだろうな。たぶん神さまだったら知ってる。わたしの言いたいのは詩人のロレンツォのことだ。昨日聞いたのだが、彼の詩にこういうのがあるそうだ──『春と争ってはいけない』」

イーガー牧師としては博識を披露する機会を逃すわけにはいかなかった。

「ノン・ファーテ・グエルラ・アル・マッジォ」牧師はそう呟いた。「五月と戦うことなかれ、というのが正しい意味になるでしょうな」

「わたしの言いたいことはですな、わたしたちはその五月と戦ったということです。御覧なさい」エマースン氏は芽吹きはじめた木々のあいだから、遥か下方に見えるアルノ渓谷を指差した。「五十マイル四方の春だ。わたしたちはその春を愛でにきたはずだ。自然の春と人間の春に、なにか違いがあると思いますか？　それなのに、わたしたちは一方の春を愛でて、もう一方の春を芳しくないと言って断罪している。同じ法則がいつも両方を支配していることを恥じてね」

先を聞きたいと促す者はいなかった。やがてイーガー牧師が合図をして馬車を止め、丘を散策するため、一行に列を作らせた。一行とフィエーゾレの山巓のあいだにあったのは、巨大な円形劇場のような窪地で、窪地の斜面は階段状になっていて、けぶるようなオリーヴの樹々が見えた。道はなおも曲がってつづいていて、窪地の中央の平地を見下ろす急な崖を掠める形で伸びていた。五百年近くも昔にアレッシオ・ヴァルドヴィネッティの想像を掻きたてたのはこの崖だった。崖は未墾で、湿気があり、藪と点在する木々に覆われていた。あまり知られていないが、勤勉な名人ヴァルドヴィネッティは、半分は職業的な観点から、半分は登ることとそのものを楽しむためにこの崖を登った。彼は崖のどこかに立ち、アルノ渓谷や遠くフィレンツェを眺め、後にあまりいい結果にはならなかったが、画材としたのである。だが正確にはどこに立っていたのだろう? それが今回イーガー牧師の解き明かしたい疑問だった。ミス・ラヴィッシュも問題のあるところ魅力ありという性向だったので、その疑問に関して同じように熱心だった。

しかし、たとえ出発前にアレッシオ・ヴァルドヴィネッティの絵の何枚かを見ることを思いだしたとしても、頭のなかにそれを持ち運ぶのは簡単なことではなかった。おまけに渓谷にたなびく靄のせいで、その場所を突きとめるのはなお難しかった。一行は草の小山から小山を越えていった。みんなから離れたいという欲求と、離れたくないという欲求は程度においてはまったく同じだった。しかし結局、何人かのグループに分かれることになった。ルーシーはミス・バートレットとミス・ラヴィッシュにぴったり張り付いていた。そして共通エマースン親子は馭者たちとたどたどしい会話を交わすために戻っていった。

の話題を持つということで、ふたりの牧師が取りのこされた。

年嵩のふたりの婦人はすぐに仮面を脱ぎすてた。ふたりは、もうルーシーには馴れっこになった、いつものひそひそ声でお喋りをはじめた。話題はアレッシオ・ヴァルドヴィネッティのことではなく、途中のできごとだった。ミス・バートレットがジョージ・エマースンに職業は何かと尋ねたところ、「鉄道」という答えが返ってきたらしかった。自分がそうした質問をしたことを彼女は後悔していた。彼女はそういう返答はまったく予想していなかった。知っていれば尋ねなかったはずだった。ビーブ牧師がさりげなく話題を変えてくれた。ミス・バートレットは自分の質問でジョージ・エマースンがあまり傷ついていないように祈った。

「鉄道！」ミス・ラヴィッシュが息を詰めた。「まあ、嘘でしょう！　でもそうよね、あれは鉄道関係よね」彼女の笑いは抑えがきかなくなっていった。「彼には赤帽の雰囲気があるもの——そう、サウス・イースタン鉄道あたりの」

「声が大きいわよ、エレノア」陽気な連れの腕に手が掛けられ、諫めの言葉があった。「しーっ、聞こえるわよ、エマースン親子に」

「止まらないわ。意地悪なことを言わせてちょうだい。赤帽よ——」

「エレノア」

「だいじょうぶよ」とルーシーが口を出した。「エマースンさんたちには聞こえていないわ。それに聞こえていても気にするような人たちじゃないわ」

ミス・ラヴィッシュの顔から笑顔が消えた。

「ミス・ハニーチャーチが聞いている」彼女は不機嫌になった。「おほん、おほん、いけない娘《こ》ね。あっちに行きなさい」

「ルーシー、あなたイーガーさんと一緒にいてあげなければいけないんじゃない」

「イーガーさんたちが見つからないんですもの。それに行きたくないわ」

「イーガーさんはがっかりなさるわよ。あなたが一番大事なのですから」

「お願いよ、ここにいたいの」

「いいえ、だめよ」と、ミス・ラヴィッシュも言った。「これではまるで学校の遠足よ。男の子は男の子同士、女の子は女の子同士になってるわ。ミス・ルーシー、あなた行ってあげなさい。これからする話は高尚だから、あなたには向かないわ」

ルーシーは譲らなかった。フィレンツェに滞在する時間が残り少なくなったいま、ルーシーが落ちつけるのは、自分がどうでもよいと思っている人間と一緒にいる時だけだった。どうでもよいと思っている人たち。ミス・ラヴィッシュがそうだった。いまのミス・バートレットもそうだった。自分に注意を向けさせなければよかったと思ったが遅かった。ふたりとも彼女に苛立ったし、彼女を遠ざけようと決めたらしかった。

「まあ、ほんとうにいやになってしまうわ」ミス・バートレットが言った。「フレディーとお母さまがここにいたらねえ」

無私無欲のミス・バートレットは自分の浮かれ気分をすっかり奥に閉じこめた。ルーシーもまた景色を眺めもしなかった。ローマに辿りついてほっとするまで、心から楽しいと思うことはないのだ。

「それならここにおすわりなさい」ミス・ラヴィッシュが言った。「わたしの先見の明を堪能してちょうだい」

ミス・ラヴィッシュは盛大な笑みを見せると、濡れた草原や冷たい大理石の石段に敷くために、旅行客が携帯する防水布を二枚広げ、自分が一枚にすわった。もう一枚に誰がすわるのだろうか？

「ルーシー、もちろんあなたに決まっているじゃない。わたしは地面でもかまわないのよ。この数年リューマチは起きていないことだし。もし起こりそうになったら立てばいいわ。白いドレスのあなたが湿ったところにすわるのを、お母さまが見たら何て思うかしら？」シャーロットはそう言うと、地面の特に湿っぽくなっているところに、のろのろと腰を下ろした。「さあ、これでめでたしめでたしね。このドレスはかなり薄いけれど、濡れても目立たないでしょう。茶色だし。あなたは自分のことを考えなさすぎるわ。なんて優しいんでしょう、譲ろうとしてくれるなんて」シャーロットは咳払いをした。「まあ、心配しないで、風邪じゃないのよ。ただの咳払いだから。この三日ばかりこういう感じなの。ここにすわったせいじゃないのよ」

残された道はひとつしかなかった。五分後、防水布に敗北したルーシーは、ビーブ牧師とイーガー牧師を探しにその場を離れた。

彼女は馭者たちに声をかけた。彼らは馬車のなかで葉巻を吸いながら寝そべっていた。座席のクッションに葉巻の匂いがつきそうだった。ルーシーの馬車を駆った人相の悪い若者、日に焼けて真っ黒で、ごつごつした感じの若者が立ちあがり、客を迎える主人の丁重さと、身内の者にたいするような泰然とした態度で彼女を迎えた。

「どこ?《ドーヴェ》」一所懸命考えたすえに彼女は一言だけ言った。馭者の顔が輝いた。もちろん彼はどこか知っていた。しかし、もちろんそれですっかり通じたわけではなかった。馭者は手を動かして地平線の四分の三ほどの範囲を示した。何がどこなのか考えているに違いない。指先を額につけ、それからその指先を今度は彼女のほうに突きだした。考えがにじみでて明瞭な形で彼女のほうに伝わったら、と言っているようだった。

もっと言葉が必要なようだった。牧師というイタリア語は何だったろう。

「良い人たちはどこ?《ドーヴェ・ブオニ・ウオミニ》」彼女はやっとそう言った。

良い? 立派なあの人たちを形容する言葉としては、力不足もはなはだしい。馭者は彼女に葉巻を見せた。

「ウノ――ピウ――ピッコロ――」がつぎに言ったイタリア語だった。「この葉巻はビーブさん、つまり、ふたりの良い人のうち小さいほうの人から貰ったのか?」のつもりだった。

いつものとおり、彼女は正しかった。馭者は馬を木の幹に繋ぐと、温柔《おとな》しくしていろとばかりに馬を一蹴りし、馬車の埃を払い、髪を撫でつけ、帽子の形を直し、髭の端を立たせた。そうして案内する準備ができるまでは一分の四分の一ほどの時間しかかからなかった。イタリア人というのは生まれつき道を知っていた。イタリア人の眼の前には大地のすべてが広がっている。大地は地図としてそこにあるのではなかった。チェス盤としてそこにあった。イタリア人たちはその上の升目だけでなく、動きまわる駒にも絶えず注意を払っているのだった。場所を見つけることは誰でもできることだった。しかし、人を見つけることは神さまから才能を貰わなければ無理だった。

　馭者は一度足を止めただけだった。ルーシーのために大きな菫を摘んだのだ。ルーシーは心から喜んで礼を言った。彼のような庶民と一緒にいると、世界が単純で美しく見えるようだった。はじめてルーシーは春の息吹を感じた。馭者の腕が優雅に地平線を薙ぎはらった。色々な花と一緒に菫がたくさん咲いています。菫を見たいですか？

「しかし、良い人たち《マ・ブォニ・ウォミニ》」

　馭者はお辞儀をした。判りました。良い人たちが先で、菫は後です。だんだん密生の度合いが増してくる下生えを掻きわけながら、ふたりは足早に進んだ。ふたりは急斜面がはじまるところに近づいていた。広々とした眺めがいつのまにかふたりを取り巻いていた。とはいえ、あちこちに茂った灌木に遮られて、それは幾つもの断片に分けられていたのだが。馭者は葉巻を吸ったり、柔らかい枝を手で押さえて道をあけたり忙しかった。ルーシーは憂鬱な気分から逃れることができて嬉しかった。一足一足が、枝の一本一本が、何か大事なもののように思われた。

「何かしら？」

後方にある灌木の森のほうから、遠くのほうから、人の声が聞こえた。イーガーさんの声？　馭者は肩を竦めた。時としてイタリア人が知らないことは、イタリア人が知っていることよりも意味があった。牧師たちを見失ったのではないかと馭者に言っても、判ってもらえなかった。眺めがようやく邪魔者なしに見えるようになってきた。川や、金色に輝く平地や、山々などが見えた。

「そこにいます《エッコロ》！」彼は声を上げた。

そのとき足元の地面が失くなった。ルーシーは悲鳴をあげて、灌木の森から転げ落ちた。光と美とが彼女を包んだ。彼女が落ちたところは花が咲く細い棚地で、一面、菫に覆われていた。

「勇気！」二メートルばかり上から声があった。「勇気と愛」

その声に彼女は返事をしなかった。地面は彼女の足元から急勾配で広々とした景色のほうへ下っていた。菫が小川となり、川となり、滝となって斜面をなだれ落ちていた。木々の根のあたりで渦巻き、窪みでは池となり、芝のあちこちを紺青の泡で飾った。とはいえ、下のほうではそれほどまで氾濫していなかった。この棚地が菫の源だった。地上を潤《うるお》すべく美を噴きだす泉だった。

その縁に立っていたのは、良い人だった。これから跳びこもうとしている水泳の選手のように立っていたのは。だが、その良い人は彼女が探している良い人ではなかった。それにひとりだった。

ジョージ・エマースンはルーシーが転げ落ちた音を聞いた。つかの間、彼はルーシーを凝視した。まるで天国から落ちてきた人を見るように。彼はルーシーの顔に輝くような喜びの色を見た。菫が青い波になってルーシーの白いドレスの裾を洒《あら》っていた。ふたりの上方の藪が閉じた。ジョージ・エマースンがルーシーに駆け寄った。そしてキスをした。

口をきけるようになる前に、何かの感覚が生じる前に、声が耳に届いた。「ルーシー！ルーシー！」魂まで静まったようなその時間を突き崩したのはミス・バートレットだった。美しい風景を背にしたミス・バートレットは茶色い影絵に見えた。

第七章　帰路

その日の午後いっぱい、みなは山腹を登り降りしながら、ある複雑なゲームをしていた。何のゲームなのか、誰が誰と組んでいるのか、ルーシーにはなかなか見分けがつかなかった。イーガー牧師が物問いたげな眼差しでみんなを迎えた。シャーロットはつまらないことを長々とまくしたてて、牧師を閉口させた。息子を探していたエマースン氏は、どの辺に行けば見つかるかを教えられた。中庸の立場を固守していたビーブ牧師は、そろそろ帰る時間なのでみんなを集めてほしいと頼まれた。戸惑いとも腹の探りあいともつかぬ奇妙な空気が流れていた。牧神《パン》が一同のなかに紛れこんでいた——二千年前に葬られた偉大なパンではなく、小さなパンだった。社交の際に意外な出来事や台無しにするようなことを仕掛ける小さなパン。ビーブ牧師はみんなを見失った。せっかくみんなを驚かせようとお茶道具一式を持参したのに、結局ひとりで全部飲んでしまった。ミス・ラヴィッシュはミス・バートレットを見失った。ルーシーはイーガー牧師を見失った。エマースン氏はジョージを見失った。ミス・バートレットは防水布を失った。パエトーンはゲームの勝利を失った。

パエトーンの敗北については誰も否定できなかった。彼は身震いをして襟を立て、馭者台に登りながら、天気がもう少ししたら荒れてくるだろうと予言した。

「すぐに出発しましょう」彼は一同に言った。「若い人《シニョリーノ》は歩いて帰ると言ってました」

「帰り道をずっと歩いて？　何時間もかかるぞ」ビーブ牧師は言った。

「はい。やめたほうがいいと言ったのですが」馭者は誰の顔も見ようともしなかった。たぶん屈辱を感じていたのだろう。馭者だけが本能を駆使して巧みに戦った。いっぽう、ほかの者は知性の切れ端で戦っただけだ。彼だけが、物事がどうなっているか、判断を下し、またみんなにどうあって欲しいのか、自分の気持ちを判断していたのだ。彼だけが、五日前に死にかけた男の唇からルーシーに届けられた伝言を解き明かしたのだ。人生の半分を墓のなかで過ごしたペルセポネもまた、解き明かすことができただろう。ここにいるイギリス人たちにはできもしないことだった。イギリス人たちは本質をなかなか理解しない。たぶん遅きに失するまで。

　馭者の考えなど、いくらまっとうなものでも、雇い主たちの生活に影響を及ぼすことはほとんどない。馭者はミス・バートレットの敵としては絶好の相手だったが、同時に無害そのものでもあった。街に戻ってしまえば、彼自身や彼の考えや知ったことについて、イギリスの婦人たちが心配するほどのことは何もないのである。もちろん非常に不愉快なことだ。ミス・バートレットは灌木のあいだで見え隠れする黒い髪に気がついた。彼は街の居酒屋でその話をするだろう。だが、しょせん居酒屋の話題である。自分たちには関係がなかった。ほんとうの脅威は団欒室にあった。傾きはじめた陽に向かって下る馬車の座席で、ミス・バートレットが思い浮かべたのは、団欒室の人々のことだった。ルーシーは隣にすわっていた。イーガー牧師が向かい側にすわり、ルーシーの視線を捉えようとしていた。彼は何とはない疑念を抱いているようだった。会話はアレッシオ・ヴァルドヴィネッティについてだった。

夕闇と雨が一緒にやってきた。ふたりの婦人は実用向きとは言えない一本のパラソルの下で身を寄せあった。稲妻が光った。前の馬車から、ミス・ラヴィッシュの悲鳴が聞こえた。つぎに稲妻が光った時には、ルーシーが悲鳴をあげた。イーガー牧師がその道の専門家らしく彼女に声をかけた。

「勇気ですよ、ミス・ハニーチャーチ、勇気と信仰です。言わせて頂ければ、自然の力をあまり恐がるのは冒瀆に近いことなのです。このような雲や巨大な電気の火花などが発生するのは、わたしやあなたの存在を消し去るためだと本気で思いますか？」

「いいえ、もちろんそんな――」

「科学的な視点からみても、わたしたちが雷に打たれる確率はものすごく低い。金属のナイフなど、電流を引きつけるものは、みんなあちらの馬車にあります。ともかくわたしたちは、歩いて帰るよりずっと安全なのです。勇気――勇気と信仰です」

ルーシーは、毛布の下で従姉が自分の手を暖かく握ってくれるのを感じた。同情的な動作への希求があまりに大きすぎて、その動作が正確には何を意味するのか、その行為にたいして、後でどのくらいの返報をしなければならないか、時として気が回らないことがある。ちょうど良い時に手の筋肉を使ったミス・バートレットは、何時間もかけて説教したり厳しく追及してようやく手に入れることができるものより、価値のあるものをその時、得たのだった。

フィレンツェまであと半分というあたりで二台の馬車が止まった時、ミス・バートレットはふたたびルーシーの手を握った。ビーブ牧師が呼びかけてきた。「イーガーさん！あなたの助けが要ります。そちらの駆者に訊いてもらえませんか」

「ジョージだ」エマースン氏の声が聞こえた。「ジョージがどっちの道へ行ったのか駆者に訊いてもらえないだろうか。あいつは道を間違えるかも知れない。死んじまうかもしれない」

「行ってあげて下さい、イーガーさん」ミス・バートレットが言った。「いいえ、こちらの駆者に訊いても無駄ですわ。この人は何も知らないでしょう。あっちに行ってビーブさんを助けてあげてください。あの人、まるで気が狂ったみたい」

「あいつが死んでしまう。死んじまうよ」老いた男は叫びつづけた。

「典型的な反応だ」イーガー牧師は馬車から下りる時、言った。「現実というものにほんとうに接した時、ああいう人間はきまって泣き言を言う」

「あの方は何か知っているのかしら」ふたりだけになるとすぐにルーシーは従姉に囁いた。

「シャーロット、イーガーさんはどこまで知っているのかしら？」

「あの方は何も知らないでしょう。何も知りませんよ。でも――」彼女は馭者を指差した。「馭者は何もかも知っているわ。こうしたほうがいいかしらね？　そう思わない？」彼女は財布を取りだした。「下層の人たちと関わりあうのは寒気がするわ。この馭者は全部見たのよ」案内書でパエトーンの背中を叩き、ミス・バートレットは言った。「黙ってるのよ《シレンツィオ》」そして一フランを差しだした。

「いいですよ《ヴァ・ベネ》」馭者はそう答えて金を受け取った。一日の最後に差しだされたそれを、それまで差しだされたもの同様に受け取った。現世の少女ルーシーは彼に失望した。

道路の先のほうで落雷があった。雷が市街電車の電線に落ちて、大きな支柱が倒れた。もし馬車がそこで止まらなかったら、大変なことになったかもしれなかった。みんなは自分たちが奇跡的な力に護られたものと解釈し、つねに備えていれば、人生を潤すかもしれない愛と誠実の心が、それぞれの心にいっせいに迸りでた。みんなは馬車を下り、互いに抱きあった。過去の忌むべきことを許すのは、そして許されるのは喜ばしいことだった。つかのま、それぞれは善の大いなる可能性に感動を味わった。

けれども、年長の者たちはすぐに平静に戻った。彼らは興奮の極みにあっても、それが紳士らしくない、あるいは淑女らしくないことであることを意識していた。ミス・ラヴィッシュは、もし馬車が走りつづけていても、事故には遭わなかっただろうと判断を下した。イーガー牧師は控えめに祈りの言葉を呟いた。しかし、ふたつの馬車の馭者は、暗いでこぼこ道の何マイルを、木の精ドリュアスや色々な聖人たちに、心のすべてで祈った。そしてルーシーもまた自分の心にあるものを従姉に向かってさらけだした。

「シャーロット、シャーロット、もういちどキスしてちょうだい。わたしのことを判ってくれるのはシャーロットだけだわ。用心しなさいと言ってくれたわよね。それなのに——それなのにわたしは、自分が大人になったつもりでいたの」

「泣かないで、ルーシー、落ち着きなさい」

「わたしは強情でばかだったわ。シャーロットが思っているよりずっとばかだったのよ。あの時、川のところで——まさか、あの人は死なないわよね。死ぬようなことなんかないでしょう？」

それが気になり、改悛の情から心が少し離れた。何と言っても雷はあの丘陵の道のあたりで一番ひどかった。自分は危険な目に遭いかけた。ということは、と彼女は考えた。誰もがそうだっただろう。

「そんなことはないと思うわ。そうならないように、ずっと祈ってたでしょう？」

「あの人はたぶん——あの人は驚いて我を忘れたのだと思うの。わたしが前にそうだったように。でも今度はわたしのせいではないわよ。それを信じてほしいの。わたしは菫のなかに転がりこんでしまっただけなのよ。いいえ、ほんとうのことを言ってしまえば、少しは責任があるわ。ばかなことを考えていたの。空は金色だったし、足元は青い波みたいだったわ。そして一瞬だけど、あの人は本のなかに出てくる人のように見えたの」

「本のなか？」

「英雄とか、神さまとか、女学生が考えるようなもの」

「それから?」

「シャーロット、それから何が起こったか知っているでしょう」

ミス・バートレットは黙っていた。まったく、知るべきことはもうだいたい知ってしまったのだ。想像を一頻り巡らせたシャーロットは、愛情をこめて若い従妹の体を引き寄せた。帰路の道すがら、ルーシーは深い溜息を繰りかえし、体はその度に頼りなく揺れた。その揺れを止めることはできなかった。

「ほんとうのことを言いたいの」彼女は低い声で言った。「ほんとうのことをぜんぶ言うのってとても難しいわ」

「悩まなくてもいいのよ。気が落ち着くまで待ちなさい。寝る前にわたしの部屋で話しましょう」

街に入った時、ふたりは手を握りあっていた。みんなの興奮がまるで引き潮のように引いてしまったことは、ルーシーには驚きだった。雷は止んでいた。エマースン氏はさっきより息子のことで騒がなくなった。ビーブ牧師はユーモアを取り戻した。そしてイーガー牧師ははやくもミス・ラヴィッシュに剣突を食らわせていた。シャーロットだけが——彼女は確かに感じた。シャーロットは、その外観の下に並々ならぬ洞察力と愛情を隠しているのだと。

ルーシーは自分をさらけだしたことで満ち足りて、その日の長い夜のあいだ、幸せとも言える気分でさえいた。彼女が考えていたのは、起こったこと自体ではなく、それをどんなふうに話そうかということだった。すべての感情、突発的な勇気、説明のできない喜び、理由の分からない不満などは注意深く従姉の前で披露されなければならなかった。そして神聖な信頼関係にある自分たちが、そういうものをみんな解きほぐすのだ。

「やっと自分を理解することができる」彼女は思った。「もう、何でもないことで悩まずにすむ。何だか判らないことで悩まずにすむのだ」

ミス・アランがピアノの演奏を所望した。が、彼女は固辞した。音楽はいまのルーシーには子供のすることのように思えた。彼女は従姉のそばにぴったり並んですわっていた。シャーロットは、延々とつづけられる行方不明になった旅行鞄の話に、感心するほど忍耐強く聞き入っていた。そしてその話が終わると、こんどは自分の旅行鞄の話をはじめた。ルーシーはヒステリーを起こしそうになった。何度か話の腰を折ろうとしたり、早く切りあげさせようと無駄な努力をしてみた。夜もだいぶ深まった頃、ようやく旅行鞄を取り戻したシャーロットは、いつもと変わらぬ穏やかな口調で言った。「さあルーシー、そろそろおねむの時間だわ。わたしの部屋に行きましょう。髪にブラシを当ててあげるわ」

なんとなく厳粛に扉が閉められ、籐の椅子が彼女の前に置かれた。それからミス・バートレットが言った。

「それで、これからどうするの？」

思ってもいなかった質問だった。自分が何かをするべきだという考えは、頭のなかにはまったく浮かばなかった。自分の感情を何から何まで説明することだけを考えていたのだ。

「これからどうするつもり？　それはあなたが決めるしかないわね」

暗い窓の向こうには、川を傾けたような勢いで雨が降っていた。だだっ広い部屋はじめじめして肌寒かった。小箪笥の上に置いてある蠟燭の炎が揺れていた。その隣に置いてあるシャーロットのベルベットのトーク帽が、蠟燭の光を受け、錠を下ろしたドアに、幻想的で奇怪な影を映じさせていた。外の闇を電車が轟音とともに走り去った。涙が乾いてからずいぶん時間が経ったのに、ルーシーはわけもなく悲しくなった。見上げると、天井のグリフォンやバスーンが見えたが、色も形も定かではなかった。存在するはずの歓喜の亡霊のようだった。

「もう四時間近くも雨が降りつづいているわ」ルーシーはようやく口を開いた。

ミス・バートレットはその言葉を無視した。

「あの人を黙らせるにはどうしたらいいと思う？」

「馭者を？」

「まあ、ルーシーったら。ジョージ・エマースンのことよ」

ルーシーは部屋を行ったり来たりしはじめた。

「わたしには判らない」結局、彼女はそう言った。

ルーシーには充分に判っていた。だが、ほんとうに正直な気持ちを言うつもりはもうなかった。

「あの人が言いふらすのをどうやって止めるつもり？」

「ジョージ・エマースンさんはあのことを人に話さないと思うわ」

「わたしだって好意的にそう思いたいわ。でもあいにくわたしはああいう類の人たちをずいぶん見てきたのよ。ああいう人たちは自分が手柄をあげる度に吹聴せずにはいられない気持ちになるの」

「手柄をあげる度？」その言い方に籠められた意味は痛いものだった。

「まあ、かわいそうなルーシー。あの人にとってこれがはじめてだと思っているの？　さあわたしの言うことをよくお聞きなさい。わたしは彼が前に言ったことから察して言っているのよ。あの日の昼食の時に、ジョージ・エマースンがミス・アランと笑いながら話していたのを憶えている？　ひとりを好きになると、べつの人も好きになるための格別の理由ができるって」

「そうだったわね」とルーシーは言った。あの時はその主張が好ましく思えたものである。

「べつに男女関係にたいして淑女ぶっているわけではないのよ。ジョージ・エマースンを根性の曲がった男と思う理由はないけれど、とにかく作法というものに無縁の男なのは確かだわ。もしあなたの気がすむのなら、うさんくさい親と教育のせいにしてもいいわよ。でも、もうこのことをとやかく言うのはやめましょう。あなたこれからどうするつもり？」

ひとつの案がルーシーの頭にぽっかり浮かんだ。もっと早くその案が浮かんで、実行していれば、きわめて良い結果が生じていたかもしれなかった。

「あの人と話してみるつもりよ」

ミス・バートレットが肝を潰したような声を上げた。

「判ってちょうだい、シャーロット。あなたの優しさはこれからも決して忘れないわ。でも、あなたの言ったとおり、これはわたしのことよ。わたしとジョージ・エマースンのことなのよ」

「じゃあ、あなたはジョージ・エマースンに泣きつくつもりなの？　黙っていてくださいとお願いするの？」

「いいえ、そういうふうにはならないわ。ぜんぜん難しいことじゃないはずよ。どんなことでも尋ねればあの人は答えるでしょう。はい、と答えるかもしれないし、いいえと答えるかもしれない。そうしてそれで終わり。わたしは彼が恐かった。でもいまは少し違うわ」

「ああ、あなたを見ていると不安になるわ。あなたは若すぎるし経験も何もない。いままであんなに良い人々のあいだで育ってきたんだもの、男がどんな女を、男がどんなふうに変わるか、ぜんぜん判っていないのよ。同性の保護や気遣いを受けていない女を、男がどんなふうに侮辱しておぞましい喜びを感じるか、ぜんぜん判っていないわ。たとえば今日だって、もしわたしが行かなかったら何が起こったと思う？」

「想像できないわ」彼女は憂鬱そうな声で言った。

彼女の口調の何かが、ミス・バートレットに質問をもう一度、少し昂ぶった調子で繰り返させた。

「もしわたしが行かなかったら何が起こったと思う?」

「想像できない」彼女はもう一度そう答えた。

「侮辱された時、あなたは何と言ったの?」

「わたしには考える時間がなかったわ。あなたがきたんだもの」

「そうね。でも考えてみて、もしわたしが行かなかったらあなたはどうしたの?」

「わたしは――」彼女は省みて、それから言いよどんだ。雨水の滴る窓辺に寄り、暗闇に目を凝らした。あの時シャーロットがこなければ、自分がどうしたかということを、考えることができなかった。

「窓から離れなさい」ミス・バートレットが言った。「道路から丸見えよ」

ルーシーは言われた通りにした。いまはふたたび従姉の意のままだった。自分を卑下していた最初の頃の調子を、結局変えることができなかったのだ。彼女がジョージに会って、それがどのようなものであるにせよ、問題に決着をつけるという案は、どちらからももう口に上らなかった。

ミス・バートレットは愚痴っぽくなっていった。

「ああ、ここに本物の男の人がいたら。でも、いるのは女ふたり、あなたとわたしだけ。ビーブさんはぜんぜん頼りにならないし、イーガーさんがいるけれど、あなたが信頼してないし。ああ、フレディーがここにいたら。あの子はまだ若いけれど、もしお姉さんが侮辱されたと知ったらライオンのように立ちあがるでしょう。ありがたいことに、騎士道精神はいまだ廃《すた》れずだわ。女を崇拝する男はいくらか残っているものだわね」

シャーロットはそう言いながら、嵌《は》めていた幾つかの指輪を抜きとり、針刺しの上に並べた。それから手袋に息を吹きこんで言った。

「朝の汽車に間に合わせるために少し頑張らなくちゃいけないけど、何とかしなければ」

「何の汽車？」

「ローマに行く汽車よ」彼女は粗を探すように手袋をじっと見つめた。

ルーシーは、従姉が口に出したのと同じようにあっさりと、その言葉を飲みこんだ。

「ローマ行きの汽車はいつ出るの？」

「八時よ」

「シニョーラ・ベルトリーニはかんかんに怒るでしょうね」

「でも何とか切りぬけなければ」ミス・バートレットはそう言った。すでにシニョーラに通知してあることを口に出すつもりはなかった。

「シニョーラはまるまる一週間分の宿泊費を要求するでしょうね」

「たぶんね。でもヴァイズ一家のいるホテルのほうがずっと居心地が好いと思うわ。そこは午後のお茶は無料かしら」

「ええ、でもワインには追加の料金がいるみたい」

こう言ったきり、ルーシーは口をつぐみ、体ももう動かさなかった。ルーシーの疲れた眼に、シャーロットの姿は、まるで夢のなかの人影のように映った。シャーロットは滲んで膨れあがり、脈打った。

ふたりは衣類を鞄に詰めるために、仕分けをはじめた。ローマ行きの汽車を捕まえるのだったら時間を無駄にできなかった。ルーシーは促されるままにふたつの部屋を行ったり来たりしはじめた。蠟燭の明かりのもとで荷物を詰めるのは、病気で微熱がある時よりも、気分が悪くなるものだと思った。実際的能力に欠ける実際家であるシャーロットは、空のトランクの横に跪いて、大きさと厚さの違う本をトランクの底に敷きつめようと、空しい努力をつづけていた。ずっと屈んだ姿勢だったので腰が痛くなり、シャーロットはふたつみっつ溜息をついた。うまく取り繕っているものの、歳を取ったものだと感じていたのである。ルーシーは部屋の入り口で従姉の溜息を聞き、いつもの理由の判らない衝動がまた強く自分を捕らえたことを意識した。もし自分がもっと人間的な愛情を人に与えたり、また与えられたりできれば、蠟燭だってもっと明るく点り、荷物を詰めこむのも楽になるし、世界がすべて幸せになれる、彼女の心はそういった感情に占められた。そのような衝動は今日はじめて経験するものではなかったが、それほどまでに強く感じたことはなかった。彼女は従姉のそばに跪くと、腕を取った。

ミス・バートレットは優しく暖かく抱き返した。だが彼女は愚か者ではなかった。ルーシーは自分を愛してはいなかった。愛するための対象として、自分を必要としているだけだった。彼女はそれを完全に理解していた。その理解のためか、長いこと抱きあった後、ようやく話しだした彼女の口振りにはどことなく奇妙なところがあった。

「ルーシー、わたしを許してくれるわね」

ミス・バートレットの許すという言葉に苦い経験のあるルーシーは、たちまち警戒態勢に入った。彼女の感情の昂ぶりは鎮まった。固く抱きあっていたのが少し離れた。

「シャーロット、どういうこと？　まるでわたしが何か許すことがあるみたいね」

「そうよ、たくさんあるの。自分で自分を許したいこともたくさんあるわ。ことあるごとにわたしがあなたを苛立たせているのは判っているの」

「まあ、そんな――」

ミス・バートレットは受難のためにすっかり老いてしまった女という、気に入りの役割を演じていた。

「ええ、そうなのよ。この旅が自分の祈っていたように、上手くいってるとは考えてないわ。それは前から判っているべきだったのよね。あなたはもっと若くて元気がよく、もっと気があう人がお望みなの。わたしはつまらなすぎる。旧式すぎる。あなたの荷物を鞄に詰めたり出したりするぐらいがちょうどいいのよ」

「お願いだからそんなこと――」

「ただひとつの慰めは、あなたが自分の趣味に合う人たちを見つけて、いつもわたしを宿に残しておいてくれたことだわ。わたしは淑女とはどうあるべきかということについて、つまらない考えを持っているけど、必要以上にあなたに押しつけたのでなければいいと思うわ。とにかくこの部屋についても、あなたは自分の考えを持っていたから」

「そんなことを言っちゃだめ」ルーシーは優しく言った。

彼女は、自分とシャーロットが、魂でも心でも繋がっているという望みに、いまだにしがみついていた。ふたりは黙って荷物を詰めつづけた。

「わたしにはできなかった」ミス・バートレットが、自分のトランクを差し置いて、ルーシーのトランクに紐をかけようと、四苦八苦しながら言った。「あなたに楽しい思いをさせられなかった。お母さまへの義務を果たせなかった。あんなに良くして下さったのに。こんな災難があったんではもう顔向けできないわ」

「でもお母さんには判ってもらえるわよ。このことはあなたの落ち度ではないし、それに災難じゃないわ」

「わたしの落ち度よ。災難よ。ぜったいに許してもらえない。当然ね。たとえば、ミス・ラヴィッシュとお友達になる権利があるはずないもの」

「あるわよ」

「あなたのためにここに来ているのに？　あなたを苛立たせるのは、あなたをないがしろにするのと同じことだわ。あなたがお母さまに話せば、お母さまだってそう思うでしょう」

ルーシーは弱気になり、目下の状況をとにかく切り抜けようとして言った。

「お母さんに話す必要があるのかしら」

「でもあなたは何もかも話すのでしょう」

「たいがいの場合はそうね」

「お母さまとの信頼関係を壊すことはできないわ。だってそれは神聖なことですもの。お母さまにも話せないと思っていることでないかぎり」

ルーシーはその言葉にも怯まなかった。

「本来はお母さんに話さなければならないことだわ。でも、お母さんがシャーロットを責めるかもしれないんだったら、わたしは話さない。ええ、決して話さないわ。お母さんにもほかの誰にも」

ルーシーがそう約束したとたんに、長々とつづいた話しあいは不意に終結を見た。ミス・バートレットはルーシーの頰に手早くキスをし、おやすみなさいと言って、自分の部屋に帰した。

そのあいだ、もともとの事件そのものは、背景のほうに回されていた。ジョージは、一貫して、ごろつきのように行動しているように見えた。結局はそういうことになるだろう。ルーシーは彼を許すことにするか、咎めることにするかまだ決めていなかった。判断を下していなかった。彼女が判断しようとした間際に、ミス・バートレットの声が邪魔をし、それから後は、すべてミス・バートレットの支配のままだった。いまも壁の向こうから溜息が聞こえた。ほんとうは従順でもなく、謙虚でもなく、無定見でもないミス・バートレット。彼女は偉大な芸術家のように仕事をしてきた。しかし、しばらくのあいだ、そう、何年ものあいだ、その成果はなかった。だが遂にルーシーに完璧な絵を描いて見せることができた。喜びも愛もない世界の絵を。若いルーシーはそこに飛びこんで痛い眼に会い、用心深さを学ぶことになる。警戒と検問の世界。警戒と検問は悪を寄せつけない。しかしそれはまた善をも寄せつけない。実際にそうして過ごしてきた人々を見て判断するところでは。

ルーシーはこの世で最も重大な害悪を蒙った。彼女の誠実さと愛と思いやりを願う心が、駆けひきの道具に使われたのだ。そのような仕打ちは簡単に忘れられるものではない。彼女はこの時以来、無防備に自分をさらけだして足元を掬われないように、用心するようになった。このような害悪は人の魂にひどい影響を及ぼすものだ。

ペンションの玄関のベルが鳴った。ルーシーは鎧戸のほうへ行きかけたが、途中で足を止め、それから蠟燭に近寄り、吹き消した。だから、ルーシーは雨のなかに佇む人影を認めることができたが、人影のほうは見上げたものの、彼女の姿を見ることは適わなかった。ジョージ・エマースンが自分の部屋に行くには、ルーシーの部屋の前を通らなければならなかった。ルーシーはまだ服を着替えていなかった。彼女はとっさに思った。廊下に出て、翌朝、あなたが眼を覚ます前に立ち去ってしまう、だからこの常軌を逸したお付きあいは終わりだ、ジョージ・エマースンにそう手短に言おうかと思った。

彼女が実際に行動に移すつもりだったかどうかは、結局は判らなかった。そんなことを考えたちょうどその時、ミス・バートレットが自分の部屋のドアを開けたのだった。ミス・バートレットの低い声が聞こえた。

「お話があります、エマースンさん。団欒室へ行きましょう」

ほどなく戻ってくるふたりの足音が聞こえた。ミス・バートレットの声がした。

「おやすみなさい、エマースンさん」

返事は重く疲れたような息づかいの音だった。付き添い人は役目を果たしたのだった。

思わずルーシーの口から言葉が飛びだした。「こんなことってないわ。あってはいけないわ。いちいち邪魔されるのはたくさん。早く大人になりたい」

ミス・バートレットが壁をとんとんと叩いた。

「はやくおやすみなさい。充分休まなければね」

翌朝、ふたりはローマに発った。

第二部

第八章　中世の人

ウインディー・コーナーの客間のカーテンはぴたりと閉ざされていた。八月の日射しに新品の絨毯が灼けることを嫌ったのである。日射しは床まで届く厚いカーテンに屈服させられ、変容していた。詩人がそこにいたならば——いるわけではなかったが——あるいはシェリーでも引用したかもしれない。「色彩に満ち溢れたガラスの円蓋《ドーム》のごとき生」さもなければ、カーテンを喩えるのに、押し寄せる天の潮を食いとめるために下ろされた水門の扉《と》とでも形容しただろう。窓の外は光の海だった。室内では、その眩さは失われるというほどではないにせよ、人の眼が許容しうる程度まで抑制されている。

客間にはたいていの人に好感を与えるような人物がふたりいた。ひとりは十九歳の青年で、解剖学の小さな手引書を読みながら、時折、ピアノの上に置いてある骨をしげしげと眺めていた。青年はしばしば椅子にすわりなおしたり、溜息をついたり、呻き声を洩らしたりした。その日は暑いし、活字は小さいし、人間の骨格は恐ろしく複雑だったからである。しかも手紙を書いている母親が、書いたそばからその部分を彼に向かって読みあげるのだった。母親は先ほどから何度となく、椅子から立ちあがっては窓辺まで移動し、カーテンを少しだけ開け、外を窺った。その度に光の細流が部屋に流れこんだ。ふたりはまだそこにいるわ、と母親は呟いた。

「ほかのどこに行くっていうのさ?」と言ったのは、ルーシーの弟フレディーである。

「もう、気分悪いよ」

「だったら、洗面所にでも行きなさい」母親は子供たちの品のない言葉遣いを、文字通りに解釈することで、矯正しようと思っていた。

フレディーは身じろぎもせず、返事もしない。

「機は熟したってところかしら」彼女は低姿勢に出なくてもすむならば、息子の意見をぜひ聞きたかった。

「頃合だね」

「セシルがあの子にもう一度申しこんでくれて嬉しいわ」

「たしか三度目の突撃だよね」

「フレディー、あなたのような喋り方を普通、嫌味な喋り方って言うのよ」

「嫌味のつもりで言ったんじゃないよ」フレディーはそう言った後で、付け加えた。「でも、ルーシーはイタリアで決着をつけてすっきりしてくれればよかったんだ。女のやり方なんて判らないけれど、ルーシーはきちんといやだって言えなかったんだろうな。言ったとしたら今日ここで返事をする羽目にならないもの。うまく言えないけど、この話全体がどうも気に食わないな」

「あら、そうなの？　まあ、面白いこと」

「思うんだけど――いや、まあいいか」

　フレディーは勉強に戻った。

「ヴァイズ夫人に書いた文章をちょっと聞いてちょうだい。『親愛なるヴァイズ夫人――』」

「お母さん、さっき聞いたよ。すごく好い感じだよ」

「こうよ。『親愛なるヴァイズ夫人、先ほどセシルがわたくしの許しを求めに来ました。もしルーシーが承知すれば、わたくしとしても幸いに思います。けれども――』」彼女は読むのを止めた。「セシルがわたしの許可を求めたのには笑ってしまったわ。あの人はいつも型破りのことをしたがるのよね。親とかそういうことはまったく眼中にないって感じで。でもそれなのに肝心なことになると、わたしの許しがなければ先に進めないのよ」

「僕の許しがなくても進めないよ」

「あなたの？」

　フレディーは頷いた。

「どういうこと？」

「あいつは僕にも許可を求めたんだ」

　母親は感嘆の声を洩らした。「なんて変わった人なんでしょう」

「なんで変わってるんだい」と、跡取り息子であるフレディーは言った。「なぜ僕に許しを求めたら変なのさ？」

「あなたがルーシーのことを、いいえ、そもそも女の子の何を知っているって言うの？それで、あなた一体何て答えたの？」

「僕はこう言ったんだ。煮るなり、焼くなり好きにすればいい。僕には関係ない」

「まあ、立派な返事だこと」しかし母親自身の返事も、言い方はもう少しましだったが、趣旨としては同じようなものだった。

「僕が気にしているのは」とフレディーは口を開いた。

が、それからまた勉強に戻ってしまった。何を気にしているのかを話すのが恥ずかしかったのである。ミセス・ハニーチャーチはふたたび窓辺に向かった。

「フレディー、来て御覧なさい。ふたりはまだそこにいるわよ」

「お母さん、そんなふうに覗いたりしちゃいけないよ」

「覗いてるですって。自分の家の庭を見てはいけないの？」

しかし、彼女は書き物机のほうに戻った。そして息子の横を通る時に「あら、まだ三百二十二頁？」と言った。息子はふんと言って、二枚まとめて頁をめくった。そしてしばらくふたりは黙った。カーテンのすぐ向こうから聞こえてくる低い話し声は、いつまでも途切れなかった。

「僕が気にしているのはね。自分がセシルにものすごくまずいことを言ってしまったんじゃないかってことなんだ」フレディーは神経質な溜息をついた。「セシルが不満に思ったのは、僕が許可したからじゃなく、僕には関係ないって態度を見せたからなんだ。セシルは僕が飛びあがるほどには喜んでいないってことを、見極めたかったんだと思う。セシルはこんなふうに言ったよ。一般的に見れば、自分とルーシーが結婚することは、ルーシーにとっても、そうしてウインディー・コーナーにとっても、素晴らしいことじゃないのかって。そしてどう思うか返事をして欲しい、その返事は自分を力づけることになるだろうからって」

「あなた、ちゃんと考えて御返事したんでしょうね」

「そんなことないって言ったよ」フレディーは歯軋りをした。「怒っていいよ。でも仕方なかったんだ——そう言うしかなかったんだ。どうしてもああ言わずにいられなかったんだ。あいつは僕なんかに訊いちゃいけなかった」

「ばかな子ねえ。真実は真実だから言うべきだと思ったんでしょう。けれど、それは独善がりね。セシルのような人があなたの言うことに少しでも左右されると思う？　頬っぺたを張り倒してもらえば好かったのに。そんなことないなんて、まったく何てこと言うのかしら」

「ねえ、お母さん、静かにしてよ。そうだねって言えなかったから、そんなことないって言っただけさ。僕は本心じゃないっていうふうに、笑い飛ばしてみた。セシルも笑って行ってしまったから、たぶん問題はないと思うよ。でもどうしても気になって仕方がないんだよ。ああ、お母さん、静かにしてよ。ちょっとは勉強させてよ」

姉の求婚者にたいするフレディーの応対については、すでに見解を固めたらしく、母親は言った。

「いいえ、静かになんてしていられないわ。ローマでふたりに何があったか、あなたは知っているはずですよ。なぜあの人がここにいるのかをね。それなのに、あなたはあの人を陰険に侮辱して、この家から追い出そうとしているのよ」

「違うよ、お母さん」息子は弁解した。「僕はただ、好きじゃないってことを匂わせただけだよ。あいつが嫌いなわけじゃない。好きじゃないってだけだ。ただ、気になるのは、あいつがルーシーに話すんじゃないかってことだな」

息子は憂鬱そうにカーテンのほうを一瞥した。

「あら、わたしはセシルが好きよ」母親は言った。「彼のお母さまを知っているもの。彼は性格も良いし、頭も良いし、お金持ちだし、良いお知りあいがたくさんいるわ。まあ、なにもピアノを蹴飛ばさなくてもいいじゃない。セシルには良いお知りあいがたくさんいるわ――気に入ったようだからもういっぺん言ってあげるわね――セシルには良いお知りあいがたくさんいます」まるで祝辞の練習でもしているように、母親はそこで一息ついたが、まだ言いたりないような顔で付け加えた。「それに礼儀作法が素晴らしいわ」

「つい最近まではあいつを気に入ってたんだけどね。たぶんルーシーが家に帰った最初の週を、あいつに邪魔されたせいじゃないかな。それにビーブさんが言ったことが原因かもしれない。よく判らないけど」

「ビーブさん？」好奇心を隠そうとしながら彼女は尋ねた。「どうしてここでビーブさんが出てくるの？」

「ビーブさんって変な人で、言っていることがよく判らない時があるよね。あの人こう言ったんだ。『ヴァイズ君は理想的な独身男だ』僕は首をひねった。そしてどういう意味でそう言ってるか訊いてみたんだ。するとビーブさんはこう言った。『ああ、彼はわたしと似ている──独立していたほうがいい』それ以上突っこんで訊けなかったけれど、なんだか考えさせられた。セシルがルーシーの後を追って来てから、牧師さんは少なくともあまり楽しそうじゃないよ。うまく言えないけど」

「あなたはうまく言えないでしょう。でもわたしはうまく言えるわよ。あなたはセシルに嫉妬しているのよ。もうルーシーに絹のネクタイを編んでもらえなくなるんですもの」

その説明は説得力のあるものだったので、フレディーは納得しようとした。しかしそうではないという漠然とした感じが、頭の隅に残っていた。セシルは運動能力を必要以上に誉めすぎる。そのせいだろうか？　セシルは自分と同じ喋り方をさせようとする。本来の喋り方をさせずに。そのせいだろうか？　それから、セシルは決して他人の帽子を被らないタイプの男だ。フレディーは自分の考察の深さを意識しないまま、それ以上考えるのを止めた。自分は嫉妬しているに違いない。さもなければ、そういう細々としたことが原因で誰かを毛嫌いするはずがない。

「これでどうかしら？」母親が尋ねた。「『親愛なるヴァイズ夫人、先ほどセシルがわたくしの許しを求めに来ました。もしルーシーが承知すれば、わたくしとしても幸いに思います』それからこうつづけたわ。『それでルーシーにもそう申しました』手紙を最初から書き直す必要があるわね。『それでルーシーにもそう申します。しかしルーシーの態度はいまのところ、とてもあやふやなものに見えます。ですが、この数日のうちに若いふたりは自分たちで結論を出すでしょう』こう書いたのは、わたしたちが古い人種だとヴァイズ夫人に思われたくないからよ。あの人は講演を聴きに行ったりして教養を高めているの。で、その代わり家のほうはと言うと、ベッドの下は綿埃が積もっているし、電燈のスイッチを入れようとすると、傘に積もった埃の上にメイドの指の跡が見えるのね。階貸アパート（フラット）の管理という点ではひどいものだわ」

「もしルーシーがセシルと結婚したらフラットに住むの？ それとも田舎に住むの？」

「つまらないことで話の腰を折らないで。それでどこまで行ったかしら。そうそう『若いふたりは自分たちで結論を出すでしょう。ルーシーが御令息に好意を持っているのは確かです。わたくしには何でも話しますから。御令息が最初に申しこまれた時、娘はローマから手紙をよこしました』あら、最後の文は消しましょう。干渉しすぎると思われては困るわね。『わたくしには何でも話しますから』で止めましょう。それともこれも消したほうがいいと思う？」

「消したほうがいいよ」

ミセス・ハニーチャーチは消さないことにした。

「それじゃあ、全部でこうなるわ。『親愛なるヴァイズ夫人、先ほどセシルがわたくしの許しを求めに来ました。もしルーシーが承知すれば、わたくしとしても幸いに思います。それでルーシーにもそう申しました。しかしルーシーの態度はいまのところ、とてもあやふやなものに見えます。ですが、この数日のうちに若いふたりは自分たちで結論を出すでしょう。ルーシーが御令息に好意を持っているのは確かです。わたくしには何でも話しますから。しかしわたくしには——』」

「ちょっと待った」フレディーが叫んだ。

カーテンがふたつに分かれた。

セシルが最初に浮かべた表情は、苛立ちのそれだった。家具を長持ちさせるために家のなかを暗くしておくハニーチャーチ家の習慣は、セシルには我慢できないものだった。彼は本能的にカーテンをぎりぎりまで押しやり、カーテンがそのままぶらさがって揺れるにまかせた。光が入ってきた。テラスとそれにつづく庭が視界に入った。庭はこの辺りの家によく見られるようなもので、両側には木々が茂り、小さな丸木造りの腰掛けがあり、花壇がふたつあった。けれどこの家のテラスと庭は、その先に広がる眺めのお蔭で何倍も美しい印象を与えられていた。ウインディー・コーナーと呼ばれるこの家は、サセックスのウィールドの森を見渡す位置に建っていたのである。小さな腰掛けにすわっているルーシーは、陽炎に揺れる世界の上に浮かぶ魔法の絨毯の縁に椅子を置いてすわっているように見えた。

セシルが部屋のなかに足を踏みいれた。

遅れて姿を現したセシルとは、どのような人物であるか、ここで述べられるべきであろう。セシルは中世的である。ゴシックの彫像のような顔形。背が高く洗練されている。きれいに張った肩は意思の強さでそうなっているように見える。頭は一般的な視線の少し上を見ているように傾げられている。彼はフランスの大聖堂の正面を守る厳格な聖人に似ている。高度の教育を受け、才気に溢れ、肉体的にも何ら欠陥のない彼は、ある種の魔の束縛の下にあった。現代では自意識とよばれ、中世ではもっと漠然と禁欲主義とよばれて讃えられたものである。ギリシアの彫像が豊穣を象徴するように、ゴシックの彫像は禁欲を象徴するが、ビーブ牧師の言葉の意味はおそらくそういった文脈のうちにあるのだろう。そして歴史にも美術にも無関心なフレディーが、セシルは他人の帽子を被らないだろうと考えたのも、彼なりに同じことを表現したと想像される。

ミセス・ハニーチャーチは手紙を書き物机の上に置いて、セシルのほうへ近寄った。

「ああ、セシル、話してちょうだい、セシル」

「イ・プロメッシ・スポジ（アレッサンドロ・マンゾーニの小説『いいなづけ』の原題）」彼は言った。

ふたりは怪訝な顔でセシルを見つめた。

「ルーシーは承諾してくれました」彼は言い直した。自国語の響きに顔を赤らめ、嬉しそうに微笑んだ彼は、いつもより人間味があるように見えた。

「まあ、嬉しい」とミセス・ハニーチャーチが言い、フレディーは薬品で黄色くなった手を差しだした。ふたりは自分たちもイタリア語を知っていれば好かったのにと思った。というのも、賛意を表す言葉や感動の言葉は、日常茶飯事のものになっているので、ここぞという時にはずいぶん使いにくいものだからだ。そういう時には、周知のように、我々は漠然と詩的な言葉を探したり、聖書のなかに逃げこんだりする。

「わたしたちの一家にようこそ」ミセス・ハニーチャーチは家具や調度のほうに腕を広げた。

「ほんとうに良い日だわ。あなたがルーシーを幸せにしてくれるのを信じていますよ」

「そういたします」視線を天井に向けながら、セシルはそう答えた。

「母親というものは――」ミセス・ハニーチャーチは笑顔を作ってそう言いかけたが、普段もっとも嫌っている、感傷的で大げさな物言いをしている自分に気が付き、口をつぐんだ。なぜ自分はフレディーのようにできないのだろう。部屋の真ん中でひどく不機嫌な顔で立っているフレディーのように。ハンサムにも見えるフレディーのように。

「ルーシー、ちょっと来てくれないか」セシルが外に向かって叫んだ。会話がつづかなくなってしまったのである。

ルーシーが腰掛けから立ちあがった。彼女は芝生を歩いてきて、みんなに微笑みかけた。まるでテニスをしましょうと、誘っているような顔つきだった。彼女は弟の表情に気がついた。ルーシーは口を開きかけ、それから腕を広げて弟を抱きしめた。「しっかりしろよ」とフレディーは言った。

「お母さんにキスは?」とミセス・ハニーチャーチが言った。

ルーシーは母親も抱きしめ、キスをした。

「みんなで菜園に行ったらどうだい。お母さんに一部始終を話してきかせたら?」セシルが提案した。「僕はここに残って母に手紙を書くから」

「僕たちはルーシーと一緒に行くんだね?」フレディーがまるで指示を求めるような口調で言った。

「そう、ルーシーと一緒に行くんだ」

三人は光のなかに出て行った。三人が庭を横切り、段になった道を下って姿を消すまで、セシルはじっと見つめていた。彼はこの家のやり方を知っていた。三人は小道を下り、植えこみの前を過ぎ、テニス用の芝地を通りすぎ、ダリアの花壇を通りすぎ、菜園まで行く。そして菜園のじゃがいもやえんどう豆の前で自分とルーシーのことを話すのだ。

寛大な笑みを浮かべてセシルは煙草に火をつけ、このように幸せな結末に至るまでの出来事を思い返した。

セシルは数年前からルーシーを知っていたのだが、単に音楽の好きなどこにでもいるような少女として知っていたに過ぎなかった。ローマのあの日の午後、彼女がおそるべき従姉とともにだしぬけに眼の前に現れ、サン・ピエトロ寺院に連れて行ってくれと頼んだ時、自分が陥った憂鬱な気分は忘れられるものではなかった。あの日のルーシーは、無遠慮で喧《かまびす》しく、旅の疲れを顔に張りつけた、ありきたりの観光客そのものだった。しかし、イタリアは彼女に何か魔法をかけたらしい。イタリアは彼女に光を与え、そして――彼にとってはこちらのほうがより貴重に思えたのだが――影を与えていた。セシルはほどなく彼女の内に秘められた何かがあることを発見した。彼女はレオナルド・ダ・ヴィンチの絵の女のようだった。ダ・ヴィンチの絵の女の魅力は、女そのものにではなく、女が口に出さないもののなかにある。口に出さないものとは世俗のものではないはずだ。ダ・ヴィンチの女が身の上話といったものを内に抱えているはずはなかった。そしてルーシーは日に日に成長していった。

そういう具合に、はじめは保護者として礼儀を保っていたセシルであるが、しだいにその心は情熱とまではいかないものの、何とも落ちつかない感情に捕らえられるようになっていった。ローマで早くも、彼はふたりの相性が良いことを仄めかしていた。彼女がそれを聞いて逃げださなかったことが、セシルの心を大きく揺さぶった。彼女は穏やかにだが、はっきりと断った。断った後も――耐えがたい言葉が流れ去って――彼女の態度は以前とまったく変わらなかった。三箇月後、イタリア国境の、花に包まれたアルプスで、直接かつ一般的な言い方でセシルはふたたび結婚を申しこんだ。その時のルーシーはいつもよりもダ・ヴィンチの絵を彷彿とさせた。日に焼けた彼女の顔は奇妙な形の岩の蔭になっていた。セシルの言葉に彼女は振りかえった。彼女の背後では果てしなく広がる草原が輝きを放っていた。セシルは少しも恥ずかしくなく、拒絶された求婚者というふうにも感じないで、彼女と一緒に宿に戻った。本当に大事なことは揺るがなかったのだ。

今日、セシルはもう一度彼女に結婚を申しこんだ。そして彼女は穏やかに、はっきりと承諾した。以前とまったく同じ語調だった。いままで断っていた理由を若い女性らしく長々と述べることもなく、ただ、自分は彼を愛していて、彼を幸せにするために全力を尽くすと言っただけだった。ロンドンの母親も喜ぶはずだった。母親はどういう手順を踏むべきか助言をくれたくらいだった。長い報告の手紙を書かなければならなかった。

握手した時、フレディーの薬品が自分の手についたのではないかと思い、セシルは掌を確かめてから、書き物机に向かった。『親愛なるヴァイズ夫人』という書き出しと、線で消してある箇所が目立つ手紙が眼に入った。セシルはつづきを読まずに書き物机から離れると、少し躊躇った後、ほかの椅子にすわり、膝に載せた紙の上に鉛筆を走らせはじめた。

それから彼は二本目の煙草に火をつけた。二本目の煙草は一本目よりも神聖さが薄れたように思えた。そしてどうしたらウインディー・コーナーの客間がもっと個性的になるだろうかと考えた。いまのままでも充分見栄えはするが、家具や調度はトッテナム・コート通りの家具屋で調達したことが明らかだった。シュールブレッド商会やメイプル商会の幌付きの貨物自動車が横付けして、この椅子や、あそこのニスを塗った本棚や、そこの書き物机を下ろしているようすが、眼に浮かぶようだった。書き物机に眼をやった時、ミセス・ハニーチャーチの手紙のことが念頭に浮かんだ。彼は手紙を読みたいとは思わなかった。セシルは決してそのようなことに誘惑を感じるような人物ではなかった。が、それでも手紙のことは気になった。ミセス・ハニーチャーチと母親が、自分のことを話しあうようになったのは、自分の過ちのせいだった。ルーシーを三度目に承諾させるためには、ミセス・ハニーチャーチの応援がほしかった。誰でもいいから第三者が賛成してくれていると思いたかったから、彼女の許可を求めたのだ。ミセス・ハニーチャーチは礼儀正しかった。一方、フレディーのほうは——。

「あれはまだ子供だ」セシルは心のなかで呟いた。「僕はあの子が嫌っているものの見本みたいなものだ。義理の弟になりたいなどとは思わないだろう」

ハニーチャーチ一家は善良な人々だ。それでもルーシーはこの家のほかの人たちとは、まったく質が違う人間だとセシルは思いはじめていた。はっきりと口にしてはいないが、できるだけ速やかに彼女と同質の人間たちに引きあわせようとセシルは考えた。

「ビーブさんです」メイドの声がして、サマー・ストリートの新任教区牧師が姿を現わした。彼は赴任してくると、ハニーチャーチ家とはたちまち旧知の間柄のようにつきあいはじめていた。ルーシーがフィレンツェから寄越した手紙のなかで、しきりに牧師を褒めていたのが、大きな要因になっているようだった。

セシルは少しばかり批判的な眼差しで彼を迎えた。

「わたしはお茶をご馳走になりに来たのですよ、ヴァイズさん。お茶にありつけそうですかな?」

「大丈夫でしょう。この家は食べ物には事欠きませんからね——その椅子にすわってはだめですよ。ハニーチャーチの坊主が骨を置いている」

「おやおや、何とも」

「気持ちは判ります、判ります。ミセス・ハニーチャーチがなぜこんなことを許しているのか、わたしにはまったく謎です」

セシルはメイプル商会の家具と骨とを結びつけて考えることができなかった。そのふたつを併せることで、部屋がすでに彼の理想とするような活々《いきいき》としたものになっていることに、まったく気がついていなかった。

「わたしはお茶と噂話に来たのですよ。これはまったくニュースです」

「ニュース？　おっしゃることが判りません。ニュースですって？」

考えもつかなかったようなニュースを、ビーブ牧師は早口で喋りはじめた。

「ここに来る途中で、サー・ハリー・オトウェイに会いました。わたしがこの辺で一番早く耳に入れた人間でしょうな。何とサー・ハリーはフラック氏からシシーとアルバートを買いあげました」

「そうですか」セシルは平静を取り戻そうと努力しながら言った。自分は何と奇怪な勘違いをしたのだろう。牧師であり紳士であるこの人物が、自分の婚約のことをこのように軽々しく噂するはずがないではないか。しかし最初に感じた抵抗感は残った。シシーとアルバートとは何者でしょうかと尋ねた時も、彼はまだ牧師は少し無礼ではないかと考えていた。

「それは許しがたい質問ですな。一週間もウインディー・コーナーに滞在していながら、シシーとアルバートを知らないとは。じつは教会の向かいに急いで建てられた連続住宅なのですよ。ミセス・ハニーチャーチにも後で教えないと」

「わたしは地方のことにはまったく疎いのです」セシルは鬱々とした顔で言った。「地方行政区会と地方自治体連盟の違いさえ覚えていないのですから。たぶんそのふたつは同じものなんでしょう。それともどちらも間違って覚えているか。わたしは友達に会うのと景色を楽しむためにしか、田舎に来ないのです。ほんとうに不精者ですから。肩身の狭い思いをせずにすむところは、イタリアとロンドンだけなのですよ」

ビーブ牧師はシシーとアルバートのことを、思いのほか深刻に受けとめられたので少々鼻白み、話題を変えることにした。

「ところでヴァイズさん、ちょっと失念してしまったのですが、ええと、あなたの御職業は何でしたっけ?」

「職業はありません」と、セシルは答えた。「これもわたしがデカダンスの輩であることの好い例でしてね。何と言われても仕方がありませんが、わたしは誰にも迷惑をかけないかぎり、自分の好きなように生きる権利があるという姿勢をとりつづけているのです。人を相手に金を儲けるとか、全然関心のないことに骨身を削るといったことをすべきなのは、よく判っています。が、どうもそうしたことには足を踏みだせないのです」

「あなたは運の良いお人だ」とビーブ牧師は言った。「時間があるという境遇とは素晴らしい」

牧師の言葉にはセシルにたいする狭量さといったものが滲みでていたが、牧師としてもそれは如何ともしがたいものであった。職業をもつ人間だったら、誰しも同じように思うだろうと、牧師は想像した。

「判っていただけて安心しました。僕は健全な人々——たとえばフレディー・ハニーチャーチ君のような人間とはなかなか顔を合わせにくいです」

「ああ、フレディーはなかなか好い青年ですね」

「素晴らしいものです。あのような若者がいまの英国を築きあげてきたのです」

セシルは心のなかで考えていた。どうしてよりによって今日という日に、こういうふうに行き違いばかり生じるのだろう？　彼は軌道を修正しようとして、自分にとっては何の意味もない、牧師の老いた母親のことを格別に熱心に尋ねた。それから牧師の自由な考え方や、哲学や科学に対する進歩的な態度に感心してみせた。

「みんなどこにいるのでしょうね？」とうとう牧師は言った。「夕方の礼拝がはじまる前に、お茶にありつきたいのですよ」

「あなたが見えたことを、メイドのアンが知らせていないのかもしれないですね。この家に来る人はすぐに使用人について多くのことを知ることになっています。アンの悪いところは、一度話したことをもう一回繰りかえさせることです。それから、椅子の脚を蹴飛ばすことです。メアリーの悪いところは——いまは思いつきませんが、たしか由々しいことでした。菜園のほうに行って見ましょうか？」

「わたしはメアリーの悪いところを知っていますよ。塵取りを階段の途中に置きっぱなしにすることです」

「ユーフィミアの悪いところは、どうしても羊の脂肉を大きめに切ってしまうことですね」

ふたりは笑いあった。事態は好転しはじめていた。

「フレディーの悪いところは——」セシルはつづけた。

「ああ、フレディーの悪いところは多すぎます。あの若者の悪いところを憶えているのは母親くらいでしょう。ミス・ハニーチャーチの悪いところを言ってみましょうか。数え切れないってことはまずないな」

「ひとつもありません」セシルは真面目な顔でそう言った。

「同感です。いまのところはひとつもありません」

「いまのところ?」

「べつに皮肉を言っているわけではありませんよ。自分のおはこの理論を彼女に当てはめているのです。ミス・ハニーチャーチがあれほど見事にピアノを弾くのに、これほど単調な暮らしに明け暮れているのが納得できますか? 彼女はいつの日にか、両方において素晴らしくなるでしょう。彼女のなかの水密区画室はいつか壊れ、音楽と人生が混ざりあうことになるでしょう。そうなれば、彼女は英雄的に優れた存在になるか、英雄的に劣悪な存在になるかどちらかでしょう。しかし、一番ありそうなのは、あまりに英雄的で、良い悪いの範疇から外れてしまうことですね」

セシルは自分の話相手が興味深い人物であることに気がついた。

「そうすると、いまのところ彼女の人生はそう素晴らしいものではないわけですか?」

「そう、タンブリッジ・ウェルズで会った時は素晴らしいとは言えなかった。それにフィレンツェでも。わたしがサマー・ストリートに移って来た時は、ミス・ハニーチャーチはまだ旅行から帰っていなかった。あなたはローマとアルプスで彼女に会われたのですね。ああ、忘れていた、もちろんその前からあなたは、ミス・ハニーチャーチを御存知だった。そう、フィレンツェでも素晴らしくはなかった。しかし、いつか必ずそうなると、わたしはいつも期待しています」

「どのような方面で?」

会話が好もしいものに変わり、ふたりは庭を行ったり来たりした。

「ミス・ハニーチャーチがつぎになにを弾くか当てられるくらいだったら、それも言って差しあげられるのですが。彼女はなんだか翼を手に入れたような気がする。そしてそれを使ってみようと思っているようだ。わたしはイタリアにいた時、日記になかなか見事な絵を描きました。それを見せたいくらいですよ。ミス・ハニーチャーチを凧になぞらえて、ミス・バートレットが糸を手繰っている絵です。二枚目の絵では、糸が切れている」

たしかに、彼の日記のなかにその絵はあった。しかしそれは彼が後になって、状況を美術的に描いたもので、それに糸をこっそりと操っていたのは牧師自身だった。

「しかし糸は切れなかったのでしょう?」

「ええ、ミス・ハニーチャーチが舞いあがって行くのを、この眼で見たとは言えないですね。ミス・バートレットが転んだという話は確かに聞きましたが」

「糸はもう切れました」若者は低く震える声で言った。

口に出した後でたちまち悟った。婚約を知らせる方法はさまざまで、どれも自慢気で滑稽で嫌味なものだが、そのなかでもこれは最悪だった。彼は、自分の隠喩好きを呪った。自分が星で、ルーシーが彼に届こうとして上昇していると言いたいのだと、受け取られただろうか?

「糸が切れた? どういうことですか?」

「つまり」とセシルは固い口調で言った。「彼女はわたしと結婚することになったのです」

牧師は苦い失望感に捕らわれ、それが声の調子に表れるのを抑えることができなかった。

「いや、これは失礼。謝らなければなりません。あなたがミス・ハニーチャーチとそんなに親しかったとは思ってもみませんでした。そうと判っていれば、このように軽々しく上っ調子な言い方をしなかったのに。ヴァイズさん、わたしのお喋りを止めてくだされればよかった」牧師は下りてゆく先の菜園にルーシー本人がいるのを見た。そう、彼は失望していた。

当然のことながら、謝罪の言葉よりも祝いの言葉を期待していたセシルは、口をへの字に曲げた。自分の行動にたいする世間の反応はこうしたものなのか? もちろん、セシルはおおむねのところ、世間を軽蔑してきた。思慮深い人間ならば誰でもそうだろうと思っていた。そうするしないで高尚な人間が見分けられるくらいだ、と。しかし彼は自分にたいして為された一連のことに苛立ちを抑えきれなかった。

時と場合によって、彼は無礼になることもできた。

「驚かせて申しわけありません」セシルは素気ない口調で言った。「ルーシーの選んだ男がお気に召さなかったのですね」

「そういうことではありません。しかし、わたしのお喋りを止めてくれればよかった。わたしはミス・ハニーチャーチをほんの少しのあいだ知っているに過ぎない。誰と喋るにせよ、彼女のことをこのように気安く話題にするべきではありませんでした。ましてあなたとはね」

「なにか軽率なことを言ったと思っておられるのですか?」

ビーブ牧師は自制心を働かせた。本当にヴァイズ氏は人にばつの悪い思いをさせる名人である。牧師は職業的特権を用いる羽目になった。

「いいえ、わたしはべつに軽率なことを言ったつもりはありません。彼女の平穏無事な子供時代はやがて終わるだろうと、フィレンツェでわたしは予測しましたが、やはりそれが終わったと言いたかったのです。彼女が大きな転機を迎えるだろうと、わたしは漠然と思いました。そしてやはり彼女は転機を迎えました。ミス・ハニーチャーチは知りました。気軽に話しはじめたわけだから、気軽につづけさせていただきます。ミス・ハニーチャーチは愛するということを知ったのです。それは現世が与えてくれるもっとも偉大なる教訓だと、あるいは人は言うかもしれません」そろそろ向こうから来る三人に帽子を振る頃合だった。話の途中だったが牧師は、その身振りを省略することはしなかった。「彼女はあなたからそれを学んだのです」相変わらず聖職者の口調だったが、そこには誠意がこもっていないでもなかった。「学んだものが彼女のためになるように、あなたが心がけられますように」

「グラッツィエ・タンテ」セシルは聖職者という人種を好まなかった。

「お聞きになりました?」ミセス・ハニーチャーチが、菜園の坂を息を切らせて登りながら叫んだ。「ビーブさん、お聞きになりましたか?」

フレディーはすっかり気立ての良い若者に戻って、ウエディング・マーチを口笛で吹いていた。若い者が、すでに決着がついたことについて、あれこれと文句を言うことはまずない。

「ええ、聞きましたとも」牧師は叫び返した。彼はルーシーを見た。彼女の前では、ビーブ牧師はもう聖職者らしく振舞うことができなかった、少なくとも言いわけなしには。「ハニーチャーチさん、わたしはこれからみなさんに期待されていると思われることをしますが、ほんとうはとても照れているのですよ。では。おふたりの上に艱難《かんなん》の時も安穏の時も、大いなる時も、小さき時も、あらゆる祝福がありますように。おふたりの一生が夫として妻として、父として母としてこの上なく善きもので、また幸多きものでありますように。それから、お茶をいただきたいですな」

「まあ、お祈りはそれにふさわしい場でやっていただきたいわ」夫人がやりかえした。「ウインディー・コーナーには深刻な顔は似合いませんわよ」

牧師は夫人の調子に倣った。もう厳粛な祝福の言葉は要らなかった。詩や聖書を持ちだして威厳をつける必要もなかった。進んで真面目な顔をする者もいなかったし、それが可能であるようにも見えなかった。

婚約はとても影響力のあるものだ。婚約の話をする者は誰もが遅かれ早かれ、歓びと厳粛さの混じったような精神状態になる。祝いの場から遠ざかれば、自分の部屋でひとりになれば、ビーブ牧師も、そしてフレディーでさえも、ふたたび批判的な態度に戻るだろう。しかし祝いの場にいれば、そして婚約者たちを前にすれば、誰もが心から陽気になるものだ。婚約は不思議な力を持っている。人の舌を滑らかにするだけでなく心をも躍らせる。この作用に匹敵するものとしては——大きな出来事同士を引きあわせてみると——異教の寺院が我々に及ぼす力のことが思い浮かぶ。外にいる時は、嘲ったり反発したりする。自制したとしても何らかの感情が浮かぶことは抑えられないだろう。しかし一旦なかに入ると、聖人や神々が自分たちのものではないのに、われわれは真の信仰者になる。もっとも真の信仰者というものがこの世に存在するかどうかはまたべつの話であるが。

そういうわけで、その日の午後、不信感や疑念ゆえの行き違いが幾つかあったが、一同は気を取り直して、じつに楽しいお茶の時間を過ごした。もしそれぞれが偽善者であるにしても、自覚している者は誰もいなかったし、偽善がきっかけになって、真実に変わる可能性というものは低いものではなかった。メイドのアンがまるで結婚祝いの贈り物のように皿を銘々の前に置いて、みんなの気分を昂めた。部屋をでる時にアンが笑みを浮かべながらドアを蹴飛ばした時も、いささかの遅滞もなく、みなの顔には笑みが浮かんだ。ビーブ牧師はじつに喧《かまびす》しかった。フレディーの機知は最高潮であった。一族のあいだで言い慣わされた駄洒落、フィアンセの語に引っかけた大失敗《フィアスコ》なる呼び名で、フレディーはセシルのことを呼んだ。快活で恰幅のよいミセス・ハニーチャーチもまた、未来の義理の母としては、願ってもないような人間に見えた。ルーシーとセシルについて言えば、ふたりの聖堂はすでに建てられていた。そしてすでに儀式が執りおこなわれていた。しかしふたりは待っていた。結婚の善性の熱心な信奉者たちが一様に望むように、より神聖な歓びの聖堂の扉が開く瞬間を。

第九章　芸術作品としてのルーシー

婚約が公になってから数日後、ミセス・ハニーチャーチはルーシーと「フィアスコ」のふたりを近所の小さなガーデンパーティーに出席させた。当然のことであるが、娘がどこに出しても恥ずかしくない男性と結婚することになったのを、近所の人々に知らせたかったのである。

セシルはどこに出しても恥ずかしくないどころではなかった。彼は人目を惹いた。すっきりした姿がルーシーに歩調を合わせ、色白で面長な顔がルーシーのお喋りに頷くようすは、誰の眼にも非常に好もしく映った。みんなはミセス・ハニーチャーチに、祝いの言葉を述べた。親に祝いの言葉を述べることの意味を考えれば、それは不作法としか言いようのないことだったが。けれども祝福の言葉は夫人を喜ばせ、そして夫人は見境なく、少しばかり退屈な年配の婦人たちにまで、セシルを紹介することにしたのだった。

お茶の時だった。運の悪いことに、コーヒーがルーシーの紋織りの絹の服にこぼれた。ルーシーはべつに構わないといった顔をして見せたが、母親のほうはそんな余裕もなく、ルーシーを家のなかに連れて行き、同情したメイドに染み抜きをしてもらった。親娘が席を外していた時間は短いものではなく、そのあいだセシルは老婦人たちの真ん中に置き去りにされた。親娘が戻ってみると、セシルはさっきほど好もしく見えなかった。

「こういう集まりにはよく出るのかい？」帰りの馬車のなかでセシルは尋ねた。

「ええ、時々ね」パーティーをそれなりに楽しんだルーシーはそう答えた。

「この辺りの付きあいの仕方はみんなあんなふうなのかい？」

「そうだと思うけれど。お母さん、そうでしょう？」

「お付きあいは色々ですよ」家にあるドレスの一枚を、どんなふうにしまおうかと考えながら、ミセス・ハニーチャーチが答えた。

夫人の頭がほかのことで一杯なのをみて、セシルはルーシーのほうに屈みこんで言った。

「あれはぞっとするようなものだったし、悲惨で、およそ信じがたいものだ」

「ひとりにしてほんとうにごめんなさい」

「そういうことではなくて、あの祝辞の押し売りさ。胸が悪くなる。婚約が公共のものだっていう顔をしているのが我慢できない。赤の他人が、自分たちの安っぽい感傷を投げこむごみ捨て場のように、思いこんでいるのがね。あの婆さんたちの作り笑いときたら」

「誰もが一度は通り抜けることじゃないかしら。つぎはそんなに注目を浴びないと思うわ」

「僕の言いたいのは、そもそもみんなの考え方が間違っているということだよ。婚約は――まずこの言葉からしてぞっとしないが――婚約は個人的なもので、あのように扱うべきものではない」

老婦人たちの作り笑いは、個人という枠では間違っているにせよ、種ということを考えれば、もちろん正しいものだった。すべての世代に通底する精神が、セシルとルーシーの婚約を祝福する老婦人たちを通して笑っていた。この婚約は地上における種の存続を約束することなのである。しかしセシルとルーシーにとっては、婚約はまったく違った意味を持っていた。個人的な愛だった。セシルが苛立つのも、セシルの苛立ちをもっともだとルーシーが思うのも、それはそれで正しいことだった。

「まあ、それはうんざりしたでしょうね。テニスでもしていればよかったのに」

「僕はテニスはしないんだ——少なくとも人前では。近所の人たちは、僕がスポーツマンだという空想を抱きようがないね。僕に関する空想は僕がイタリア的なイギリス人《イングレーゼ・イタリアナート》であるということくらいかな」

「イングレーゼ・イタリアナート？」

「それは悪魔の化身《エ・ウン・ディアヴォロ・インカルナート》だ。この諺を知ってるかい？」

ルーシーは知らなかった。しかし、ローマで一冬を母親と一緒にひっそりと過ごしただけの青年に、その呼称はもちろん相応しいものではなかった。しかし彼は婚約以来、自分の持ち味とは程遠い、型破りな国際人を気取りだしていた。

「まあ、みんなが認めてくれないのならしかたがない。僕とみんなのあいだには、たしかに越えがたい溝がある。僕はみんなを受け入れなければならないようだ」

「わたしたちにはみんなそれぞれの限界というものがあるんじゃない？」とルーシーはもっともなことを言った。

「でも、その限界を突きつけられることもある」ルーシーの言葉を聞いたセシルは、彼女があまり自分の立場を理解してくれていないようだと思った。

「どういうこと？」

「違いがあるんだ。そうじゃないかい。自分を囲いこむことと、ほかの人間が作った柵のために、外に閉めだされてしまうことには」

彼女はしばし考えて、確かに違いがあると同意した。

「なぜ、違うの？」ミセス・ハニーチャーチが突然割りこんだ。「違いなんてわたしには判らないわ。柵は柵でしょう。とくに同じ場所にある柵なら」

「僕たちは行動の意図のことを言っているんですよ」突然の邪魔に鼻白んだセシルが言った。

「ねえ、セシル、ちょっと考えてごらんなさい」と言って、夫人は膝の上に名刺入れを乗せた。「これをわたしとするでしょう。これがウインディー・コーナー。それから残りの模様はほかの人たち。意図もけっこうだけど、ここに柵がこう入ると」

「わたしたち本物の柵のことを言っているんじゃないのよ」とルーシーは笑いながら言った。

「あらまあ――喩えなのね」

ミセス・ハニーチャーチは得心したようすで、背もたれに寄りかかった。なぜルーシーはこんなことを面白がるのだろう、とセシルは思った。

「あなたの言う柵を持っていないのは誰か教えてあげる。それはね、ビーブさんよ」

「柵のない牧師がいるとしたら、防御の策を知らない牧師だろう」

ルーシーは人の話の筋を追うのが苦手ではあるが、どういうつもりで言ったかを察知するのは早かった。彼女はセシルの警句的な表現は理解できなかったが、セシルの言葉の背後にある感情は感じ取った。

「あなたはビーブさんが好きじゃないの？」ルーシーは考えながら言った。

「そんなことは言っていない」セシルは声を上げた。「彼は標準をはるかに超えた牧師だと僕は思っている。そんなことはない――」セシルはそれから柵のほうへ話を戻した。彼の手際は鮮やかだった。

「そう、わたしが本当に嫌いな牧師は」ルーシーはセシルが気にいるようなことを何か言いたかった。「柵を巡らした牧師よ。そうしてほんとうにとんでもない柵を張り巡らしたのがイーガーさんだったわ。フィレンツェにいたイギリス人の牧師さんよ。あの人はほんとうに真実味のない人だった。態度が適切じゃないというだけじゃなかった。俗物で、自惚れが強くて、とても意地の悪いことを言ったわ」

「どんなことを？」

「ペンション・ベルトリーニにお年寄りがひとりいたの。その人のことを、自分の奥さんを殺したと言ったのよ」

「それなら、そうだったんじゃないか?」

「まあ、違うわ」

「どうして違うんだい?」

「あの人はとても好い人だったもの。ほんとうよ」

セシルは彼女のいかにも女性らしい非論理的な言い方を笑った。

「わたしは事実をはっきりさせようとしたのよ。でもイーガーさんは肝心なところは絶対にはっきりと言わなかったわ。曖昧にしたの。その人が奥さんを殺したようなものだったとか、奥さんを神の面前で殺したとか」

「ルーシー、口が過ぎますよ」あまり興味のなさそうな口振りだったが、ミセス・ハニーチャーチが口を挟んだ。

「でも、お手本にしなさいと言われるような人が、中傷して歩いてるなんて許せないと思わない? あのお年寄りがみんなから相手にされなくなった理由の大半は、イーガーさんのせいだと思うわ。みんなはあのお年寄りを無教養な人のように思っていたけれど、絶対にそうじゃなかった」

「気の毒に。何というお名前の方だったの?」

「ハリスよ」彼女はとっさに言った。

「殺されたっていうハリス夫人(ディケンズ『マーティン・チャズルウィット』の作中人物である看護婦のギャンプが、自分に都合よく編みだした架空の人物)なんていなかったことを祈りましょうね」と母親が言った。

ディケンズの引用であることを理解したセシルは頷いた。

「イーガー牧師は教養のある人じゃなかったのかい？」

「判らないわ。とにかく嫌いよ。あの人がジオットの解説をするのは聞いたわ。わたしは嫌いよ。心の狭さは繕えるものじゃないわ。大っ嫌いよ」

「まあまあ、なんてうるさいのかしら。そんな大声を出して、頭が割れてしまうじゃない。いったい何をそんなに喚く必要があるの？　あなたもセシルも、誰であれ、牧師さまの悪口を言ってはいけませんよ」

彼は微笑んだ。イーガー牧師の道徳性の欠如にルーシーが激怒するというのは、なんとも不似合いな感じがした。まるでダ・ヴィンチの絵をシスティナ礼拝堂の天井に見つけたような気持ちだった。彼女の使命はこういうことではないと、教えたかった。女の力と魅力は神秘性にあるもので、男のように大声で喚くことではないと。だが、こうして喚くのは生命力の表れだった。美しく創られた者を損ないはするが、生きていることの表れだった。彼は一呼吸おいた後、彼女の上気した頰と興奮した身振りを見て是認することにした。若さを抑制することは控えた。

周りには自然がたっぷりあったので、彼はそれが話題としては当たり障りがないと思った。そこでセシルは松の森や羊歯の茂った水溜りや、枯れはじめた灌木に点々と散らばる真紅の葉や、道路が機能的でかつ美しいことを褒め称えた。野外のことは彼の得意な分野ではなく、時には事実の把握に問題があることもあった。セシルが一年を通じて緑の落葉《から》松《まつ》と言った時、ミセス・ハニーチャーチの唇はひきつった。

「わたしは自分を幸運な人間だと考えています」セシルはこう言って締めくくった。「ロンドンにいる時は郊外には住めないだろうと思うし、郊外にいればまったくその逆に思える。結局、小鳥や木々や大空は人生のなかで一番素晴らしいもので、そのなかで暮らす人々もまた一番素晴らしいものです。でも九割方の人々はそのことに気がついていない。田舎の紳士や労働者はそれぞれの意味あいにおいて、付きあいの相手としてはきわめて憂鬱な存在です。とはいえ、彼らは我々街の者には許されない自然の営みに、無言のうちに親和している。そう思いませんか、ハニーチャーチさん」

ミセス・ハニーチャーチははっとして、それから微笑んだ。彼女は身を入れて聞いていなかったのだ。幌付き馬車の前の席にすわっていたセシルはがっかりして、さらには何だか腹が立ってきたので、興趣をそそる話題を話そうなどとはもう考えまいと思った。

ルーシーも身を入れて聞いていなかった。ルーシーは眉をひそめ、とても不機嫌に見えた。道徳的な問題で興奮しすぎた結果だ。彼はそう判断した。八月の木々の美しさにたいして盲目になっているルーシーが可哀想だった。

「ああ少女よ、彼方の山の高みより、下り来《こ》よ」彼は詩を引用し、膝の先でルーシーの膝を軽く突っついた。

彼女はふたたび頬を染め、言った。「高みって？」

ああ少女よ、彼方の山の高みより、下り来よ
高みにはいかなる喜びが住まうのか（羊飼《こ》いは歌う）
高みには、輝く山並には（アルフレッド・テニスンの“The Princess”の一節。三連目に少し手が加えられている）

「お母さんの言葉に従って、牧師を嫌うのはもう止そうよ。ここはどこ？」

「サマー・ストリートよ、もちろん」ルーシーは我に返って言った。

森が一部開けていて三角形のなだらかな斜面が広がっていた。その二辺に小綺麗な別荘風の家が並び、上の方の、残りの一辺に新しい石造りの教会が見えた。屋根と同じ石で葺いた美しい尖塔のある、簡素だが予算をかけたことが明らかに見て取れる造りの教会だった。ビーブ牧師の住む牧師館は教会と並んでいた。牧師館の屋根は家々のそれより心持ち高い程度だった。近くには大きな邸宅も幾つかあるのだが、そちらのほうは木立ちに隠れて見えない。この辺りの風景は、有閑階級の人々の聖地あるいは中心地というよりも、スイスアルプスの高原を連想させた。ただ、二軒つづきの不恰好な連続住宅だけが景観を台無しにしていた。セシルがルーシーを獲得したあの日の午後、競いあうように、サー・ハリー・オトウェイがそれを獲得したのだった。

「シシー」というのが片方の名前で、「アルバート」がもう片方だった。二軒とも、その名前は庭の門にゴシック体で黒く書かれているだけでなく、ポーチのアーチの部分に、曲

線に沿ってブロック体で書かれていた。アルバートには人が住んでいた。狭苦しい庭は天竺葵《ゼラニウム》と、沢桔梗《ロベリア》と、艶出しを塗った貝殻で溢れていた。小さな窓にはすべて慎ましいノッティンガム・レースのカーテンが掛かっていた。シシーは貸しに出されていた。ドーキングの町の不動産屋の看板が三枚、柵にぶらさがって、借り手募集中であることを告げていた。玄関までの道は、すでに雑草が生え、ハンカチほどの広さしかない芝生には、タンポポの黄色が目立った。

「ここもおしまいね」母と娘は機械的に言った。「サマー・ストリートはもう昔には戻らないわ」

馬車が通りすぎかけた時、シシーの扉が開き、ひとりの紳士が現れた。

「止めて」パラソルの先で馭者の肩先に触れ、ミセス・ハニーチャーチが叫んだ。「サー・ハリーだわ。ちょっと御挨拶しましょう。サー・ハリー、こんなもの、いますぐ取り壊しておしまいなさいな」

すでにお馴染みの人物と言っていいだろう。サー・ハリー・オトウェイが馬車に近寄ってきた。

「これはこれは、ハニーチャーチさん。じつはわたしもそのつもりだったのだが、ミス・フラックを追いだすことがどうもできなくてなあ」

「だから言ったでしょう。契約書に署名する前に出ていって貰わなければならなかったのですよ。自分の甥が持ち主だった頃と同じように、ミス・フラックはいまも無料《ただ》で住んでいるのですか?」

「しかしほかにどうしようもないのです」サー・ハリーは声を低めた。「まったく常識もなにもない婆さんだ。ほとんど寝たきりだし」

「追いだすべきです」セシルも果敢に言った。

サー・ハリーは溜息をひとつつくと、二軒つづきの家を悲しそうに見た。彼はフラック氏の企てについて、みんなから忠告を受けていた。だから家の建築がはじまる前に、土地を買いとってしまうこともできないわけではなかった。ところがサー・ハリーは周囲の忠告には耳を貸さず、ぐずぐずしていた。彼はサマー・ストリートに慣れすぎていて、まさか自分の町の美しさを損なうようなことが、ほんとうに起こるとは思っていなかったのである。土地の建築業者フラック氏の夫人が定礎式で礎石を置き、赤とクリーム色の煉瓦の化け物が現れだしてはじめて、サー・ハリーはこれはいけないと思った。彼はフラック氏を訪ねた。サー・ハリーの言葉によれば道理を知る尊敬すべき人物であるフラック氏は、タイルの屋根のほうがもっと見栄えがするのは同感だが、スレートのほうが安い、と答えたそうである。しかし、弓形の張り出し窓に蛭のようにへばりついたコリント式の柱については、建物の正面に少しばかり装飾を加えたかったと、氏は敢えて反論したそうだ。サー・ハリーは、装飾も大事だが、全体のバランスというものがある、ということを遠まわしに言った。するとフラック氏はあの柱は全部特注だと答え、柱頭が全部違う――ひとつは小枝をあしらった龍で、その他にイオニア式を真似たものや、フラック夫人の頭文字をつけたものなど、それぞれ全部違うのだ、と付け加えた。ラスキンの芸術論を読んで考えたということであった。フラック氏は自らの欲求に従って連続住宅を建てた。サー・ハリーが家を買ったのはフラック氏の動けない叔母が入居した後のことだった。

サー・ハリーは馬車に寄りかかりながら、無益で不利な取り引きのことをミセス・ハニーチャーチにいかにも悲しそうに話した。ナイト爵を持つサー・ハリーはこの町に対する義務を怠ったのだ。だから人々は彼のことを笑い者にした。サー・ハリーは金を払ったが、サマー・ストリートは損なわれたままだった。いまとなってサー・ハリーにできるせめてものことは、シシーに好もしい借家人を探すことだった。誰かほんとうに好もしい人を。

「家賃はばかばかしいほど安いのです」サー・ハリーは三人に語った。「それにわたしは大家としては付きあいやすいほうだと思う。だが、大きさが問題なのです。農民階級には広すぎるし、わたしたちと同じような階級の者には少々狭すぎる」

セシルは、この家を軽蔑したものか、この家を軽蔑しているサー・ハリーを軽蔑したものか、迷っていた。サー・ハリーを軽蔑したほうが面白そうだった。

「借家人をすぐに見つけるべきです」彼は意地の悪い口調で言った。「銀行の出納係などの勤めをやっている人にとっては、まるで楽園のような家でしょうね」

「まさにそこなのです」サー・ハリーは興奮して叫んだ。「わたしが恐れているのがまさにそれなのです、ヴァイズさん。この家はべつの人種を惹きつけそうなのですよ。最近はじつに汽車の便が良くなった。それはわたしにとってはまったく忌々しいことだ。駅から五マイルというと、この自転車の時代では、どのくらいのものなのだろうか」

「かなりたくましい出納係じゃないと通いきれないんじゃないですか」とルーシーが言った。

中世的な態度を余すところなく表に出したセシルは、下層中流階級の体格は驚くほど向上していると答えた。彼が無害な隣人であるサー・ハリーを笑い者にしているのを認めたルーシーは、止めさせようと思った。

「サー・ハリー、いい考えがあります。年輩の独身女性はいかがですか?」

「ルーシー、それは素晴らしい。心当たりがあるのかな?」

「はい、外国で会った人たちです」

「家柄のしっかりした御婦人かな?」と、彼は躊躇いがちに尋ねた。

「そうです。それに、いまのところ住む所がないんです。先週手紙で知りました。ミス・テリーザ・アランとミス・キャサリン・アランといいます。冗談で言っているのではありません。ぴったりの人たちですわ。ビーブさんもおふたりを御存知です。あなたに手紙を書いて下さいと、アラン姉妹に言ってもいいですか?」

「もちろんそうしてもらうとありがたい」サー・ハリーは喜んだ。「ああ、早々と難問が解決した。ほっとしたよ。そうだ、得なことがある——得なことがあると手紙に書いてもらうと好いだろう。不動産屋にやる手数料が要らないのだ。ああ、しかし不動産屋というものは、あの連中はひどい人たちを紹介してきたのだよ。ある女など、社会的な立場を教えて欲しいと、それとなく手紙で尋ねたところ、家賃は前払いするからという返事をよこした。まるでわたしの心配が金のことであるかのように。ほかにも何人かいたが、嘘を言ったり、敬遠したい輩だったりで、ぜんぜん気に入らなかった。まったく嘘だらけだ。先週は世のなかの裏側をいやになるほど見てしまったよ。しっかりして見える人たちが嘘をつくのだから。ルーシー、嘘をつくのだよ」

彼女は頷いた。

ミセス・ハニーチャーチが口を挟んだ。「忠告しますけど、ルーシーの話のよぼよぼのお婆さんたちのことは、問題になさらないほうがよろしいと思いますわ。そういうタイプはよくおりますでしょう。勘弁してもらいたいものです。昔、羽振りが良かった人で、先祖伝来の家財があって、その家財のせいで家が黴臭くなるという人たち。悲しいことですが、あまりありがたくないものですわ。家をお貸しになるならば、落ちぶれた人より、これからの人のほうがずっとよろしいのではありません？」

「そうかもしれませんな」とサー・ハリーは言った。「おっしゃるとおり、なんとも悲しいことだが」

「アラン姉妹はそんな人じゃないわ」ルーシーは叫んだ。

「そんな人だよ」セシルが言った。「会ったことはないが、その人たちはこのあたりの住人になるにはまったくふさわしくないだろう」

「セシルの言うことなんて聞かないでくださいね、サー・ハリー。いやな人ね」

「いやな人なのはわたしのほうだよ。若い人たちの前に自分の問題を持ちだしたのだから。でもほんとうに案じているのだ。家内は用心するに越したことはないと言うし。まったくそのとおりなのだが、どうしようもないんだ」

「ではアラン姉妹に手紙を書いてよろしいですか?」

「そうしておくれ」サー・ハリーは言った。

だが、ミセス・ハニーチャーチが声高に言い立てると、サー・ハリーの眼は虚空をさまよった。

「用心なさって。その人たちはきっとカナリアを飼いますよ。カナリアは餌の種を鳥籠の回りに撒き散らします。そうすると鼠が来ますよ。ともかく女の人はいけません。男の人にお貸しなさい」

「いやあじつに――」サー・ハリーは穏やかで紳士的な口振りで応じた。夫人の言い分には確かにもっともなところがあった。

「男の人はお茶を飲みながら噂話などしませんからね。たとえお酒を飲むとしても、それで終わりです――気持ち好く横になって眠って。万一教養のない男だとしても、それはそれで済んでしまうものです。周囲に迷惑をかけるようなことはしません。男の人になさいませ。もちろん、清潔な男でなくてはいけませんが」

サー・ハリー・オトウェイは顔を赤らめた。彼もセシルも男のことを、このようにあまりにあからさまに誉められても嬉しくなかった。不潔な男を除外されても、自分たちが名誉を得たとはあまり思わなかった。サー・ハリーはミセス・ハニーチャーチに、時間があったら馬車を降りて、シシーを自分の眼で見てはいかがと誘った。生まれから言えば、夫人は貧しくなっていていいはずで、そのような家に住むのが似つかわしいはずだった。それに家庭にかかわる諸事はいつも彼女の興味を引いた。それが小さな家庭の場合は特にそうだった。

母親を追っていこうとするルーシーをセシルが引き戻した。

「ミセス・ハニーチャーチ」とセシルは言った。「僕たちは歩いて家に戻ってもいいですか?」

「もちろんよ」夫人は暖かい口調で言った。

サー・ハリーも同じで、ふたりを追い払うのが嬉しいようだった。わけ知り顔でふたりに向かって微笑み、「ああ、若者よ、若者よ、若者よ」歌うようにそう言いながら、いそいそと家の鍵を開けに行った。

「救いようのない俗物だ」まだ声の届く距離だと言うのに、セシルは言い放った。

「まあ、セシル」

「我慢できないんだ。あの男を見て胸が悪くならないなんておかしいよ」

「あの人は頭が切れるわけではないけれど、ほんとうに好い人よ」

「違うよルーシー、あの男は田舎暮らしの悪いところを、すべて象徴している。ロンドンにいれば彼は身のほどをわきまえているかもしれない。自分はぼんくらばかりの倶楽部に所属して、奥さんはぼんくらばかりの夕食会を開く。だけど、ここでは、まるで小さな神さまみたいに振るまっている。お上品で、有力者きどりで、怪しげな美意識を振りかざして。誰もが――君のお母さんさえ――惑わされている」

「あなたの言っていることはみんなほんとうだわ」ルーシーは相槌を打ちながらも、気持ちが萎えていくのを感じた。「でもそんなに、そんなに問題にするほどのことかしら」

「大いに問題にするほどのことさ。サー・ハリーはあのガーデンパーティーみたいなものの象徴なんだ。まったく、身の毛がよだつ。あの家の借家人が早く決まって欲しいものだ。俗悪な女か誰かに。真底、俗悪な女がいい。あの男にもちゃんと判るように。身分のある人だって？　吐き気がする。あの禿げた頭と二重顎。だけど、もう忘れよう」

忘れてもらうのはルーシーにとって非常にありがたいことだった。もしセシルがサー・ハリー・オトウェイやビーブ牧師を嫌いだとすれば、彼女がほんとうに大切に思う人が、嫌われずにすむ保証はどこにあるだろう？　たとえばフレディー。フレディーは頭が切れるわけでもないし、繊細でもないし、優雅でもない。だからいつ何時セシルが「フレディーを見て胸が悪くならないなんておかしい」と言わないともかぎらない。そうしたら何と答えたらいいのだろう？　彼女は考えをフレディーだけに留めたが、セシルが引き起こした不安は、それだけでも充分すぎるほどだった。とはいえセシルはフレディーとはかなり長い時間一緒に過ごしていて、楽しくやっているようには見えた。だから一応は安心だった。この数日間はどうもそうでもないようだが、たまたまそんなふうに見えるだけだろう。

「どっちの道を行きましょうか？」

自然だ。自然が一番当たり障りのない話題だ。彼女はそう考えた。自然はふたりを取り囲んでいた。サマー・ストリートの本通りは森の奥へと繋がってゆく。ルーシーはその本通りから小径が岐れでる場所で足を止めた。

「道がふたつあるのかい？」

「本通りのほうがいいかもしれないわ。わたしたち改まった服で来たから」

「僕は森のなかを抜けて行きたいな」セシルは言った。午後からずっとそうだったように苛立ちを押し殺したような口調だった。「ルーシー、どうしていつも、本通り本通りと言うんだ？　気がついてるかい？　婚約してから一度だって野原とか森とかに一緒に行ったことがない」

「そうだった？　じゃあ、森を行きましょう」セシルの奇妙な言葉に驚きながらルーシーは言った。しかし、セシルは必ず後で説明してくれるはずだった。セシルは自分の言ったことを彼女が理解しないまま放っておくようなことは決してしなかった。

さやさやと葉擦れの音を響かせる松の木々のあいだを、ルーシーは先に立って歩いた。そうして思った通り、十メートルも歩かないうちに彼は説明をはじめた。

「僕は思うんだ――間違っているかもしれないけれど――僕といて落ちつくのは、部屋のなかのほうなんじゃないか？」

「部屋のなか？」ルーシーはわけがわからずに鸚鵡《おうむ》返しに尋ねた。

「そうだよ。それと、せいぜい庭とか道路を歩いている時とかだろう。ここのようなほんとうの自然のなかにいる時は違う」

「まあ、セシル、いったい何を言ってるの？　わたし、そういうことって一度も考えたことがないわ。まるでわたしが詩人か何かみたいな言い方だわ」

「君が詩人かどうかは判らない。けど僕は君を見ていると景色を連想するんだ。ある種の眺めを。君は僕と部屋とを結びつけているってのは有り得ないことじゃないと思うが」

ルーシーは少し考えてみた。そして笑いながら言った。

「あなたの言うことは当たってるわ。そうね。わたしって詩人なのかもしれない。わたし、部屋のなかにいるあなたを思い浮かべるわ、変ねえ」

驚いたことに、彼は気分を害したようだった。

「客間かい、外の眺めも見えないところ？」

「そうね、外が見えないところだと思うわ。いけないの？」

「できれば」彼は咎めるように言った。「僕を外の空気と結びつけて欲しいんだ」

彼女はふたたび言った。「まあ、セシル、いったいそれはどういう意味？」説明が何もなかったので、彼女は自分のような子供には判らない問題なのだろうと思って、疑念を頭から振り払うことにした。それからしばらくのあいだ、彼女は先に立って歩いたり、特に美しい木々や見馴れた木々のところで少し立ち止まったりしながら進んで行った。サマー・ストリートとウインディー・コーナーのあいだにあるその森は、彼女が歩けるようになってからずっと馴れ親しんできた場所だった。フレディーがまだ襁褓《おしめ》も取れない頃にも、森のなかで迷子にさせて遊んだものだ。イタリアに行ってきた後も、森の魅力はまったく薄れていなかった。

程なくふたりは松の森のなかの小さく開けた場所に着いた。そこも芝草に覆われていたが、ひっそりとしていて、浅い池があった。

彼女が歓声を上げた。「聖なる湖よ」

「なぜそんな呼び方をするんだい？」

「なぜだか判らないわ。本か何かから引用したんじゃないかしら？　いまはただの水溜りだけど、ほら、水が流れているのが見えるでしょう？　雨が降った後には大量の水が流れこんで、すぐには水が捌《は》けないのよ。そうすると、ここはとても大きな美しい池になるの。そんな時、フレディーはよくここで水浴びをしたわ。あの子はここが大好きなのよ」

「君は？」

セシルは、君もここが好きなのかと聞いたつもりだった。だが、彼女は夢見るように答えた。「わたしも水浴びをしたわ、見つかってしまうまでは。見つかったら必ず怒られた」

はしたないことを嫌う傾向は根深いものだったので、ほかの時だったらセシルはさぞかしぎょっとしたことだろう。だがいまは、少し新鮮な空気の洗礼を受けたせいか、彼女の驚くほどの率直さを喜ぶ気持ちになっていた。池の縁に立つ彼女の姿をセシルは黙って見つめた。さっきのルーシーの言葉どおり、彼女の装いは改まったものだった。セシルは鮮やかな花、葉のない花を連想した。しかし緑一色の世界を従えたそれは周囲から際だって見えた。

「誰に見つかったの？」

「シャーロットよ」彼女は呟いた。「あの人は家に泊まっていたの。あのシャーロットが——」

「哀れな女性だ」

ルーシーは微かに微笑んだ。セシルは思った。ある計画、いままで躊躇っていたある計画を実行に移す時だ。

「ルーシー」

「ええ、もう行かなくてはね」彼女の答えだった。

「ルーシー、僕はいままで一度も君に頼んだことのないことをお願いしたいんだ」

声の調子に真剣さがあったので、ルーシーは立ち止まり、穏やかな、何気ない調子で訊いた。

「なあに、セシル？」

「いままで一度も——あの日、君が僕との結婚を承諾してくれた時でさえ——」

自意識過剰になり、セシルは誰かが見ているのではないかと、周囲に眼を走らせた。気持ちがすっかり萎えていた。

「なあに？」

「僕はまだ一度も君にキスしていない」

ルーシーは、まるでその言い方が無礼だったとでもいうように、真っ赤になった。

「そうね、あなたはそれよりも――」彼女は口ごもった。

「だから、いいだろうか。いまキスしてもいいかい？」

「もちろんよ、セシル。もっと前でもよかったのよ。わたしのほうからあなたに跳びつくわけにはいかないでしょう」

この至高の一瞬に、彼はばかばかしさ以外の何も感じなかった。彼女の対応は不適当だった。彼女は事務的にヴェールを持ちあげた。セシルは顔を近づけたが、その場から逃げだしたいという衝動を抑えなければならなかった。彼女に触れた時に、金縁の鼻眼鏡が外れて、ふたつの顔の狭間で頼りなく揺れた。

これが抱擁だろうか。失敗だと思った。確かに失敗だった。情熱は圧倒的なものだ。礼儀や思慮、洗練に必要とされる要素のすべてを忘れさせるものだ。なんといってもお願いなどすることではない。自分はどうして労働者や工夫のように、いや、店のカウンターの向こうにいる男たちのようにできなかったのだろうか。彼は場面を作り直してみた。ルーシーが水辺に花のような姿で立っている。自分は走り寄り、腕のなかに抱き寄せる。彼女は抗うが、許し、その後は彼の男らしさを崇める。女は男らしさを崇めるものだとセシルは信じていた。

この挨拶めいた、たった一度の抱擁の後、ふたりは黙って水辺を後にした。彼は心のうちを見せるような言葉を、彼女が話すのを待っていた。彼女はやっとその場にふさわしく、真剣な語調で語りはじめた。

「エマースンという名前だったの。ハリスじゃないわ」

「何の名前？」

「お年寄りの名前よ」

「お年寄り？」

「わたしがさっき話したお年寄りよ。イーガーさんが意地悪をしたお年寄りのこと」

ふたりがこれまで交わした会話のなかで、これが一番親密なものであることを、セシルは知らなかった。

第十章　諧謔の人セシル

ルーシーの住む社会は確かに上流とは言えず、セシルはそこから彼女を救いだそうとしていたのだが、じつのところ、その社会は彼女が先祖から受け継いだ社会よりはだいぶ立派なものだったのである。彼女の父親はこの地方で繁盛していた事務弁護士だった。サマー・ストリートが開発された当時、父親は投機のつもりでウインディー・コーナーを建てたが、自分の造った家に惚れこみ、結局自分で住むことにした。彼が結婚して間もなく情勢が変わりはじめた。まず、南向きの急斜面の上のほうに新しい家々が建ち、つぎにウインディー・コーナーの背後の松の森のなかに、そして北面の白亜層の丘陵地に家が建った。ほとんどがウインディー・コーナーよりも大きな家だった。新しい住人はおおむね土地の人ではなく、ロンドンから移ってきた人たちで、ハニーチャーチ家を土地の貴族の末裔と勘違いした。ハニーチャーチ氏は及び腰になったが、夫人のほうはこの勘違いを誇りと思うことなく、また卑屈になることなく、受けいれた。「人の考えることってどうも判らないけれど、子供たちにはとても好いことじゃないかしら」と言って。夫人はどこの家も訪問し、みんなも喜んでお返しの訪問をした。じつは自分たちとは少し違う家柄だということが判った時、みんなは夫人のことを大変好きになっていた。家柄はもう問題ではなかった。まっとうな弁護士ならば誰でもそうであるように、ハニーチャーチ氏は得られるかぎり最高の社会的環境のなかに家族が根付いたことに満足し、彼岸へと旅だっていった。

得られるかぎり最高の社会的環境。移り住んだ人の大半はたしかに面白みのない人々だ。ルーシーはイタリアから帰ってからとくに強くそれを感じた。それまでは周囲の価値観になんの疑問も持たなかった。豊かな心、穏やかな宗教心、紙袋やオレンジの皮や割れた瓶を嫌うところなど。筋金入りの急進派として、彼女は嫌悪感もあらわに小市民的なロンドン郊外の住人たちを語るような育てられ方をした。いままでのところ、彼女にとっての人生とは豊かで快い人々のいる社会を意味し、味方も敵もきわめてはっきりしていた。その社会のなかで人はものを考え、結婚し、死んで行く。その社会の外は貧困と俗悪の世界で、そこの住人はなんとか彼女の世界に侵入することを目論んでいた。あたかもロンドンの霧が、北の丘陵地の狭間をぬけて松の森に入りこもうとするように。だがイタリアが現れた。太陽が万物を平等に照らすように、誰もがその気になれば生きる楽しさを得ることができるイタリアで、彼女のそれまでの人生観は砕け散った。彼女の感受性は広がった。好感を抱いてはいけない人など存在しないということや、社会的な柵はたしかに動かしがたいが、それほど高くはないということを彼女は感じた。その柵を一跨ぎすればいい。アペニン山脈の農夫のオリーヴ畑に踏みこむように。農夫は喜んで迎えてくれるだろう。彼女は新しい視野を土産に帰国したのだった。

セシルも新しい視野を土産に帰国した。イタリアは彼を急き立てた。寛容さのほうにではなく、狭量さのほうに。セシルは彼女の住んでいる社会を卑小だと思った。そして「それがほんとうに問題だろうか」と疑問を呈することなく、ただ反感に衝きうごかされ、自分が広いと考える社会を代わりに持ちだした。セシルはまったく気づいていなかった。ルーシーは自分の周囲の環境を、実のこもった振るまいを幾度となく繰りかえすことによって浄めていて、結局それを心休まる場所に変えていた。しかも彼女の眼は周囲の社会の傷を見るが、精神はそれを完全に軽蔑することを拒んだ。セシルはまたより重要な事実にも気がついていなかった。もし彼女がサマー・ストリートの社会のなかでは立派過ぎるというのなら、彼女はどんな社会のなかでも立派過ぎるという事実に。ルーシーは個人的な交流以外には満足を得られない段階に来ているのだった。彼女は反逆者だったが、その語の意味は彼の理解しているものとは違っていた。もっと広い生活の場を望むのではなく、自分が愛する男の傍らで対等であることを望む反逆者だった。イタリアはこのうえなく高価な財産を彼女に差しだしたのだ——彼女自身の魂を。

牧師の姪で十三歳。ミニー・ビーブとバンブル・パピーをして遊んでいる——昔ながらの優雅なゲーム。テニスボールを打ちあげる。ボールはネットの向こうに落ちて思いがけない方向。ミセス・ハニーチャーチの頭。失くなったり。混乱したこの文は、現在のルーシーの状態を表している。彼女はいまボールを追いかけながら、同時にビーブ牧師に話しかけているのだった。

「ほんとうに大変でしたわ——最初がサー・ハリーで、それからアラン姉妹——みんな自分たちの望みを判ってなくて、ほんとうにみんな面倒なんです」

「けれど、あの人たちは本気で来るつもりですよ」とビーブ牧師は言った。「数日前にミス・テリーザに手紙を書きました。肉屋はどのくらいの間隔で御用聞きに来るのか、ミス・テリーザは訊いてきました。月に一度だと返事を書いたら反応は上々でした。あの人たちは来ますよ。今朝、手紙が届いたのです」

「わたしはそのアラン姉妹という人たちは気に入らないわ」ミセス・ハニーチャーチは叫んだ。

「お年寄りだし、その人たちが『まあ、なんて素敵なこと』なんて言う声が聞こえそうだわ。ああいった人たちの『もしこれこれをしていればねえ』とか、『でも何とかじゃございません』とか、『ですから、それは』とかいう話し方は大嫌い。可哀想なルーシーが——身から出た錆——みる影もなく痩せ細ってしまうわ」

ビーブ牧師は、その影がテニス・コートをところ狭しと跳んだり喚いたりしているのを見た。セシルはいなかった。セシルがいればバンブル・パピーなどしていないだろう。

「それで、もしあの人たちが来るとしたら——だめよ、ミニー、土星はだめよ」土星とは縫い目が一箇所ほつれたテニスボールのことである。そのボールは空中にある時、周囲に輪ができたように見えるのだった。「もしあの人たちが来ることになったら、サー・ハリーは二十九日以前に入居させるでしょうね。天井の白色塗料《のろ》の条《くだり》は消すでしょう、アラン姉妹は気にしていたから。消耗に関する普通の取り決めに換えるでしょうね。だめよ、これは数えないわよ。土星はだめだって言ったでしょう」

「バンブル・パピーだったら土星を使っても構わない」仲間に入ったフレディーが叫んだ。

「ミニー、ルーシーの言うことなんか聞いちゃだめだ」

「土星は弾まないのよ」

「土星はよく弾む」

「いいえ、弾みません」

「土星はきれいな白悪魔より弾む」

「静かにしなさい」とミセス・ハニーチャーチが言った。

「でもルーシーを見てよ。土星のことに文句を言いながら、手にきれいな白悪魔を持って打ちあげる用意をしているんだぜ。その調子だ、ミニー、やっつけろ。ラケットでルーシーの向こう脛をひっぱたいてやれ。向こう脛をひっぱたけ」

ルーシーは降参した。きれいな白悪魔が手から零れおちた。

ビーブ牧師がそれを拾いあげて言った。「このボールの名前は『ヴィットーリア・コロンボーナ』（ジョン・ウェブスターの悲劇『白魔』の主人公。毒を利用して公爵夫人の地位につく）じゃないか」だが、彼が訂正しても誰も聞きもしなかった。

フレディーには女の子を激怒させる高度な特技があって、一分もたたないうちにミニーを行儀の良い女の子から、すさまじいお転婆に変身させた。セシルは二階で、下の騒ぎを聞いていた。セシルは面白いニュースを手に入れていたのだが、怪我をするのがいやだったので、下に降りて仲間に入ることはしなかった。しかしそれは彼が臆病者だったからというわけではなかった。一人前の男らしく、必要な苦痛には耐えられた。だが、彼は若い者が体力にまかせて暴れるのを嫌った。その見解は確かに正しかった。案の定、下の騒ぎは泣き声で幕が閉じた。

「アランさんたちにこの情景を見て欲しいと思いますよ」フレディーは性懲りもなく、ミニーを抱きあげたルーシーの足を摑んだ。ビーブ牧師はそれを見て言った。

「アランって誰？」フレディーが荒い息で訊いた。

「シシーを買った方ですよ」

「そういう名前じゃなかったよ」

フレディーが足を滑らせ、三人は仲良く芝生の上に倒れた。つかのま静寂がおとずれた。

「どういう名前じゃなかったの？」弟の頭を膝に乗せた体勢で、ルーシーは訊いた。

「アランじゃなかったよ。サー・ハリーが家を貸す人の名前は」

「ばかねえ、フレディー！　何も知らないんだから」

「ばかなのは姉さんのほうだよ。ついさっきサー・ハリーに会ったんだ。サー・ハリーは言っていたよ。『えへん！　ハニーチャーチ君』」フレディーの物真似はまったく似ていなかった。「『えへん、えへん、わたしはついにりそーうてきな借家人を見つけましたぞ』僕は『やったね、じっちゃん』て言って背中を叩いてあげたよ」

「そうよ、アラン姉妹でしょう？」

「ちょっと違っていたよ。アンダースンっていう名前のようだった」

「まあ、何てことかしら、また話がややこしくなってきたわ」ミセス・ハニーチャーチが大袈裟に言った。「ルーシー、判った？　わたしは正しかったでしょう？　だからシシーのことに口出ししてはいけないと言ったでしょう。わたしはいつも正しいのよ。あまりいつも言ったとおりになるから、かえって不安になってしまうわ」

「フレディーがいつものように勘違いしているだけよ。勝手に想像した名前さえも憶えていないんだから」

「憶えているよ。思いだした、エマースンだ」

「何て言ったの？」

「エマースンだ。なんでも好きなものを賭けてもいいよ」

「サー・ハリーは風見鶏みたいにくるくる変わる人ね」ルーシーが静かに言った。「こんなことだったら、色々世話を焼かなきゃよかったわ」

ルーシーはそう言うなり仰向けに寝転んで、雲ひとつない空を見あげた。ルーシーの進歩にこのところ毎日驚きを覚えていたビーブ牧師は、姪に向かって、少しうまくいかないことがある時には、ああいうふうにすると良いんだよ、と囁いた。

一方、ミセス・ハニーチャーチは、自分の予知能力のことから、新しい借家人の名前のほうに関心を移していた。

「エマースン？　フレディー、あなた、どこのエマースンさんか知ってるの？」

「どんなエマースンかなんて知るもんか」民主主義者のフレディーは言い返した。姉のルーシーのように、いや若者の多くがそうであるように、彼もまた平等意識に惹かれていた。さまざまなエマースンがいるという否定できない事実が、フレディーを必要以上に苛立たせた。

「その人はここにふさわしい人だと信じましょう。いいですよ、ルーシー」――ルーシーはすわりなおしていた――「お母さんを見くだしているんでしょう、俗物だって。でもね、ふさわしい人とふさわしくない人の区別はあるものなのよ。区別がない振りをするのは誤魔化しです」

「エマースンってどこにでもある名前だわ」

　彼女はあらぬほうを向いてじっとしていた。そこはちょうど斜面の尾根筋にあたる場所だったので視界が良く、松に覆われたほかの尾根が同じようにウィールドの森まで雪崩《なだれ》こむさまが、はっきりと見てとれた。斜面を横から見た時の眺めは、菜園のほうに下れば下るほど、より感銘深いものになっていった。

「フレディー、お母さんはあの小難しい哲学者のエマースンと、何か関係があるのかしらと、思っただけよ。これで気が済んだ？」

　フレディーがぶつぶつ言った。「判ったよ。お母さんだって気が済むと思うよ。何たって、セシルの友達だから」フレディーの口調には精一杯の皮肉があった。「だから、お母さんやここの人たちは、安心して家に呼ぶことができるというものだよ」と言い足した。

「セシルですって?」ルーシーが叫んだ。

「まあ、お止しなさいな」母親が穏やかに宥めた。「そんな金切り声をあげるのは。ルーシー、あなた近頃悪い癖がついたわね」

「でも、セシルが――」

「セシルの友達だよ」フレディーは繰り返した。「『ほんとうにりそーうてきな借家人ですぞ。えへん、えへん! ハニーチャーチ君、わたしはつい先ほど電報を打ったところです』」

ルーシーは草の上に立ちあがった。

ルーシーには辛いことだった。ビーブ牧師は同情した。アラン姉妹に冷淡なのはサー・ハリー・オトウェイの意向だとばかり思っていたから、彼女はおとなしく耐えたのだ。自分の恋人が一枚嚙んでいると知った時、金切り声で叫ぶくらいは仕方がないだろう。ヴァイズ氏は人をからかって面白がっているのだ――いや、からかうよりも質が悪いかもしれない。人の裏をかくことに意地の悪い喜びを覚えている。ビーブ牧師はそう思ったので、牧師のルーシーを見る眼は普段にも増して優しくなった。

「でもセシルの友だちのエマースン一家は、あのエマースンであるはずがないわ。だって――」とルーシーが叫んでも、牧師はそれを妙だとは思わなかった。彼女が落ち着きを取り戻すまで、話題をべつのものにしたほうがいいだろうとビーブ牧師は思った。

「フィレンツェにいたエマースンのことを言っているのですか？　あの親子のことではないでしょう。ヴァイズ君の友人たちとはずいぶん趣が違うようだ。ああ、ミセス・ハニーチャーチ、ずいぶん変な人たちでしたよ。まったく変わった人たちでした。わたしとルーシーはあのふたりが好きでした。そうだったでしょう？」牧師はルーシーに同意を求めた。「あのふたりは菫の花を使ってずいぶん面白いことをしました。菫をたくさん摘んできて、今度シシーに入りそこなったアラン姉妹の部屋を菫だらけにしたのです。愛すべき姉妹は驚き呆れ、かつ喜びました。ミス・キャサリンの取っておきの話になりました。『姉のテリーザは花が大好きですのよ』からはじまって、花瓶や壜や壺に花が入って、部屋全体が青一色になったということ、そうして話の締めくくりは『ほんとうに紳士らしくないことでしたけれど、とても優雅な行いでしたわ。どういうおつもりだったんでしょうね』でした。ええ、わたしはフィレンツェのエマースンというと、いつも菫のことを思いだすのです」

「今回はフィアスコが思い出させたんだね」フレディーは、姉の顔が真っ赤になっているのに気づかず牧師に言った。彼女はまだ落ち着きを取り戻していなかった。ビーブ牧師はそれを見て、話をもう少しつづけることにした。

「この話のエマースンというのは親子でしてね――息子のほうはなかなか感じが好い若者です。まあ好青年とまでは言えないが。ばかではないと思いますが、まだだいぶ未熟です。悲観主義《ペシミズム》と言ったらいいかな。楽しかったのは父親のほうです。情にもろい人で、みんなはあの人が奥さんを殺したと断言していました」

ほかの場合ならビーブ牧師はこういう噂話を決してしなかっただろう。ビーブ牧師はルーシーのちょっとした窮地をなんとか救おうとしていた。そこで頭に浮かぶたわいのないことを、つぎからつぎへと口にしたのだった。

「奥さんを殺した?」ミセス・ハニーチャーチが言った。「ルーシー、行かないで。バンブル・パピーをつづけなさいな。ほんとうにペンション・ベルトリーニって変なところだったようね。そのペンションの殺人者のことを聞いたのは二度目のような気がするわ。シャーロットはそんなところにどうして泊まったのかしら? ところで、いつかシャーロットを呼んであげなければいけないわね」

ビーブ牧師には二人目の殺人者に心当たりがなかった。彼は夫人が勘違いしているのではないかと言った。そう言われた夫人はむきになった。やはり観光客で、同じことをした人がいると聞いたのは確かだと言った。夫人は膝のあたりを摑んで思いだそうとした。でも、名前を忘れてしまった。何と言う名前だったか? サッカレーの本のなかに出てきたような名前だった。彼女は肉付きのよい額を叩いた。

ルーシーはセシルが家のなかにいるかどうか、フレディーに尋ねた。

「行くなよ」フレディーは叫んで、ルーシーの踝《くるぶし》を摑んだ。

「行かなくっちゃ」ルーシーは真面目な顔をした。「ばかなことしないで。あなたは遊ぶ時、いつもやりすぎるんだから」

歩きだした時「ハリスだったわ」という母親の叫び声が、静かな空気を震わせ、自分が嘘をついたこと、そしてそれを訂正しなかったことをルーシーに思いださせた。無意味なものだったが、妙に苛立たしく思われる自分のその嘘は、セシルの友人のエマースンと、素性の判らないふたりの観光客が関連を持つような事態を招いた。いままで自分は何にたいしても正直であったはずだ。これからもっと気をつけることにしよう、そして絶対に——真実しか言わないことにする? いや、少なくとも嘘をつかないようにしよう。恥ずかしさに頬を赤く染めながら彼女は菜園の道を登っていった。セシルが一言話してくれれば落ち着くはずだ。ルーシーは確信していた。

「セシル」

「やあ」セシルはそう言って、喫煙室の窓から身を乗りだした。彼の機嫌は上々のようだった。「君が来ればいいなと思っていたところだよ。君たちが大騒ぎしているのが聞こえたけれど、ここにはもっと楽しいことがある。僕が、この僕がだよ、喜劇の女神に捧げる勝利を獲得したのだ。ジョージ・メレディスが述べたことは正しかった。喜劇の源と真理の源はほんとうは同じだということは。僕が、何とこの僕が、あの無惨なシシーの借家人を見つけたのだ。怒らないでくれ。怒らないで。この話を聞いたら君もきっと許す気になる」

輝かしい顔のセシルは、非常に魅力的だった。その姿を見て、彼女の根拠のない不安はたちどころに消滅した。

「いま聞いたわ」と、彼女は切りだした。「フレディーが言っていたの。セシル、あなたは悪戯好きね。許してあげるべきなのかもしれないけれど、わたしが骨折り損をしたことを考えてちょうだい。確かにアラン姉妹は少々退屈な人たちだわ。あなたのお友だちのほうが好いに決まっている。でも、人をあんまりからかってはいけないわ」

「僕の友達？」セシルは笑った。「ねえ、ルーシー、可笑しいのはつづきのほうなんだよ。こっちにおいで」しかし彼女は立ったままだった。「僕がその理想的な借家人にどこで会ったか知っているかい？ ナショナル・ギャラリーさ。先週母に会いに戻った時に行ったんだ」

「そんなところで人に会うなんて変わってるわね」彼女は落ち着かなそうに言った。「どうしてそんなことになったの？」

「ウンブリア派の展示室で会ったんだ。はじめて会う人たちだった。ルカ・シニョレリの絵に感銘を受けてた。もちろん、ピントの外れた感銘だがね。でも僕たちは少しばかり会話をした。お蔭でなかなか気分転換になったよ。彼らもイタリアに行ったことがあるそうだ」

「でも、セシル――」

彼は陽気に話をつづけた。

「いろいろ話しているうちに、ふたりがどうも田舎に家を探しているらしいことが判った。父親がそこに住んで、息子のほうは週末ごとにそこに帰るというようなことを考えていたんだ。『サー・ハリーを懲らしめてやる好いチャンスだ』僕はそう思った。そこでふたりの住所とロンドンの身元照会先を聞いて、彼らがならず者ではないことを確かめた。とても面白かったよ。それからサー・ハリーに手紙を書いて――」

「セシル。それはだめよ、ずるいわ。たぶんそのふたりはわたしが以前会ったことのある人よ――」

ルーシーの抗議には取りあわず、セシルは言葉をつづけた。

「まったく公明正大なものだよ。スノッブを罰するものならすべてが善行さ。老いたサー・ハリーは近隣のためになることをするのさ。サー・ハリーに落ちぶれた上流婦人が加わったらあんまりひどすぎる。彼にはお説教が必要だ。そう、ルーシー、階級は混じりあうべきだ。君もすぐ判ると思うよ。違う種類の人間同士の結婚とか、そういったことがなくてはいけないのだ。僕は民主主義を信じる――」

「いいえ、あなたはそんなことを信じてなんかいないわ」ルーシーはぴしゃりと言った。

「その言葉の意味をあなたは知らない」

セシルは彼女をまじまじと見詰め、そしてふたたびダ・ヴィンチ的なものが失われていると感じた。「あなたは知らないわ」彼女の顔は芸術的とは言えなかった。ただ怒りを漲らせた女の顔があるばかりだった。

「フェアじゃないわ、セシル、何てことするの。ほんとうに何てことするの。関係ないのに、アラン姉妹のことを邪魔して、わたしはまるで能無しみたいに見えるじゃない。あなたはサー・ハリーの鼻を明かしたつもりかもしれないけれど、わたしの犠牲のうえにそうしてるのよ。ずいぶん不実なことだわ」

彼女はそのまま行ってしまった。

「短気すぎる」セシルは驚きで眼を瞠《みは》った。

いや、短気すぎることよりも悪かった——スノッブだ。アラン姉妹と入れ替わったのが自分の洗練された友人だと思っているあいだは、ルーシーは気にするようすを見せなかった。自分は新しい借家人には教育的価値があるとみたのだ。父親のほうは許容し、口数の少ない息子は喋らせることにしよう。喜劇の女神と真実の名の下に、セシルはふたりをウインディー・コーナーに誘おうとしていた。

第十一章　ヴァイズ家の最新式フラット

喜劇の女神は、ひとりでも充分に自らの欲するところを為しえたが、この度《たび》はヴァイズ氏の助けを快く受けることにした。エマースン親子をウインディー・コーナーに引き入れるというヴァイズ氏の計画は、彼女には殊更面白く思えたようで、女神の仕事振りは一切の遅滞なく進んだのである。サー・ハリー・オトウェイは契約書に署名し、エマースン氏に会い、当然のことながら落胆した。アラン姉妹も当然のことながら気分を害し、計画が壊れたのはルーシーのせいだと思い、木で鼻を括ったような調子の手紙をよこした。ビーブ牧師は新しい住人に楽しい一時《ひととき》を過ごさせることを計画し、親子が入居したらすぐにでもフレディーに訪問させるべきだと、ミセス・ハニーチャーチに向かって言った。女神の道具立てはまことに豊富だったので、いささか影の薄い殺人者ハリス氏は頭《こうべ》を垂れ、忘却の彼方に去ることを許された。

輝ける天上から地上に降りてみよう。そこには山があり、したがって山の影もある。ルーシーは、はじめのうちは絶望に追いこまれたものの、少し考えた後で、事態はそれほど憂慮するようなものではないと思い返し、気持ちを落ちつけた。自分は婚約したのだから、もうエマースン親子に侮辱されることはないだろう。ふたりを快く隣人として迎えよう。セシルが隣人になる人間を連れてくるのは結構なことだ。だから、セシルがエマースン親子を連れてくるのも結構なことだった。けれども、いまも言ったように、そういう考えに至るまでは、少々考える時間が必要だった。若い女性というものはずいぶん非論理的な考え方をするもので、入居騒ぎは本来の事態よりもずっと大事《おおごと》に思われ、恐ろしい事態だと思われたのである。ともあれ、ヴァイズ家を訪問すべき時期がきたのを、彼女はたいへん喜んだ。借家人がシシーに引っ越したのは、彼女が遠くて安全なロンドンのフラットに滞在しているあいだだった。

「セシル——セシル」フラットに到着した日の晩、彼女はそう囁いて彼の腕のなかに静かに身を滑りこませた。

セシルもまた、気持ちを素直に表した。炎がルーシーのなかに生まれたことを彼は知った。ついに彼女も、女がそうあるべきように、恋人の情愛を求めるようになったのだ。そうして彼を見上げるようになったのだ。自分のなかに男を発見して。

「僕を愛しているんだね?」彼は囁いた。

「セシル、そうよ、愛しているわ。あなたがいなければ、わたしはどうしていいか判らないわ」

何日か過ぎた。彼女はミス・バートレットからの手紙を受け取った。従姉妹同士の関係は冷ややかなものになっていて、八月に別れて以来、音信不通のままだった。冷ややかな感情はシャーロットの言う『ローマへの逃避』の日に生じたもので、ローマにいるあいだにそれは驚くほど強い感情になっていた。中世の世界では単に好みの違う連れというだけだったが、古代の世界では嫌悪感を抑えることのできない存在に変わったのである。公会場《フォロ・ロマーノ》では、無私無欲が持ち前のシャーロットは、ルーシーより気の優しい人でさえ怒るような振るまいをした。カラカラ浴場では、その先、旅行がつづけられるか、危ぶまれるような状況になった。ルーシーはヴァイズ一家と行動を共にすると言った。ヴァイズ夫人は母親の知りあいなので、そうしても不都合はないだろうから。するとミス・バートレットは突然切り捨てられるのには慣れていると応じた。結局、旅行はつづけられたが、冷ややかな感情は消えることはなく、手紙を開いて読んだ時、その感情の度合いはさらに高まった。手紙はウインディー・コーナーから転送されていた。

親愛なるルチア

ようやくあなたの消息について知ることができました。ミス・ラヴィッシュがそちらの地方に自転車旅行をしたのです。でも、歓迎されるかどうか判らなかったので訪問は控えたようです。サマー・ストリートの近くでタイヤがパンクして修理してもらっているあいだ、美しい教会の前でしょんぼりとすわっていると、向かいの家の扉が開き、驚いたことに、エマースンの息子が出てきたそうです。父親がちょうどその家を借りたところだと彼は言ったようです。あなたが近所に住んでいることは全然知らなかったと、彼は言ったそうですが（？）。エレノアにはお茶ひとつ出さなかったらしいです。ルーシー、私は非常に心配しています。お母さまやフレディーやヴァイズさんに彼の過去の行いを話してすっきりしたらどうでしょうか。そうすればみなさんは彼の出入りを禁止するとか、いろいろ対処するでしょうから。あれは重大な悲劇でした。すでにみなさんには話していることと思います。ヴァイズさんは感受性の強い方です。ローマで、彼の神経をずいぶん逆撫でしたことを覚えています。こういうことになってお気の毒ですが、あなたに忠告せずにはいられなくて筆を取りました。

わたしの言うことを信じてください。

あなたを愛し、心配している従姉のシャーロットより

九月　タンブリッジ・ウエルズ

ルーシーはひじょうに不愉快になり、つぎのような返事をしたためた。

親愛なるシャーロット

御忠告ありがとう。エマースンさんがあの山で我を忘れた行動をとった時、あなたは母にも話してはいけないと、わたしに約束させました。あなたがわたしに付き添っていなかったことを責めるかもしれないからと言って。わたしは約束を守ってきました。それを、

いまさら話すことはできません。母とセシルには、フィレンツェでエマースン親子に会ったこと、ふたりは立派な人間であること——わたしは心からそう思っていますから——を話しています。それに、息子さんがミス・ラヴィッシュにお茶を出さなかったのは、自分でも飲めなかったからでしょう。彼女は牧師館へ行って頼めばよかったのです。いまになって騒ぎを起こすことなど考えられません。あまりにもばかげたことだと理解してください。もしエマースン親子のことで不平を訴えたことが、あの方たちの耳に入ったら、あの方たちは自分たちが重要な存在になっていると勘違いするでしょう。それは事実とは違います。わたしはお父さんが好きですから、再会するのが楽しみです。息子さんのほうについては、再会するのはわたしよりも彼のほうに気の毒だと思います。ふたりはセシルの知人です。セシルは元気で、先日もあなたのことを話していました。わたしたちは一月に結婚します。

ミス・ラヴィッシュはわたしのことをあまり話せなかったと思います。なぜって、わたしはウインディー・コーナーにはいませんでしたから。二度と封筒に『親展』と書かないで下さい。わたしあての手紙を開いて読む人はいません。

かしこ

南西区　ビーチャム・マンション

L・M・ハニーチャーチ

秘密には都合の悪いことがついて回る。秘密の重さの程度を忘れがちになるのだ。秘密が重大なものなのか、あるいはそれほどでもないのか人は判断できなくなる。はたしてルーシーとシャーロットが抱えた秘密は、セシルが知ったら、セシルの人生を一変させるような重大なことなのだろうか。それとも彼は些細なことだと笑い飛ばすのだろうか。ミス・バートレットは前者だと考えていた。たぶんそれが正しいのだろう、確かにいまでは重要なことになっていた。もしルーシーが思いどおりにしていたとしたら、ルーシーは母親にも恋人にも率直に話していただろう。そしてべつに問題にならずに済んだことだろう。「ハリスじゃなくてエマースンだったわ」たった数週間前にはそう言って済ませることができた。現にいまも、学生時代にセシルが夢中になった美人のことでふたりが笑いあった時、ルーシーは彼に打ち明けようとしてみた。だが身体がなぜか言うことをきかなかった。彼女は話せなかった。

ルーシーとルーシーの秘密は、それから十日以上も人気《ひとけ》のないロンドンに留まり、今後馴染みの場所になりそうな場所を訪れてまわった。この季節、社交界はゴルフコースや狩猟場に場所を移していて、ロンドンはがらんとしていたが、ルーシーが社交界の輪郭を知っておくのも悪くはないと、セシルは考えたのだった。気候は涼しかったし、セシルの目論見は彼女にとって確かに悪くなかった。季節外れにもかかわらず、ヴァイズ夫人は、著名な人物たちの孫を掻きあつめて夕食会を開いた。大した料理は出なかったものの、機知ある者は大いに感銘を受けた。ある者はあらゆることにうんざりしているように見えた。かと思えば、ある者はただ優雅に失敗することのみを求めて、雄弁を試みた。そして周りが励ますような笑い声で応えると、ふたたび口を開くのだった。そのような雰囲気のなかにいると、ペンション・ベルトリーニもウインディー・コーナーも同様に野暮ったいように思われてきた。将来ロンドンに身を置くことになれば、自分がいままで愛したものすべてと少し縁が薄くなってしまうだろうと、ルーシーは思った。

著名人士の孫たちはルーシーにピアノの演奏をせがんだ。彼女はシューマンを弾いた。旋律が嫋々と余韻を残して消えると、セシルが「今度はベートーヴェンが聴きたいな」と言った。彼女は首を振ってふたたびシューマンを弾きはじめた。メロディーが湧きあがったが、それは魔法のようだった。しかし無意味な魔法だった。楽音は砕けた。砕けた楽音はふたたび繋ぎあわされた。生を得て、滅んだというわけではない。不完全であるということの悲しみ——人生はしばしばそうである。しかし芸術はそうあるべきではない——それが散乱した楽音のなかで脈打っていた。それは聴いている者の神経の微妙な部分をもまた脈打たせた。ペンション・ベルトリーニの覆いのかかった小さなピアノで、彼女は決してこのような弾き方をしなかった。ビーブ牧師はピアノの前から離れて席に戻ってくる彼女を見て『シューマンの弾きすぎだ』とは思わなかっただろう。

客が帰り、ルーシーが寝室に入ったあと、ヴァイズ夫人は客間のなかを行きつ戻りつしながら、小さな夕食会のことを息子と話しあった。ヴァイズ夫人は感じの好い婦人だったが、彼女の個性は、多くの人と同様、ロンドンの水にどっぷり浸かった人のものだった。人間が大勢ひしめいているところに住むには、頑強な頭が必要なのだ。夫人の生はあまりにも様々なものを含んでいるため、彼女を押し潰していた。自分の能力以上の多くの季節を、都市を、人間を見すぎたので、セシルを相手にしている時でさえその態度は機械的で、まるで息子的集合体というべきものを相手にしているように見えた。

「ルーシーをヴァイズ一族に取りこんでしまいなさい」話を区切るたびに部屋の隅々まで眼を配り、唇をぎゅっと結び、聡明な夫人は言った。「ルーシーは素晴らしいわ。とっても素晴らしいわ」

「彼女のピアノはいつも素晴らしいよ」

「そうね、でも彼女はハニーチャーチ家の垢を落としはじめているわ。ハニーチャーチ家の人はみんな素晴らしいけど、わたしの言いたいことは判るでしょう? あの子は使用人のことをあまり言わなくなったし、メイドに美味しいプディングの作り方を訊いたりしないもの」

「イタリアのお蔭だよ」

「たぶんね」彼女は、自分にとってのイタリアである美術館のことを思い浮かべながらそう言った。「それもありうるわね。セシル、いいこと、一月には結婚しなさい。彼女はもうわたしたちの家の人間よ」

「だけどあのピアノ」彼は嘆息した。「彼女のあの弾き方。僕がばかみたいにベートーヴェンを聴きたいと言った時の、あのシューマンへのこだわり方。今夜はシューマンがふさわしかった。シューマンは価値のあるものだ。お母さん、僕は子供にルーシーのような教育を受けさせるつもりだよ。朴訥な田舎の人々のなかではつらつと育て、イタリアに送って感性を磨かせ、それから——その後だよ——ロンドンに戻す。僕はロンドンの教育を信用していないんだ」セシルは一瞬口をつぐんだ。自分がそこで教育を受けたことを思いだしたのだった。セシルはつづけた。「とにかく女にとってはね」

「ルーシーをヴァイズ一族に取りこんでしまいなさい」ヴァイズ夫人は繰り返してから、寝室に入った。

夫人がうとうとしかけた時、ルーシーの部屋からうなされる声が聞こえてきた。ルーシーが呼び鈴を鳴らせばメイドが駆けつけるはずだが、ヴァイズ夫人は自分が行ってあげたほうが親切だと思った。夫人は、ベッドに上半身を起こし、頰に手を当てたルーシーの姿を見た。

「すみません、夢を見たのです」

「恐い夢だったの？」

「いえ、ごくありきたりな夢でした」

夫人は微笑んで彼女にキスをし、歯切れのいい口調で言った。「あなたについて、わたしとセシルが話すところを見せたかったわ。セシルは前よりもずっとあなたのことを誉めているわよ。そういう夢を御覧なさい」

頰に手を当てたまま、ルーシーはキスを返した。ヴァイズ夫人は自室に戻った。セシルは目も覚まさずに鼾をかいていた。暗闇がフラットを包んだ。

第十二章　十二番目の章

　輝くような、心を躍らせるような、そんな土曜日の午後だった。季節はすでに秋だったが、大量の雨が降った後なので、大気のなかには若さが漲《みなぎ》っていた。美しさがすべてを圧倒していた。サマー・ストリートを通り過ぎる自動車が巻きあげる埃もわずかで、ガソリンの匂いも風で吹き払われ、たちまち松や白樺の湿った匂いにとって代わられた。ビーブ牧師は牧師館の門によりかかって、のびのびした気分で人生の愉しさを味わっていた。フレディーも牧師の隣でパイプをふかしていた。

「向かいの家に押しかけて引越しの邪魔をしてみるのはどうだろう」

「うーん」

「あの人たちはいい気晴らしになるんじゃないかな」

人間を気晴らしなどと思ったことのないフレディーは、あの人たちは今日は少し忙しいのではないか、なにしろ越してきたばかりだから、と言ってみた。

「今日お邪魔すると言ってあるのでね」牧師はそう答えた。「あのふたりは一見の価値がありますよ」門の掛け金をはずして、牧師はぶらぶらと三角形の草地を、シシーのほうへ向かった。「こんにちは」彼は開けっ放しのたドアから、ひどく散らかった家のなかに向かって呼びかけた。

太い声が応えた。「やあ」

「あなたに会わせたい人を連れてきましたよ」

「すぐ降りていきます」

引越し業者が二階に上げることができなかった衣装簞笥が、廊下を半ば塞いでいた。ビーブ牧師は衣装簞笥と壁のあいだを苦労して通りぬけた。居間もまた本の山で足の踏み場がなかった。

「この人はすごい読書家なの?」フレディーが囁いた。「そういう種類の人なんですか?」

「この人が本の読み方を知っているのは確かですな。いまの世のなかでは珍しいことだ。どれどれ、どんな本を読んでるのかな。『万人の道』、バイロン、まあ、そうだろうな。『シュロプシャーの若者』、聞いたことがない。これも知らないな。これはギボンか。なんと、ジョージ青年はドイツ語を読むんだ。ふむふむ、ショーペンハウエルにニーチェ。ハニーチャーチ君、君たちの世代はなすべきことを弁えているようだ」

「ビーブさん、あれを見てください」フレディーが畏敬の念に打たれたような声で言った。

衣装簞笥の上部の横板に素人の手で銘のようなものが書いてあった。『新しい服が必要な仕事は信用するな』

「そう、面白いだろう。わたしは好きだよ。これは父親が書いたものだろうな」

「その人はずいぶん変わってますね」

「でも、もっともな言葉だと思わないかね?」

だがフレディーはミセス・ハニーチャーチの息子だったので、家具を駄目にするようなことはするべきじゃないと思っただけだった。

「絵だ」牧師は居間に雑多に置かれた荷物のあいだを、縫うように進みながら話しつづけた。「ジオットだ、これはきっとフィレンツェで買ってきたものだな」

「ルーシーが持っているのと同じだ」

「ああ、ところで、ミス・ハニーチャーチのロンドン暮らしはどうだったんだろうね?」

「昨日帰ってきましたよ」

「上々だったんだろうね」

「そう、とても良かったようです」とフレディーは本を手に取りながら言った。「ルーシーとセシルは前より仲良くなってるようです」

「それは良いことだ」

「ビーブさん、僕は自分がもっと利口だったらと思うな」

牧師は何も言わなかった。

「ルーシーは僕と同じぐらい頭が悪かったけれど、すっかり変わったみたいです。母が言ってました。本という本を読み漁るんでしょう」

「君もそうだろう?」

「医学書だけはね。中身のことをあとで語りあうような本じゃない。セシルはルーシーにイタリア語を教えています。それから姉さんのピアノは素晴らしいのだそうですよ。僕たちの気がつかなかったものが演奏に色々表れているんだそうです。セシルは――」

「二階では何をしてるんだろう。エマースンさん、もう一度出直してきたほうが好いようですな」

ジョージが階段を駆けおりてきて、一言も言わずにふたりを居間に押し戻した。

「近所に住んでいるハニーチャーチ君を紹介します」

フレディーが若者らしく飛んでもないことを言った。恥ずかしかったのかもしれないし、親近感を感じたのかもしれない、あるいはジョージは顔を洗ったほうがいいと思ったのかもしれなかった。ともかくフレディーの挨拶の言葉は「はじめまして、一緒に水浴びに行きませんか」だった。

「ああ、いいですよ」ジョージは当たり前のようにそう答えた。

ビーブ牧師は非常に面白がった。

「『はじめまして、はじめまして、一緒に水浴びに行きませんか』」くすくす笑いながら、牧師は言った。「いままで聞いたなかで最高の挨拶だ。でも、挨拶がみんなこればかりになっても困るな。御婦人同士が紹介されて、開口一番『はじめまして、一緒に水浴びに行きませんか』という図柄を想像できますかかな。いや、これでもなお男女平等と言えるのでしょうか」

「だんだん言えるようになりますよ」ゆっくりと階段を下りてきたエマースン氏が言った。「こんにちはビーブさん。男と女が僚友の関係になるのは確かです。ジョージもそう思っていますよ」

「御婦人を男のレベルまで上げるのですか?」と、牧師が訊いた。

「エデンの園ですよ」エマースン氏は階段を下りながら言いつづけた。「あなた方牧師はそれを過去のものとして位置づける。しかし、それはほんとうは未来のものなのです。肉体を軽蔑さえしなくなれば、わたしたちはそこに行けるでしょう」

エデンの園がどこにあるか意見を述べるつもりはビーブ牧師にはなかった。

「ほかのことはともかく、これに関しては男のほうが進んでいます。男は女ほど肉体を軽蔑しませんからね。だが男女が僚友になってはじめてエデンの園に入れるのです」

「ところで水浴びはするの?」溢れるような哲学が自分に押し寄せてくる気配に尻ごみしながら、フレディーは小声で言ってみた。

「以前は自然に帰れという意見をわたしは信じていた。だが、最初から自然がないのにどうすればそこに帰れるのだろう。いまでは、自然は発見するものだと思っている。さまざまなことを克服した後でわたしたちは単純さを手に入れる。それがわれわれの遺産だ」

「ハニーチャーチ君を紹介しましょう。フィレンツェで会われたお姉さんのことは、憶えておられますね」

「はじめまして。お会いできてうれしいですよ。ジョージを水浴びに連れて行ってくれるとはありがたい。それから、お姉さんが結婚なさるそうで、おめでとう。結婚は人間の務めだ。お姉さんは必ず幸せになれますよ、わたしたちもヴァイズ君を知っています。あの人はほんとうに親切だ。たまたまナショナル・ギャラリーで会っただけで、この素晴らしい家のことを色々と手配してくれました。サー・ハリー・オトウェイがわたしたちを迷惑に思っていなければいいが。なにしろ急進派の家主さんに会ったことはあまりないのでね、狩猟法に関して急進派の意見と保守派の意見とを較べてみたかっただけなのです。ああ、なんて好い風だ。さあ水浴びに行ってください。ここは麗しい土地ですな、ハニーチャーチ君」

「いえ、そんな」フレディーは口ごもった。「僕は何日かしたら御挨拶に伺わなければ、いやつまり、伺ったほうが――ああ、伺います。母も伺うと思います」

「挨拶に伺うだって? ハニーチャーチ君、その種の客間の下らないつきあいのようなものが当たり前になったのは、誰のせいだろうね。伺うならお祖母さんの家でも行くべきだ。それよりも、松の森を渡る風の音を聴いてごらん。ここは麗しい土地だ」

ビーブ牧師が助けの手を差しのべた。

「エマースンさん、ハニーチャーチ君は後日、伺いますよ。わたしも伺います。あなたと息子さんも十日以内にお返しに挨拶に伺うことになります。十日ほどの間隔をおいて訪問することはお判りですね。昨日の引越しの時にわたしが階段の窓のことであなたを助けたのは、伺ううちに入っていません。これから水浴びに行くことも伺うというのにはあたりません」

「はいはい、判りました。ジョージ、水浴びに行ってきなさい、いつまでもぐずぐずしていないで。後でみんなを連れて戻ってきなさい。お茶にするから。それにミルクと蜂蜜とケーキだ。気分転換にはもってこいだ。ジョージは事務所で猛烈に働いているんです。健康でいられるのがまったく不思議だ」

ジョージは頭を下げた。頭は埃を被り、不潔で、家具を片づけていたせいで、体から黴臭い匂いが漂ってきた。

「本当に水浴びがしたいですか？」フレディーが尋ねた。「ただの池なんだ。そんな変なところには慣れていないんじゃないかな」

「行くよ、僕は行くって言った、さっき」

ビーブ牧師は若い友人の手助けをしなければいけないと思い、率先して家を出て、松の森に足を踏みいれた。松の森は素晴らしかった。しばらくのあいだエマースン氏の好意的で哲学的な言葉が、後を追いかけてきたが、やがてそれも聞こえなくなり、松の梢と蕨の茂みを撫でてゆく風の音が聞こえるばかりになった。

ビーブ牧師は自分が黙っているのは平気だが、人の沈黙には耐えられない人間だった。そこで彼は自らお喋りせざるを得なくなった。ふたりの連れはどちらも一言も喋らず、このままだと遠足は失敗に終わるかと思われたのである。彼はフィレンツェのことを喋った。

ジョージは真面目に耳を傾け、小さいがきっぱりとした素振りで、賛成あるいは反対の意を表した。しかし、その素振りは、まるで頭上高く聳える梢の動きのように、気まぐれに見えるものだった。

「君がヴァイズ君に会うとはなんという偶然なのでしょう。ペンション・ベルトリーニの人々が、ぜんぶここで会うことになるなどと思っていましたか？」

「全然思っていませんでした。ミス・ラヴィッシュに聞いて知りました」

「若い時、わたしは『偶然の歴史』という本を書こうと思っていましたよ」

反応はなかった。

「でも、実際のところ、偶然は思ったよりも少ないのです。たとえば、君がここにいるのだって、よく考えてみれば純然たる偶然ではないのです」

ジョージが話しはじめたので、牧師はほっとした。

「偶然ですよ。僕はよく考えました。これは僕たちにはなすすべもないことだ。運命が決めることだ。なにもかもが運命なのです。運命が僕たちを引きあわせ、引き離す。会っては別れる。十二の風が吹いてくる――僕たちは腰を落ちつけることはできない」

「君はまだ考えることすらしていない」牧師は諭すように言った。「君に助言をあげましょう、エマースン君。運命のせいにしてはいけません。こんなふうにしたつもりはない、などと言ってはいけない。やったのは君なのだ。ひとつ反対尋問をしていいですか。君はわたしとミス・ハニーチャーチに、どこで会いましたか」

「イタリアです」

「では、ミス・ハニーチャーチと結婚するヴァイズ君には、どこで会いましたか？」

「ナショナル・ギャラリーです」

「イタリアの美術を見ていてでしょう。ほら御覧なさい。それでも君は偶然だとか運命だとか主張しますか？　君はイタリアを自然に探していたのだ。わたしも、ほかの人々もそうだ。こうしたことが、世界を極端に狭め、そのなかでそれぞれはふたたび会うことになるのです」

「僕がここにいるのは運命だ」ジョージは譲らなかった。「でも、あなたの気が済むのなら、それを導いたのはイタリアだと言ってもいいです」

ビーブ牧師はそのような重苦しい受け止めかたから、するりと身をかわした。しかし若い者にはどこまでも寛容な人物だったので、ジョージを悪く思うことはなかった。

「それで、こうしたこともあり、またほかの理由もあって『偶然の歴史』はまだ書かれていません」

沈黙。

話題を終わらせようと思って、彼は言い足した。

「あなた方が来たのでみんな喜んでいますよ」

沈黙。

「さあ、着いた」フレディーが言った。

「着きましたか」額の汗を拭きながらビーブ牧師は言った。

「この下のほうに池がある。大きくなっていればいいけれど」言いわけでもするようにフレディーが言った。

松葉の散らばった滑りやすい土手を三人は降りていった。そこに池があった。芝草に覆われた小さな空き地があり、その中央でひっそりと静まりかえっていた。ほんとうにただの池で、しかし人間が水浴びできるほどには大きく、青空を映すほど澄んでいた。雨のせいで水嵩が増え、周囲の草地に深く切れこんだ入江は、中央の池に誘《いざな》う美しいエメラルドの小径のように見えた。

「これはまた、池というものが為しうるもののなかで最高のものだ」牧師は言った。「この池について、言いわけは必要ないな」

ジョージは乾いた草の上にすわり、物憂げに靴の紐を解いた。

「この柳蘭の群生は見事じゃないか。わたしは柳蘭は綿毛を付けている時が一番好きですよ。この好い匂いのする草は何だろう」

ふたりの若者はその草の名前を知りもしなかったし、関心もないようだった。

「植生ががらりと変わった様子はどうです。この海綿みたいな水生植物の群。そしてその周りにはじつに様々な植物がある。頑丈そうなのから脆そうなのまで——御柳擬《ヒース》きや羊歯や、苔桃、松などが茂っている。美しい。なんと美しいことか」

「ビーブさん、水に入らないんですか？」フレディーが服を脱ぎ捨てて牧師を誘った。

牧師はやめておこうと思った。

「水は好いなあ」飛沫を上げながら池に入ったフレディーが言った。

「水は水だ」ジョージが呟き、髪をまず濡らし——興奮していない証拠だった——まるで彫像のように無表情で、あたかも石鹸の泡に満たされた風呂桶か何かに入るように無頓着に、彼は美しい池の縁に足を浸した。筋肉は使うべき、身体は洗うべき、ただ単にそう思ってでもいるように。ビーブ牧師はふたりを見守った。それから柳蘭の綿毛が、まるで歌劇団のようにふたりの頭の上で、舞っているのを見た。

「プハー、プハー」フレディーは四方に二掻きずつ泳ぎ、葦の葉や泥を身体に着けていった。

「そんなに気持ちが好いのだろうか？」水に洗われる草の上にまるでミケランジェロの彫像のように立ったジョージが疑問を口にした。

足元が崩れた。ジョージはその疑問を深く考える暇もなく、池のなかに落ちた。

「ペッ、ペッ、おたまじゃくしを飲んでしまった。ビーブさん、水は最高ですよ。最高です」

「そんなに悪くない」ジョージが水のなかから浮きあがり、太陽に向かって口のなかの水を吐きだして言った。

「ビーブさん、水は最高だ。泳ぎましょう！」

「プワー、プハー」

暑かった。それに牧師は誘いというものには、可能なかぎり応じるという人間だった。牧師は周りを見回した。周囲には教区民の姿は見えず、ただ松の木々が青空を背景に高く茂り、互いに身振りを交えて語りあっているだけだった。なんと清々しいのだろう。自動車と英国国教会地方参事の世界は、果てしなく遠のいた。水、空、松、風。どれもが季節でさえ干渉することができないもので、人間の世界から遠く離れてそこにあった。

「わたしも水を浴びるとしようか」そしてすぐに牧師の服が、草地に生まれた三番目の小山になった。牧師もまた水の素晴らしさを認めた。

その池は確かに大きいものではなく、ごく普通の水溜りで、フレディーが言ったように、サラダボウルのなかで泳ぐような感じだった。三人の紳士は『神々の黄昏』のニンフよろしく、胸までの深さの池をぐるぐる泳ぎまわった。雨が清々しさを運んできたせいだろうか、それとも太陽が栄光の熱を注いでくれたせいだろうか、それともふたりが若く、もうひとりの心が若かったせいだろうか、何が原因か判らないが、何かが三人を変え、三人はイタリアのことも、生物学のことも、運命のことも忘れ去った。三人は遊びはじめた。ビーブ牧師とフレディーは水を掛けあった。そして少し遠慮しながらジョージにも水を掛けた。彼は黙っていた。ふたりは彼を怒らせたのかと思った。その時、不意に内なる若さが爆発した。ジョージが笑った。彼はふたりめがけて飛びかかり、水を掛け、二人の頭を水のなかに押しこめ、蹴りあげ、泥だらけにし、池の外に追いだした。

「池の周りを競走しよう」フレディーが叫び、ジョージと日射しの下で競走をはじめた。

ジョージは近回りをしたせいで向こう脛を汚し、また池に入らなければならなかった。それからビーブ牧師も競走に加わった。情景は記憶に焼きつけられた。彼らは走って身体を乾かし、水に入って身体を冷やし、柳蘭や羊歯の茂みのなかでインディアンごっこをし、また水に入って汚れを落とした。そしてそのあいだずっと三つの服の小山は、草の上で控えめに存在を主張していた。

「そう、我々は重要な物である。我々がなくては何事もはじまらないのだ。どんな肉体も結局は我々のもとに戻ってくるのである」

「トライ！　トライ！」フレディーが叫んでジョージの服の山をひっつかみ、架空のゴールポストに飛びこんだ。

「サッカーでいこう」ジョージが仕返しにフレディーの服の束をキックして散らばした。

「ゴール！」

「ゴール！」

「パス！」

「ああ、わたしのには時計が！」ビーブ牧師が叫んだ。

服の束が四方に飛び散った。

「ああ、帽子が！　もうそれくらいにしなさい、フレディー、服を着なさい、こら、こら」

だが、若いふたりは興奮の極みにあった。木の間越しに、フレディーが自分のチョッキを小脇に抱え、ジョージが濡れた頭に、自分の型崩れした帽子を載せて、走っているのが見えた。

「いいからもう止しなさい！」教区のことを思いだしたビーブ牧師は叫んだ。牧師の声はまるで松の木の一本一本が、地方参事であることを発見したかのような調子に変わっていた。「おーい、ちょっと、やめなさい！　おい、君たち！　人がくるぞ」

叫び声。日の光で斑になった地面。さらに広く走り回るふたつの影。

「おーい、おい、御婦人たちだ！」

ジョージもフレディーもまだほんとうには嗜みを身につけていなかった。それにふたりはビーブ牧師の発した最後の言葉が聞えなかった。もし聞こえていれば、バターワース夫人を訪問しに行くミセス・ハニーチャーチとセシルとルーシーから隠れることができただろう。フレディーが三人の行く手にチョッキを落として羊歯の茂みに跳びこんだ。ビーブ牧師の帽子を被ったままのジョージは、ちょうど吼えている時に、三人連れとまともに顔を合わせ、くるりと踵を返して、池のほうに全速力で走りおりた。

「まあ、何事ですか！」ミセス・ハニーチャーチが叫んだ。「こんな失礼な人たちは見たことないわ、ああ、眼をそらしなさい、あら、ビーブさんまで、いったい何が起こったの？」

「こっちへ、早く」とセシルが指図した。セシルは自分は女を導くものだし、女を守るものだといつも思っていた。どこに導くのか判らないし、何から守るのかも判らなかったの

であるが。彼はフレディーが蹲って隠れている羊歯の茂みのほうに御婦人方を導いた。セシル、

「まあ、気の毒なビーブさん、道に落ちていたのはビーブさんの服でしょう？　セシル、
ビーブさんのチョッキじゃ――」

「わたしたちには関係ないことだ」セシルがルーシーをちらりと見ながら言った。ルーシーはパラソルを被っていた。明らかに「気を遣って」いた。

「ビーブさんが池に飛びこんだような気がしたけれど」

「こっちです、ミセス・ハニーチャーチ、こちらのほうにどうぞ」

ふたりはセシルの後について土手のほうに登って行った。このような場に臨んだ淑女にふさわしく、緊張と無関心の顔を作りながら。

「ああ、もう仕方がない」すぐ眼の前で声がしたと思ったら、フレディーが雀斑《そばかす》だらけの顔と真っ白な肩を羊歯の間から突きだした。「このままだと踏み潰されてしまう」

「まあ、何てことでしょう！　あなたまで！　何て情けないことをしているの。どうして家のお風呂に入らないの？　お湯と水がちゃんと出るでしょう」

「ねえ、お母さん、男は泳がなきゃいけないんだ。それから身体を乾かさなくっちゃ。それからもしほかの男が――」

「フレディー、あなたの言うことはいつものように正しいわ。でも、いまはそんなこと言える立場じゃないのよ。ルーシー、いらっしゃい」三人は踵を返した。「まあ、見て！　いいえ、見ないで！　まあ、気の毒なビーブさん！　またなんて間の悪い――」

ビーブ牧師がちょうど池の水面に浮かんでいたきわめて重要な衣類を取ろうとして、水のなかから立ちあがったところだった。ジョージのほうは、世界が厭わしくてたまらないジョージは、フレディーに魚を捕まえたぞ、と大声で叫んでいた。

「僕は飲んじまったよ」羊歯の茂みのなかのフレディーが応じた。「おたまじゃくしを飲んだぞ。腹のなかで暴れている。死にそうだ――エマースン、きみはとんでもないやつだ、僕のズボンをはくなよ」

「みんな静かにしなさい」ショックを受けた振りをそれ以上つづけることができなくなったミセス・ハニーチャーチが言った。「まずみんな、しっかり身体を乾かしなさい。風邪をひくのは、よく身体を乾かさないからですからね」

「お母さん、いきましょう」ルーシーは言った。「ねえったら、行きましょうよ」

「こんにちは」ジョージが叫んだので、御婦人たちは、また立ち止まることになった。

彼は自分では服を着たつもりだった。ジョージは裸足で、胸をはだけて、満面に笑みを浮かべて、子供のような顔をして、うっすらと暗い松の森を背にして立っていた。

「やあ、ミス・ハニーチャーチ、こんにちは」

「ルーシー、お辞儀をして。お辞儀をしなさい。いったい誰なの？　わたしはお辞儀をしますよ」

ミス・ハニーチャーチもお辞儀をした。

その午後と夜のあいだに水は流れていった。翌朝には水溜りはいつもの大きさに戻り、輝きも失われた。それは血への呼びかけであり、緩んだ意志への呼びかけであり、つかのまでありながら、永遠に残る祝福であり、聖性であり、魔法であり、若さを言祝《ことほ》ぐために現れた聖なる杯だった。

第十三章　ミス・バートレットの厄介なボイラー

何度、お辞儀の練習をしたことか。何度、再会した時の練習をしたことか。しかし、その練習はいつも屋内を想定したもので、小道具もごく一般的に考えられるものだった。あんなところで、ジョージと出会うなどと誰が想像するだろうか？　礼節が惨敗し、泥だらけの上着やカラーや長靴が、陽光を受けた地面に、累々と横たわるなかで出会うなんて。ルーシーが想像していたエマースンの息子の像は、あるいは内気な、あるいは陰気な、冷淡な、さもなければ、胡散臭く、厚かましさを感じさせるものだった。そういうことにたいして準備はすっかりできていた。けれど、明けの明星のような声で自分に挨拶する、楽しげな人物のことは予想していなかった。

バターワース老夫人の家でお茶を御馳走になりながら、ルーシーは考えていた。漠然とだろうが、正確にだろうが、未来を予測することなどできるものではない。そして、人生において稽古が有効であることなどないと。背景の失敗。観客のなかのひとつの顔。客席からのひとつの反応。そういうもので、考え抜いた演技はまるで意味のないものになったり、意味がありすぎるものになってしまう。「お辞儀をしよう」と自分は考えていた。「あの人とは握手をしないことにしよう、それがいちばん自然だ」ルーシーはお辞儀をしていた。だがいったいどういう存在に向かってお辞儀をしたのだろう？　神々に向かって？　英雄に向かって？　それとも女学生の戯言《たわごと》に向かって？　ルーシーがお辞儀をした相手とルーシーとのあいだにはそうした雑駁なものが挟まっていた。

セシルにたいして細かく気を配っていたが、彼女の頭のなかには同時にそのような考えが駆け巡っていた。その日の訪問はうんざりする婚約の挨拶のひとつだった。バターワース夫人はセシルに会いたがり、セシルは夫人に会いたがらなかった。セシルは海岸地方だとなぜ紫陽花の花の色が変わるのか、などという話は聞きたくもなかった。慈善組織協会に加わりたくもなかった。機嫌の悪い時のセシルは入念さに磨きがかかっていた。「はい」か「いいえ」という返事ですむところを、麗々しい調子で長々と口上を述べた。ルーシーは彼を宥《なだ》め、将来の幸せな結婚生活を彷彿とさせるようなやりかたで、会話の綻びを飽くことなく繕った。完璧な人などいないのだ。結婚生活に入る前に不完全なところを見いだすのは賢いことだ。ミス・バートレットは言葉ではなく行動で、人生には満足すべきことなど何もないと教えてくれた。ルーシーは教師を嫌っていたが、その教えには深いものがあると思い、恋人にもその教えを当てはめていた。

「ルーシー」家に戻った時、母親が訊いた。「セシルはどうかしたの？」

この質問は不吉だった。今しがたまで、ミセス・ハニーチャーチは慈愛と抑制を感じさせる態度で振るまっていた。

「いいえ、何でもないと思うわ。セシルは何ともないわ」

「たぶん疲れているのでしょうね」

ルーシーは妥協した。たぶんセシルは少し疲れている。

「だって、そうでなければ」ミセス・ハニーチャーチは、ボンネット帽のピンを、八つ当たりするように引き抜いた。「だって、そうでなければ、あんな態度をとるわけないわ」

「バターワース夫人には少しうんざりするわ、そういうことを言いたいの?」

「セシルがそういうふうに考えろと言ったの? あなたは小さい時からバターワース夫人が大好きだったでしょう? 腸チフスに罹った時、あの人がどんなに親身になってくれたか知ってるでしょう。いいえ、どこに行っても同じことが起こってるわ」

「帽子を外してあげるわね」

「まったく、夫人の話に三十分もかけて、ばか丁寧に返事をする必要があると思う?」

「セシルは他人に高いものを求めるのよ」面倒なことになりそうな気配に、ルーシーはいささかたじろいだ。「理想が高いの。だから時々ああいうふうに——」

「ばかばかしい! もし理想が高いからといって若い人があんなに失礼ならば、そんな理想は捨てたほうが良いわ」ミセス・ハニーチャーチはルーシーに帽子を渡しながら言った。

「でもお母さん。お母さんだってバターワース夫人のことで、御機嫌斜めになったことがあるじゃない」

「ああいうふうにじゃないわ。時にはあの人の首を絞めてやろうと思うこともあるけれど、でもああいうふうにじゃない。ええ、セシルは何にでもああいう態度をとるのよ」

「ところでお母さん、いままで言わなかったけれど、ロンドンにいた時、シャーロットから手紙をもらったわ」

話のそらし方としてはあまりにも幼稚だった。ミセス・ハニーチャーチは憤然とした。

「セシルはロンドンから戻って以来、何をしても楽しくないみたいね。わたしが何か話すたびに彼がげんなりするのが判るわ、ルーシー、否定しても無駄よ。わたしは確かに芸術的でもないし、文学的でもないし、知的でも音楽的でもないわ。でも客間の家具は仕方のないことよ。お父さんが買ったものだから、それで我慢しなくてはね。セシルにも判ってもらわないと」

「お母さんの――お母さんの言うことは判るわ。確かにセシルがあんな態度をとるのは良くないわ。でも、失礼なことをするつもりはないのよ――前に言っていたけれど――彼は物に対して敏感なんですって――醜い物には我慢できないんですって。人にたいしては失礼ではないわよ」

「フレディーの歌は物？　それとも人？」

「本物の音楽が判る人に、わたしたちの歌う俗な歌を楽しんで欲しいとは言えないわ」

「じゃあなぜ、あの人は部屋から出て行かないの？　なぜぐずぐずすわって、せせら笑ったりして、人が楽しんでいるのに、水を差すようなことをするの？」

「あの人に少し不公平じゃない？」ルーシーは口ごもった。彼女を弱気にさせるものがあった。先日ロンドンであれほど完璧に学んできたセシルの考えをもとに抗弁しようと思ったのだが、思うように言葉が出なかった。ふたつの文化的態度がぶつかっていた。セシルは、そういうことがあるだろうと仄めかしていた。ルーシーは眼が眩み、戸惑っていた。セシル様々な文化的態度のうちに潜むものが放つ光に、射すくめられていた。しかし趣味が良いとか悪いなどは、ただのキャッチフレーズのようなもので、それはちょうど色々な形の服みたいなものではないだろうか。たとえば音楽なども、本物の歌も俗な歌も、遠くから聴けば、ただの松の森を渡る風の音のようなものになってしまうだろう。

ミセス・ハニーチャーチが夕食のために服を着替えているあいだも、ルーシーの当惑は消えなかった。彼女が何か言えば言うほど事態はこじれた。事実は隠しようがなかった。セシルはわざと尊大に振るまい、その意図は成功した。そしてルーシーは――理由が判らないものの――そうした問題はほかの時に起こって欲しかったと思った。

「早く行って着替えなさい。遅れるわよ」

「はい、お母さん」

「返事をしたまま立っていないで、早く行きなさい」

彼女は母親の言葉に従った。だが踊り場の窓のところで鬱々として足を止めた。窓は北向きで、視界も良好とは言えず、空などはまったく見えなかった。松の木がまるで冬のように黒々とした色で、こちらに迫ってくるようだった。踊り場の窓は見る者を憂鬱にさせるものだった。これといって差し迫った問題を抱えているわけではなかったが、彼女はふと呟いていた。「ああ、どうしよう、どうしたらいいのだろう」周りのみんなの振るまいはひじょうに不適切なような気がした。それに、ミス・バートレットの手紙のことを口に出すべきではなかった。もっと注意深くするべきだった。母親はかなり詮索好きだった。あの時、何て書いてあったのか、訊かれていたかもしれない。ああ、どうしたらいいのだろう? その時、フレディーが跳ぶような足取りで階段を上ってきて、振るまいが不適切な者のひとりに加わった。

「ねえ、あの人たちってすごいだろう」

「あなたって、なんて無神経な子なの。あの人たちを聖なる湖に水浴びに連れて行くことないじゃない。あそこはもう人目につかない場所じゃないのよ。あなただけなら仕方がないけれど、他の人には具合が悪いでしょう。もっと用心しなさい。あなたはこの辺がどんどん開けているのを忘れているわ」

「ねえ、来週の日曜日は何か予定があるの?」

「さあ、何もないと思うけれど」

「じゃあ、エマースンをテニスに誘おうかな」

「まあ、フレディー、それはだめよ。こんなに家がごたごたしている時に、それはだめだわ」

「コートがだめなの? 少しぐらい変にバウンドしてもみんな気にしないよ。新しいボールも注文したし」

「わたしは、やめたほうがいいと言っているの。本気よ」

彼はルーシーの肘のあたりを摑み、無理矢理ダンスのパートナーに仕立て上げて、廊下中を振りまわした。彼女は平静を装っていたものの、実際のところは癇癪を起こして金切り声をあげたくなった。セシルが身支度を整えながら、ふたりをちらりと見た。メアリーはお湯の入った水差しを二、三個抱えて来たが、ふたりに行く手を遮られた。それからミセス・ハニーチャーチが部屋の扉を開けて言った。「ルーシー、なんて騒ぎなの！　あなたに訊きたいことがあるの。シャーロットから手紙が来たと言っていたわね？」フレディーは逃げてしまった。

「ええ、でもこうしてはいられないわ、早く着替えなくては」

「シャーロットはどうしているの？」

「元気よ」

「ルーシー！」

運の悪い娘はすごすごと引きかえした。

「人がものを言っている途中に急いで行こうとするなんて、悪い癖ですよ。シャーロットはボイラーのことで何か言ってた？」

「何のことで？」

「シャーロットの家ではボイラーを十月に取り払ったり、浴槽を掃除したり、それにほかにいろいろ厄介なことをするって言ってたのを、忘れてしまったの？」

めだし」

「わたし、シャーロットの厄介なことなんて覚えていないわ」ルーシーは苦々しげに言った。「自分のことでさえ厄介なことだらけですもの。お母さんはセシルのことで御機嫌斜めだし」

ミセス・ハニーチャーチはかっとしてもよさそうなものだったが、怒らなかった。「ここへいらっしゃい、良い子だから。帽子を外してくれてありがとう。お母さんにキスをしてちょうだい」完璧なものはないと言うが、ルーシーはこの一時《ひととき》、母親とウインディー・コーナーと夕陽のなかのウィールドの眺めは完璧だと思った。

こうして、砂のようなざらつきは生活の外に消えた。ウインディー・コーナーではだいたいこのようなものだった。人間関係がうまく嚙みあわなくて破裂寸前のところまでくると、家族の誰かが油を一滴注した。セシルはそのやり方を軽蔑した。軽蔑してしかるべきだった。何といってもそれは自分のやり方ではなかった。

夕食は七時半だった。フレディーが食前の祈りを早口でまくしたて、それぞれ重い椅子を引き寄せてすわりなおした。幸いなことに、男たちは腹をすかせていた。デザートのプディングまで、都合の悪いことは起こらなかった。それからフレディーが言った。

「ルーシー、エマースンってどういう人？」

「フィレンツェで会ったわ」ルーシーは、これが返事として通るように願いながら言った。

「彼は頭の良いタイプ？　それとも感じの好いタイプ？」

「セシルに訊いてみたら？　彼をここに連れてきたのはセシルだから」

「あの男は頭の良いタイプだよ。僕のように」セシルが言った。

フレディーは疑わしげにセシルを見た。

「ベルトリーニではどれくらい親しかったの?」ミセス・ハニーチャーチが訊いた。

「ほんの少しだけ。シャーロットより、わたしのほうが知ってるくらいだから」

「ああ、それで思いだした。あなた、シャーロットが手紙で何と言ってきたか教えてくれなかったわね」

「あれやこれやよ」ルーシーは嘘をつかずに、食事を無事に済ませることができるかどうか危ぶんだ。「手紙のなかで、あの人のうんざりする友達が自転車旅行で、サマー・ストリートにやって来たけれど、わたしたちに会うかどうか迷ったすえ、ありがたいことに、会わないことにしたって書いてあったわ」

「ルーシー、そんな言い方を意地悪って言うのよ」

「彼女は小説家なの」ルーシーは巧みに言い添えた。それがうまくいった。女性の手になる文学の話題ほど、ミセス・ハニーチャーチを憤らせるものはなかった。自分の家や子供を放りだしてまで本を出版し、知名度を求めるような女性を痛烈に批判しだすと、夫人は我を忘れてしまうのだった。彼女の持論は「もし本を書くのなら、男に書かせればいい」というもので、その持論を早速、大々的に展開した。そのあいだ、セシルは欠伸をし、フレディーが李の種で「今年か、来年か、今か、だめか」の遊びをした。ルーシーは母親の怒りの炎を上手にあおりつづけた。だが、間もなく大火災は収まり、亡霊が暗がりに集まりだした。まったくそこいらじゅうに亡霊がいた。元祖の亡霊——頰に触った唇——はというのむかしに埋葬されていた。かつてひとりの男が山の上でキスをしたことは、彼女にとってはもう何でもないはずだった。だがそれは眷属を呼びだしていた。ハリス氏、ミス・バートレットの手紙、ビーブ牧師の菫の記憶——そのうちのひとつふたつは、セシルの見ている前で彼女に憑依《とりつ》いたものである。そしていま呼びだされていたのは、ミス・バートレットだった。しかもそれはじつに生々しい姿をしていた。

「そうそう、シャーロットの手紙のことを考えていたんだっけね。ルーシー、シャーロットはどうしているの？」

「手紙を破いてしまったの」

「あの人元気かどうか言ってた？　どんな様子だった？　御機嫌だった？」

「ええ、たぶんね——いえ——いいえ、あまり機嫌が良くないようだったわ」

「じゃあやっぱりあのせいだわ。ボイラーよ。水回りのことって人の気分を左右するものですよ。よく判るわ。まだほかの問題のほうが好いわよね。食べ物に困るとかのほうが」

セシルが眼を覆った。

「僕もそうだな」フレディーが母親を援護して口をだした。母親の言葉の内容ではなく、その精神を応援したのだった。

「それで考えていたのだけど」と母親は少し神経質な調子で先をつづけた。「来週シャーロットを家に呼ぶのはどうかしら。タンブリッジ・ウエルズの配管工事が終わるまで、あの人がここで楽しい休暇を過ごせれば良いと思うのよ。気の毒なシャーロットには、もう長いこと会ってないし」

これはルーシーの神経の限界を超えていた。それでも二階で母親が優しくしてくれたことを思うと、強く反対することはできなかった。

「お母さん、やめて」彼女は懇願した。「それはいけないわ。この上、シャーロットが加わるなんてとてもだめよ。わたしたちは息が詰まって死んでしまうわ。火曜日にはフレディーがお友達を連れてくるし、セシルがいるし、それに、ジフテリアの流行が心配だから、ミニー・ビーブを家に預かるって言ってたじゃない。だからとても無理よ」

「ばかなことを。だいじょうぶですよ」

「ミニーがお風呂場で寝るのならね。そうじゃなければ無理よ」

「ミニーはあなたの部屋で寝ればいいじゃない」

「いやよ」

「あなたがそんなに我儘《わがまま》なら、いいわ、フロイドさんにはフレディーの部屋に泊まってもらいます」

「ミス・バートレット、ミス・バートレット」セシルがふたたび眼を覆った。

「それはだめよ」ルーシーは繰り返した。「つべこべ言うのはいやだけれど、でも家中が人でごった返すと、メイドたちに気の毒じゃない」

いかにも説得力に欠ける論駁だった。

「ほんとうは、あなた、シャーロットが嫌いなのね」

「そう、そうよ。それにセシルだってそうよ。あの人はわたしたちの神経を逆撫でするの。お母さんは最近の彼女を見たことがないでしょう。好い人なんだけれど、どんなに彼女がうんざりする人か知らないのよ。わたしのここでの最後の夏を静かに過ごさせて。彼女を呼ばないで。わたしたちをのんびりさせて」

「賛成、賛成」セシルが言った。

ミセス・ハニーチャーチはいつもより深刻に、いつも自らに許しているより感傷的に応じた。

「ほんとうに思いやりのない人たちね。あなたたちにはお互いに相手がいるし、松の森を散歩することもできるし、ほかにもたくさん好いことがあるわ。気の毒なシャーロットは工事がはじまると、水さえも使えなくなってしまうのよ。あなたたちは若いわ。若い人はいくら頭が良くても、幾らたくさん本を読んでも、歳を取ったらどういう気持ちになるか、絶対に判らないものです」

セシルはパンをちぎった。

「何年か前に自転車でシャーロットの家を訪ねた時、あの人はとても親切だったよ」フレディーが口を挟んだ。「あんまりありがとう、ありがとうって言われたんで、自分がばかになったような気がしたよ。それからお茶の時、玉子をちょうど好い茹で加減にするのにすごい騒ぎだった」

「わかるわ、フレディー、彼女は誰にでも親切なのよ。それなのにルーシーは親切に少しばかりお返しをしようって時に、難しいことを言うんだから」

だがルーシーの気持ちは硬化していた。ミス・バートレットに親切にするのは好くないことだった。彼女自身、親切にしすぎていたし、それを長くつづけすぎた。親切な行いは天国に宝物を積むことになるかもしれないが、地上ではミス・バートレットにも、ほかの誰にも、何の得にもならなかった。ルーシーはそれでも気持ちを抑えて、こう言うに留めた。「仕方がないことなのよ、お母さん、わたしはシャーロットが嫌いなの。自分でもひどいと思うけれど」

「その口振りだと、あなた、シャーロットにもそのことを言ったんじゃないの」

「でも、シャーロットはあんなに考えなしに、フィレンツェを出てしまったのよ。あんなに慌てて——」

亡霊が戻ってきた。亡霊はイタリアを覆い尽くし、さらに子供の頃から馴染んできたこの場所をも侵略しようとしていた。聖なる湖はもはや以前と同じものでなくなるだろう。そして来週はウインディー・コーナーにも何かが起こるにちがいない。どうすれば亡霊と戦うことができるのだろう？　一瞬、眼の前の世界が遠のき、記憶と感情だけが現実のように感じられた。

「ミス・バートレットを招待しても好いかもしれない。玉子の茹で方が上手らしいから」

美味しい料理のお蔭で、気持ちがゆったりしていたセシルが言った。

「玉子がうまく茹ってたということじゃないよ」フレディーが訂正した。「じつを言うと、彼女は玉子を取りだすのを忘れてしまったんだ。それにほんとうは僕は玉子が嫌いだし。言いたかったのは、シャーロットがとても親切に見えたってことだよ」

セシルはふたたび渋面になった。まったく、このハニーチャーチ一家は。玉子や、ボイラーや、紫陽花や、メイドたち――なんてちまちました生活なんだ。「僕とルーシーは席をはずしてもいいですか?」尊大な態度を隠しもせず、セシルが言った。「デザートは要りません」

第十四章　ルーシー、状況と果敢に闘う

ミス・バートレットはもちろん招待に応じた。そしてもちろん謝った。自分は迷惑をかけるだろう。片隅の小さな部屋、眺めのよくない部屋にでも入れていただければありがたい。ルーシーによろしく。そしてもちろんジョージ・エマースンはテニスに来ることになった。

ルーシーは勇敢にこの事態を直視した。もっともわたしたち同様、彼女もとりあえず自分を取り囲んだ事態だけに、面と向かったにすぎない。彼女は決して心のなかを覗かなかった。時折、深みから奇怪な幻影が浮かびあがっても、すぐにまた奥底に沈めてしまった。セシルがエマースン親子をサマー・ストリートに連れてきた時、ルーシーはひどく神経を尖らせたものだ。今度はシャーロットが過去の愚行を引きだして磨きあげるわけで、ルーシーはまた神経を尖らせることになるはずだった。夜になるとルーシーの不安は募った。ジョージと話している時——ふたりはあれからすぐに牧師館で再会した——彼の声にルーシーの心は大きく揺らぎ、彼のそばにそのままいたいと思った。もし本心からそう思ったとしたら、ずいぶん恐ろしいことだった。もちろん、そう思ったのは神経のせいだ。人に

このような悪さを仕掛ける神経のせいなのだ。以前自分は「無から生じて、どんな意味を持つのか判らない」もので悩んだものだった。けれどある雨の日の午後、セシルが心理学を教えてくれてから、若い世代特有の未知の世界からやってくる悩みは失くなったはずだった。

読者諸君が「彼女はエマースンを愛している」という結論に至るのは当然だろう。だがもし諸君がルーシーと同じ立場にいるとしたら、それほどきっぱりと断言できないのではないだろうか。人生を記録することは容易いが、実際に生きるのは混乱を肯《うべな》うことである。そこで神経やら何やら、決まり文句のようなものを使って、自分の願望を包みこんでしまいたくなるのだ。彼女はセシルを愛している。ジョージは彼女の神経に触る。読者諸君、この修辞はあべこべだと、彼女に教えてくれないだろうか。

ともかく、外的状況には彼女は果敢に立ち向かうはずである。

牧師館では何事もなく、楽しく過ごすことができた。ルーシーはビーブ牧師とセシルに挟まれて、イタリアのことを二、三、さりげなく、控えめに話した。ジョージもそれに応じた。彼女は自分がきまりの悪い思いをしていないことを見せたかった。そして彼のほうも恥ずかしがっていないようなので嬉しく思った。

「好いやつだ」ビーブ牧師が後で言った。「あの男は遠からず粗野な面をそぎおとすでしょう。あまりにもすんなりと世に出るような若者は、どちらかといえば信用できないものです」

ルーシーは言った。「あの人は前より元気になったようですね。前より笑うことが多なったでしょうか」

「そうです」牧師が答えた。「彼はいま、目覚めているところです」

それで終わりだった。だがその週が過ぎる頃には、彼女の鎧は少しずつ外され、好もしい見かけをした幻を心に浮かべて楽しむようになった。

はっきりと伝えていたのにもかかわらず、ミス・バートレットは降りる駅を間違えてしまった。サウス・イースタン鉄道のドーキング駅までミセス・ハニーチャーチが迎えに行くので、そこで降りるように伝えていた。それなのにミス・バートレットはロンドン・ブライトン鉄道の駅で降りてしまい、結局、辻馬車を拾うことになった。家にはフレディーと彼の友人しかおらず、ふたりはテニスを中止して、たっぷり一時間も彼女の相手をする羽目になった。セシルとルーシーは四時に帰ってきた。それからミニー・ビーブも加わり、上の庭で、心悲《うらがな》しい六人組のお茶会がはじまった。

「わたしは自分を許せないわ」ミス・バートレットは何度も立ちあがろうとした。その度に残りのみんなは彼女を引き留めなければならなかった。「いろいろ取り違えてしまって。若い人たちのなかに飛びこんで邪魔してしまって。でも辻馬車の代金はわたしに払わせてくださいな。お願いだからせめてそうさせて」

「お客さまにそんなことをさせるわけにはいかないわ」とルーシーが言った。茹で玉子の思い出がすでに幻となっていた弟は、苛立った調子で言った。「僕も同じことを言いつづけているんだ。もう三十分くらい」

「自分ではお客さまじゃないと思っているのよ」ミス・バートレットがほつれた手袋を見つめながら言った。

「じゃあ貰うよ、そんなに言うのなら。五シリングと馭者のチップに一シリングだ」

ミス・バートレットは財布を覗いた。ソヴリン（一ポンド金貨。当時の一ポンドは二十シリング）が数枚とペニー硬貨が数枚しかなかった。誰か細かくしてくれないかしら？　フレディーが十シリングばかり持っていて、友人が半クラウン硬貨（二・五シリング）を四枚持っていた。ミス・バートレットがふたりから硬貨を受け取った。「でもわたしは誰にソヴリンを返したらいいのかしら？」

「この話はお母さんが帰ってからということにしない？」ルーシーが言った。

「いいえ、わたしというお荷物がいないから、お母さまは遠回りをなさっているかもしれないわ。誰にでもこだわりはあるものだけれど、わたしのこだわりはお金の精算を早くしてしまいたいことなの」

そこで、フレディーの友人のフロイドが提案をした。ミス・バートレットの金貨の行方をコイン投げで決めよう。ようやく解決が見えてきた。それまで超然とした態度で、森を眺めながらお茶を飲んでいたセシルでさえ、結果を知りたいという欲求に勝てずに振り向いたくらいだった。

だが、これもだめだった。

「お願い――お願い――わたしは自分でも興をそぐ人だというのが判っているけれど、そんなことをしたら惨めになってしまうわ。だって、わたしは負けた人から盗んだことになってしまうのですもの」

「フレディーは僕に十五シリングの借りがある」セシルが口をだした。「だから、もしあなたがわたしに一ポンドくれれば、それで解決することになります」

「十五シリング？」とミス・バートレットが半信半疑で言った。「どういうことですの、ヴァイズさん？」

「判りませんか？　フレディーはあなたの馬車代を払った。わたしに一ポンドくれれば嘆かわしいギャンブルをしなくて済むことになるじゃないですか」

計算の苦手なミス・バートレットはわけが判らなくなり、若者たちが笑いを押し殺しているなかで、ソヴリンを手放した。少しのあいだセシルは得意だった。たわいのない遊びが周囲を楽しませたのだ。ルーシーをちらりと窺うと、彼女の笑顔はつまらない気遣いで曇っていた。一月になれば、セシルはダ・ヴィンチを脳たりん連中から救いだすことができるはずだった。

「でも、わたしには判らないわ」目を凝らして胡散臭い取り引きを見ていたミニー・ビーブが叫んだ。「わたしには判らないわ。なんでヴァイズさんが一ポンドもらうの？」

「十五シリングと五シリングだからだよ」みんなが、鹿爪らしい顔で言った。「十五シリングと五シリングで一ポンドになるのは判るだろう？」

「判らないわ」

みんなはケーキをすすめて黙らせようとした。

「いらないわ、もう食べた。判らない。フレディー、突っつかないでよ。ねえ、ミス・ハニーチャーチ、弟さんがわたしを突っつくのよ。あいたっ！　フロイドさんの十シリングはどうなるの？　あいたっ！　やっぱり判らないわ。それにミスこの人が馭者のチップを払わないのも判らないわ」

「馭者のことは忘れていたわ」ミス・バートレットが顔を赤らめた。「教えてくれてありがとう。良い子ね。一シリングでよかったかしら？　誰か半クラウンを細かくできない？」

「わたしが何とかするわ」若い女主人が心を決めて立ちあがった。「セシル、そのソヴリンを貸してちょうだい。いいえ、そのソヴリンを諦めてちょうだい。ユーフィミアに崩してもらってくるわ。それからまた最初からやり直しましょう」

「ルーシー、ルーシー、わたしはなんて厄介者なんでしょう」ミス・バートレットがくどくどと愚痴を言いながら、芝生を横切るルーシーの後を追ってきた。ルーシーははしゃいだふりをしながら先にたった。ふたりの声が誰にも届かないところまで来た時、ミス・バートレットは泣き言を言うのをぴたりと止め、即座に訊いた。「あの男のことをヴァイズさんに話した？」

「いいえ、話していないわ」と答えた瞬間、ルーシーは舌を噛んでしまいたいと思った。シャーロットの言葉の意味が一瞬で判ったように答えてしまうなんて。「ちょっと待ってね。ソヴリンは小銭にすると――」

彼女は台所に逃げた。ミス・バートレットの突然の変化は、いつもながら薄気味悪いほどだった。彼女の話すことや、聞きだそうとすることは、すべて計算済みではないかと感じることがしばしばあった。両替や馭者のチップであんなに騒ぎ立てたのは、人を心底驚かせるための準備だったのではないだろうか。

「わたしはセシルにも誰にも話していないわ」ルーシーは台所から出てきて、言った。「誰にも話さないと約束したでしょう。はい、あなたのお金――半クラウンを二枚と、あとはシリングの硬貨よ。数えてちょうだい。これですっかり払うことができるわね」

ミス・バートレットは客間にいて、額に入った聖ヨハネの昇天を描いた絵を見つめていた。

「ぞっとするわ」彼女が呟いた。「もしヴァイズさんが、誰かほかの人からこのことを聞いたりするんじゃないかと思うとぞっとする」

「まあ、シャーロットったら」ルーシーは戦いに臨んだ。「ジョージ・エマースンならだいじょうぶよ。そのほかに誰がいるっていうの？」

ミス・バートレットは考えこんだ。「たとえば馭者よ。藪の蔭から馭者があなたを見ていたのよ。菫を咥《くわ》えていたじゃない」

ルーシーは微かに震えた。「シャーロット、しっかりして。ばかばかしいことを考えて神経を尖らせないで。フィレンツェの馭者とセシルがいったいどこで結びつくというの?」

「どんな可能性も考えてみなければ」

「だいじょうぶですってば」

「それとも、エマースンの父親のほうが知っているかも。ほんとうに、知っていてもおかしくないわ」

「もし知っていたとしても構わないわよ。あなたの手紙はありがたいけれど、万一あのことがまわりまわってセシルの耳に入ったとしても、彼は笑い飛ばすでしょう」

「そんなことがあるはずないって思うの?」

「いいえ、ただ笑い飛ばすだけ」だが心のなかではセシルが笑い飛ばすとは思っていなかった。無垢でいて欲しいとセシルが思っていることはよく判っていた。

「判ったわ。それはあなたがいちばんよく知っていることだわね。たぶん殿方はわたしの若い時とは少し変わってきているのでしょうね。淑女はたしかに変わってきているけれど」

「シャーロット」ルーシーはふざけるようにシャーロットの肩を叩いた。「ほんとうに優しくて心配性なんだから。わたしにどうしてほしいの? 最初は『話すな』で、つぎに『話せ』だなんて。どっちがいいの? ねえ」

ミス・バートレットは溜息をついた。「もう、会話ではあなたにかなわないわ。フィレンツェでどれほどあなたの邪魔をしたかを思うと、恥ずかしくなるわ。あなたはちゃんと自分の面倒を見られるし、わたしよりもずっと賢い。あなたはわたしを決して許してくれないでしょうね」

「そろそろ、外に出ましょう。みんなはお皿をぜんぶ割ってしまいそうな勢いよ」

ティースプーンで頭の皮を剝がされそうになったミニーの悲鳴が、空気を震わせていた。

「ねえ、ちょっと待って――こうして話す機会は二度とないかもしれないから。あなた、あの若いほうに会った?」

「ええ、会ったわよ」

「それでどうしたの?」

「牧師館で会ったの」

「彼の出方はどんなふうだった?」

「べつに。普通の人が話すようにイタリアのことを話してたわ。ほんとうにだいじょうぶなのよ。はっきり言うけれど、ごろつきみたいな態度にでて彼に何の得があるっていうの? あなたもわたしのように感じてくれると好いんだけれど。彼はほんとうに何の騒ぎも起こさないわよ」

「一度ごろつきだった者はいつまでたってもごろつきよ。それがわたしのつまらない意見だわ」

ルーシーは間を置いた。「セシルがある日言ってたの――わたしにはとても深いものがあるように思えるのだけど――ごろつきには二種類あるんですって。意識的なのと無意識的なのと」セシルの洞察力の深さを確かめてみせるために、彼女はまた間を置いた。窓の外で当のセシルが小説の頁を繰っているのが見えた。その本は駅前のスミス貸本店から新しく借りてきたものだった。ミセス・ハニーチャーチは駅から戻ってきたに違いない。

「一度ごろつきだった者はいつまでたってもごろつきよ」ミス・バートレットは低い単調な声でふたたび言った。

「無意識と言ったのは、エマースンさんは我を失ったという意味よ。わたしが菫の花の咲く場所に落ちた時、彼はぼんやりしていたところだったので虚を突かれたの。あまり彼を責めてはいけないわ。自分の背後に、思いがけなく美しいものを纏った人がいたら、話は普通とは違ってくるものでしょう。彼は我を忘れたのよ。なにもわたしが好きだとかどうとか、そんなばかげたことはこれっぽっちもないのよ。フレディーは彼が好きで、日曜日に彼をテニスに誘っているの。だから自分の眼で判断できるでしょう。あの人は成長したわ。いつ涙を流してもおかしくないような感じではなくなったわ。大きな鉄道会社の総支配人の下で事務を取っているの——赤帽じゃなくってね。それで、週末になるとお父さんのところに来るの。お父さんは新聞関係の仕事をしていたのだけれど、リューマチがひどくなって引退したのよ。さあ、庭に行きましょう」彼女は客の腕をとった。「もうイタリアのあのばかげた話はしないほうがいいわね。あなたにウインディー・コーナーののんびりした休日を楽しんでほしいのよ。なんの心配もなしに」

ルーシーは自分の話し振りはなかなかのものだと思った。読者諸君は、彼女の話にひとつ失言があるのにお気づきだろう。ミス・バートレットがそれに気がついたかどうかは判らない。大人の心のなかを見透かすことは不可能なのである。彼女はもっと話しつづけたかもしれない。だが、女主人の帰還でそれは中断された。代わってさまざまな報告や説明がはじまり、ルーシーはその最中に逃げだした。頭のなかには自分が今しがた述べたことが絵となって脈打っていた。

第十五章　内なる惨状

その年は晴天が多かったのだが、ミス・バートレットが到着した週の日曜日も、やはり素晴らしい日だった。秋がウィールドの森の近くまで来ていた。夏の単調な緑一色の上に霧の灰色が刷《は》かれ、さらに橅《ぶな》の木の朽ち葉色が、そして樫の木の黄金色が、彩りを添えていた。緑の濃さを保っている松の大部隊が、周りの変化を高台から監視していた。どの地方にも青空が広がり、どの地方でも教会の鐘が澄んだ音色を響かせていた。

ウインディー・コーナーの庭はがらんとしていた。砂利の小径の上に放りだされた一冊の赤い本が陽光を浴びていた。家のなかは、教会に行く準備をする女たちの発するさまざまな音で埋められていた。「男の人たちは行かないんですって」「べつに責める気はないけれど」「ミニーがどうしても行くのかって訊いているわよ」「ばかなことを言うんじゃないって言っておやりなさい」「アン！　メアリー！　背中のボタンを留めてちょうだい」「ルチア、ちょっとピンを借りていいかしら？」ミス・バートレットはとにかく教会には熱心に通いたいと宣言していた。

パエトーンではなく、有能で不惑の神アポロに導かれ、太陽はすでに高く昇っていた。

陽光は婦人たちが寝室の窓に近づくたびにその姿を照らし、サマー・ストリートでキャサリン・アランの手紙を読んで微笑むビーブ牧師の顔を照らし、父親の靴を磨くジョージ・エマースンを照らした。それから、そうした忘れ難いことの目録を仕上げるために、すでに述べた赤い本を照らしだした。そして婦人たちは動いた。ビーブ牧師は動いた、ジョージ・エマースンも動いた。動きは影を生む。しかし、本は午前中ずっと静止していた。陽光に抱かれ、まるで太陽の抱擁を喜ぶかのように、表紙が微かにめくれあがっていた。

やがてルーシーが客間のフランス窓から現れた。さくらんぼ色の新しいドレスは彼女に似合わなかった。安っぽく見えたし、おまけに顔色が悪く見えた。衿元にはガーネットのブローチが、指にはルビーの指輪、婚約指輪が見える。ルーシーの眼はウィールドの森のほうを向いたままだ。彼女は少し眉をひそめている。怒った表情ではなく、健気な子供が泣くまいと我慢しているような表情だった。周りには、見たところ人の姿はなかった。あるいは彼女は、誰にも咎められずに眉をひそめながら、アポロと西の山々とのあいだに残る距離を測っているのかもしれなかった。

「ルーシー！　ルーシー！　あの本は何？　本棚から持ちだしてあんなところに放っておいたのは誰？」

「あれはセシルが貸本屋から借りてきたものよ」

「だったら取ってきなさい。フラミンゴみたいにそんなところに立っていないで」

ルーシーは本を拾い、気のない様子で『柱廊《ロッジア》の下で』という題に眼を走らせた。彼女はもう進んで小説を読むことはしなかった。セシルに追いつこうとして暇な時間は、すべて本格的な文学作品を読むことにしていたのだ。自分が無知なことが嫌でたまらなかった。たとえば、憶えていたつもりのイタリアの画家の名前が、どうしても思いだせなかった。今朝も、フランチェスコ・フランツィアとピエロ・デッラ・フランチェスカとを混同して、セシルに「なんと、君はもうイタリアのことを、忘れたんじゃないだろうな？」と言われたのだ。そんなこともまた不安の種を増やしていた。懐かしい眺めと、その前景の懐かしい庭と、余所のそれよりもずっと素晴らしいもののように思える太陽に、挨拶を送る彼女の顔が曇っているのはそうしたことが原因だった。

「ルーシー、ミニーに持たせる六ペンスと、自分の分の一シリング持ってる？」

彼女は日曜日の教会行きの支度に追われている母親のところに急いだ。

「何のためだったか忘れたけれど、今日は特別の献金なのよ。小銭をお皿の上にジャラジャラ落とすことだけはしないでね。ミニーがきれいな六ペンスを持っているかどうか見てあげてちょうだい。あの子はどこにいるの？　ミニー！　その本ずいぶん反っているじゃないの。（おやまあ、そのドレスずいぶん野暮ったいわね）上に地図でも載せておきなさい。ミニー！」

「はあい、ミセス・ハニーチャーチ」階上《うえ》から返事が聞こえた。

「ミニー、早くしないとだめよ。馬が来ますよ」夫人はいつも「馬」と言い、決して馬車とは言わない。「シャーロットはどこにいるの？　階上《うえ》に行ってあの人を急がせてちょうだい。どうしてこんなに長くかかるのかしら、べつに何もすることがないのに。ブラウスしか持ってこないのに。わたしはブラウスなんてまっぴらだわ。ミニー!」

不信心には伝染性がある。そして信心やジフテリアよりもずっと伝染性が強い。牧師の姪は抵抗しながら教会に連れて行かれた。いつもながら彼女にはなぜだか判らなかった。なぜ男の人たちと一緒に日なたぼっこをしていてはいけないの? いまごろ姿を現した男の人たちが、品のない言葉でミニーをからかった。ミセス・ハニーチャーチが昔からの正しい習慣を弁護した。このように混乱したさなかに、ミス・バートレットが流行を取り入れた素晴らしい装いで階段をしずしずと下りてきた。

「ごめんなさい、マリアン、わたし小銭がないの。ソヴリンと半クラウン硬貨しかなくて。だれか細かくして——」

「ええ、いいわよ。早くいらっしゃい。あらまあ、なんてお洒落なの。すてきなドレスね。わたしたちがみんな霞んでしまうわ」

「自分の安服のなかで一番良いのをここで着なかったら、どこで着ればいいのかしら?」ミス・バートレットがその言葉に抵抗するように言った。彼女は幌つき馬車に乗りこみ、馬に近いほうの席に腰をかけた。当然の譲りあい騒ぎがあった後、馬車は出発した。

「行ってらっしゃい、みなさん!」セシルが大声で叫んだ。

あざけるような調子だったので、ルーシーは唇を噛んだ。『教会とかそういうもの』に関してふたりの意見は合わなかった。自身を見つめ直すことが大切だとセシルは言っていたが、彼女は自分を見つめ直したくなかった。それにどうすればいいのかも判らなかった。セシルは誠実な正統的信仰は尊重していた。しかし彼は誠実さとは魂が危機に瀕した結果生まれてくるものだと見ていた。誠実を生得の権利だとか、花のように天に向かって成長するものだとか考えることはできないと思っていた。セシルは人の誠実さというこの問題について話す時にはごく寛大であったが、彼の言うことはことごとく彼女を苦しめた。その問題については、エマースン親子は少しばかり違う意見を持っているはずだった。

教会の帰り、彼女はエマースン親子を見かけた。道路には馬車がずらりと並んで待っていて、ハニーチャーチ家の馬車はちょうどシシーの真向かいにいた。彼らは時間の節約のために馬車に向かって草地を横切り、その時、父親と息子が家の庭で煙草をふかしているのを見たのだった。

「紹介してちょうだい」ミセス・ハニーチャーチが言った。「もし若いほうの人が、わたしをもう知りあいだと思っていなければ」

彼はたぶんもう知りあいだと思っていた。だがルーシーは聖なる湖のことを無視して、ふたりを正式に引き合わせた。老エマースンは熱烈にルーシーを迎え、彼女が近々結婚することになって嬉しいと言った。ルーシーは自分も嬉しいと答えた。ミス・バートレットとミニーがビーブ牧師と一緒に後ろのほうでぐずぐずしていたので、彼女は差し障りのないことへ話題を移し、この家が気に入ったかどうか尋ねた。

「非常に気に入っておりますよ」と彼は答えたが、その声には不愉快な気持ちがこもっていた。エマースン氏が不愉快になるというのは、いままでなかったことだった。エマースン氏は言い添えた。「しかし、アラン姉妹が来るはずだったのを、わたしたちが追いだしたということが判ったのです。女はこうしたことを気にするものだ。これにはわたしもほとほと困っているのです」

「なにか行き違いがあったようですね」ミセス・ハニーチャーチが落ち着かなそうに言った。

「大家さんは僕たちのことを違う人種のように聞いていたのです」もっと詳しく説明をしたほうがいいとジョージは思ったようだった。「僕たちを芸術家だと。彼はがっかりしていました」

「それで、わたしたちはアラン姉妹にここを譲ると言おうかと思っているのです。あなたはどう思いますか?」父親はルーシーに尋ねた。

「あら、やめたほうがいいんじゃないですか? もう済んだことですもの」ルーシーは軽い口調を心がけて言った。セシルが咎められるのを避けなければならない。セシルの名前はぜんぜん挙がっていないが、話をこのようにねじ曲げたのはもちろん彼だった。

「ジョージもそう言うのですよ。アラン姉妹はもう退けられてしまったのだからとね。でもそれではあんまり不親切というものではないだろうか」

「世のなかの親切にはかぎりがあるっていうだけだよ」道行く馬車の側面に陽光が反射しているのを見ながらジョージが言った。

「そうですよ」とミセス・ハニーチャーチが声を上げた。「それをわたしは言いたかったのです。なぜアラン姉妹のことで振りまわされなきゃならないのでしょう?」

「世のなかの親切にはかぎりがあるんだよ。光にもかぎりがあるように」ジョージは控えめな調子で言った。「僕たちは自分の立っている場所の何かに影を落としているんだ。影を落とすまいとして動いてみてもむだなことだ。影は付いて回るのだから。害のない場所を選ぶしか、そう、害ができるだけ少ない場所を選ぶしかないんだ。そこで日の光に顔をむけて懸命に立っているしかないんだ」

「まあ、エマースンさん、あなた、なんて賢いんでしょう」

「賢い?」

「あなたはこれからどんどん賢くなっていきますよ。ばかなフレディーにあんなことを教えてくれなければ好かったのに」

ジョージ・エマースンの眼が笑った。ジョージと母親はかなり気が合うのではないかとルーシーは思った。

「いいえ、僕が教えたんじゃありませんよ。僕が教わったのです。あれが彼の哲学なんです。彼は人生をあんなふうにはじめたのです。僕はまず『疑問符』からはじめたのですが」

「どういうこと? まあ、どんな意味でもいいわ。説明しないで。フレディーは午後あなたに会うのを楽しみにしていますよ。あなたテニスなさる? 日曜日にテニスをするのは気がひける？」

「ジョージが日曜日にテニスをするのは気がひけるかって。ジョージはちゃんと教育を受けたから、日曜日を特別扱いするなんてことは——」

「判りましたよ。これで決まりね。ジョージは日曜日にテニスをしても平気なんですね。わたしもかまいません。これで決まりね。エマースンさん、もし息子さんと一緒においで下されば、こちらも嬉しいのですけれども」

彼は礼を言い、足が言うことをきかないのでちょっと無理だと言った。近頃はその辺をぶらつくのが精一杯でして。

夫人はジョージのほうに向いた。「それなのにアラン姉妹に家を譲るとおっしゃるのね？」

「そうなんです」ジョージが答えて、腕を父親の首に回した。ビーブ牧師とルーシーが前から知っていた彼の優しさが、ふいに表面に現れた。まるで広々とした風景に太陽の光が注ぐように。まるで朝の光のように。この人はずいぶん片意地なところがあるが、これまで愛情というものにたいして異議を唱えたことがないとルーシーは思った。

ミス・バートレットが近づいた。

「ミス・バートレットは御存知ですよね」ミセス・ハニーチャーチが明るく言った。

「フィレンツェで娘と一緒の時、お会いになったでしょ」

「やあ、そうです」父親がそう言って、彼女に挨拶するために庭の外へ出ようとした。ミス・バートレットは急いで馬車に乗りこんだ。そうして守備を固めておいて、彼女は慇懃なお辞儀をした。ペンション・ベルトリーニの再来だった。ワインと水の瓶の並ぶテーブル。眺めのいい部屋をめぐる古い古い闘争。

ジョージはお辞儀に応えなかった。若者の常として顔を赤らめ恥ずかしがった。かつての付き添い人があのことを憶えているのが判ったのだ。彼は「都合が——都合がついたらテニスに伺います」と言って家に入った。彼が何をしても気に入っただろうが、ルーシーは彼のぶざまな様子はまっすぐ胸に響いた。男は結局神ではないのだ。女と同じように不器用なのだ。男にも説明のつかない欲望はあり、何かの助けが必要なのだ。彼女が躾を受け、将来の目標を探していた時期には、男の弱さにはまったく馴染みがなかった。しかしフィレンツェでジョージがアルノ川に写真を捨てた時、彼女はその弱さを漠然と知った。

「ジョージ、行かないでくれ」息子が客と話すのが最高のもてなしだと思っている父親が叫んだ。「ジョージは今日はとても明るかったんですよ。あいつは午後にはなんとしてもお宅に伺うと思います」

ルーシーと従姉の眼が合った。従姉の眼に浮かんだ無言の何かが、ルーシーを大胆にさせた。「そうして下さい」彼女は声を張りあげた。「ぜひ来ていただきたいわ」それから彼女は馬車に向かった。「彼は喋っていなかった。だいじょうぶだと、わたしには判っていたのよ」と呟きながら。ミセス・ハニーチャーチが追いかけ、馬車は去った。

嬉しいことに、エマースン氏はフィレンツェの出来事を知らないようだった。まるで天の城壁でも見たように心を躍らせるべきではなかったはずだが、嬉しかった。確かに思いがけないほどの喜びが湧いてきた。帰るあいだじゅう、馬の蹄が「彼は喋っていなかった、彼は喋っていなかった」と調子をつけて歌っているような気がした。彼女は頭のなかでメロディーをつけた。「彼は喋っていなかった。なんでも父親に話す彼が。手柄なんかじゃなかった。わたしが去った後も、わたしを笑ったりしなかった」彼女は頰に手を当てた。「彼はわたしを愛していない、ほんとうよ。もしそうでなかったら恐ろしいことになる。でもいままで話さなかったのだから、これからも決して言わないでしょう」

彼女は大声で叫びたくてたまらなかった。「だいじょうぶ。わたしたちふたりの永遠の秘密だから。セシルの耳に入ることは絶対ないわ」あのフィレンツェの最後の暗い夜に、彼のものだった部屋で荷物を詰めながら、ミス・バートレットが秘密を強いたことさえも、嬉しいことのように思われた。秘密は重大なものにしろ些細なものにしろ守られたのだ。世界中でたった三人のイギリス人しか知らないことなのだ。

彼女は喜びを形に表わした。セシルにいつも以上に輝いた顔を見せた。もう安心だったから。彼に手を取ってもらって馬車を下りながら、彼女は言った。

「エマースン親子は素敵だったわ。ジョージ・エマースンはとても感じがよくなったみたい」

「ああ、僕の庇護する人たちは元気だった?」セシルが訊いた。彼は親子に対してほんとうに関心を持ったことはなく、教育のためにウインディー・コーナーに連れて来ようと決心したこともすでに忘れていた。

「庇護する人たちですって」彼女は少しむっとして言った。

セシルの意識にある人間関係はただひとつで、守る人と守られる人という封建的なものだった。彼女の切望する僚友的な関係には眼もくれなかった。

「自分の眼で庇護する人たちを御覧なさい。ジョージ・エマースンが午後ここに来るわ。あの人は話していてとても面白いわよ。でも、守ることは――」彼女は「守ることはしないでね」と言いかけたのだ。だがその時、昼食を知らせる鐘が鳴ったこともあったし、そもそもセシルは彼女の言葉にはあまり注意を払わなかった。彼女の長所は議論にはなく、その佇まいにあると思っていた。

昼食は楽しかった。誰かを宥めなければならなかったので、昼食はいつも憂鬱だったのだ。セシルか、ミス・バートレットか、あるいは人間の眼に見えない存在、あるいは彼女の魂に「この楽しさは長くはないぞ。一月にはロンドンに行って、著名な紳士の孫たちをもてなさなければならない」と囁きかける存在を。だが今日はまるで保証をもらったようなものだった。いつものように母親が向こうにすわる。弟はここにすわる。太陽は、朝から少しは動いたものの、まだまだ西の山には沈みそうにない。昼食後、みんなは彼女にピアノをせがんだ。彼女はこの年、グルックの歌劇『アルミード』を見ていたので、記憶をたよりに魔法にかかった庭のメロディーを弾きはじめた。永遠の暁の光の下でルノーが近づいてくる時のメロディーは、潮の満ち引きのない妖精の国の海の波のような、いつまでも繰り返される小波のような音楽だ。ピアノにふさわしい音楽とは言えないものだったので、聞いている者たちはそわそわしだした。セシルもそのなかのひとりで、やがて彼は口を挟んだ。「違う庭を弾いてくれないか。『パルシファル』の庭はどうだい？」

彼女はピアノの蓋を閉じた。

「素直じゃないわね」という母親の声がした。

セシルの機嫌を損ねたかと思って、彼女は急いで振り向いた。と、そこにジョージがいた。演奏の邪魔をしないようにそっと入ってきていたのだ。

「あら、ぜんぜん知らなかったわ」彼女は真っ赤になって言った。そして、彼に挨拶もせずに、ピアノの蓋をまた開けた。セシルのためにパルシファルでも何でも弾こう。

「演奏家の気が変わったわね」ミス・バートレットが言った。おそらく「エマースンに聴かせようとしている」という意味をこめたのだろう。ルーシーはどうしていいのか判らなくなった。どうしたいのかも判らなかった。彼女は花の乙女の歌を数小節、おぼつかなく弾いて手を止めた。

「僕はテニスのほうがいいな」フレディーが、断片的な演奏にうんざりして言った。

「わたしもそのほうがいいわ」ふたたびピアノの蓋を閉めて彼女が言った。「男子ダブルスができるわね」

「そうしよう」

「僕は遠慮するよ」と、セシルが言った。「せっかくの試合を壊してはいけないからね」

いくら下手でも人数を合わせるのが心遣いだということを、セシルはぜんぜん理解していなかった。

「そんなこと言わないで、セシル。僕も下手だし、フロイドだって下手だよ。たぶんエマースンだって」

ジョージが訂正した。「僕はそんなに下手じゃない」

みんなは白い眼で見た。「それならなおのこと、僕は遠慮する」とセシルが言い、ジョージに刺々しい態度をみせているミス・バートレットが加勢した。「ヴァイズさん、そのほうがいいわ。テニスをしないほうがいいですよ。ほんとうに」

セシルが踏むのを恐れたところにミニーが突入し、自分が代わると主張した。「わたしどんなボールもはずしてしまうけれど、なんとも思わないわ」だが安息の日曜日だということで、ミニーの親切な申し出は却下され、あえなく潰《つい》えてしまった。

「じゃあ、ルーシーしかいないわね」とミセス・ハニーチャーチが言った。「こうなったらルーシーに頼るしかないでしょう。ほかには誰も代われる人がいないんですもの。ルーシー、すぐに服を着替えていらっしゃい」

ルーシーの安息日は二重性を持っていて、午前中は偽善だとも思わずに安息を守り、午後はためらいもせず安息の掟を破った。服を着替えながら、セシルは自分を軽蔑するだろうかと思った。ほんとうに、結婚する前に自分のすべてを見直し、自分の内面を整理しておかなければいけない。

彼女はフロイドと組んだ。音楽は好きだったが、テニスのほうがはるかに好いように思えた。胴着を窮屈に思いながらピアノの前にすわるより、動きやすい服を着て、走り回るほうがはるかに好い。以前そうであったように、彼女はピアノを子供の遊びのように感じた。ジョージがサーブをした。彼の勝ちたいという意欲に彼女は驚かされた。彼がどんな若者だったかはまだ憶えていた。サンタ・クローチェ教会の墳墓の石板のところで、物事が正しい場所に収まらないといって溜息をついていた若者。名も知らぬイタリア人が死んだ直後、アルノ川の欄干に寄りかかり、「僕は、たぶん生きたいのだと思う」と言った若者。いま、彼は生きたいと思っている。テニスに勝ちたいと思っている。太陽の下で懸命に立っている。彼女の瞳のなかに輝く、傾きはじめた太陽の下で。そして彼は勝った。

ああ、ウィールドの森はなんて美しいのだろう。高台は輝きのなかに立っていた。まるでトスカナ平野に立つフィエーゾレのように。そして南の丘陵地帯は、もし喩えるならば、カラーラの山並だった。自分なりのイタリアを忘れかけているかもしれないが、自分なりのイギリスのことを色々と知りつつあった。眼の前にある眺めで新しい遊びができそうだった。山襞に隠れている無数の町や村を、フィレンツェの景物に見立ててみるというのはどうだろう。ああ、ウィールドの森はなんて美しいのだろう。

しかしいま、セシルが自分の注意を惹こうとしていた。彼はちょうどこの時、批評的な感覚が冴えていて、みんなの興奮にはぜんぜん同調していなかった。テニスをしている連中をしじゅう邪魔していた。自分のいま読んでいる小説があまりにもひどいので、みんなに読んで聞かせたくなったのだった。コートの周りをぶらぶら歩きながら、セシルはみんなに声をかけた。「ねえ、ルーシー、聞いてごらん。分離不定詞が三つもあるぞ」「ひどい文章ね！」とルーシーが答え、ボールを打ち損じた。彼らが試合を終えても、セシルはまだ本を読みあげていた。殺人の場面もある、これは聞く価値があるぞ。フレディーとフロイドは月桂樹の茂みに潜ったボールを探さなくてはならなかったが、あとのふたりは渋々と耳を傾けていた。

「舞台はフィレンツェだ」

「まあ面白い。セシル、どんどん読んで。エマースンさん、体力を使いきったでしょうから、ここに来ておすわりなさいな」彼女は、自分なりに「許した」ことにして、彼には快く接することにした。

ジョージはネットを飛び越え、彼女の足元にすわって尋ねた。

「君は――それで、君は疲れましたか？」

「もちろん、疲れてなんていないわ」

「君は負けるのが嫌い？」

彼女はいいえと言いかけて、負けるのが嫌いなことに気がついてびっくりした。そこで、彼女は「ええ」と答えた。それから陽気に言い足した。「でもあなたがそんなに素晴らしい腕前だとは思えないわ。負けたのは、太陽があなたの後ろにあったので、光が眼に入ったせいよ」

「僕はすばらしい腕前とは言っていない」

「あら、言ったわよ」

「君はよく聞いていなかったんだ」

「あなた言っていたじゃない。でも、この家であまり深く追求するのはやめましょう。ここではみんな大袈裟なのよ。そうでない人は怒られるの」

「舞台はフィレンツェなんだ」セシルが声を張りあげた。

ルーシーは我に返った。

「『夕暮れだった。リアノーラは急ぎ足で――』」

ルーシーはセシルを遮った。「リアノーラ？　リアノーラってヒロインの名前？　その本の作者は誰？」

「ジョゼフ・エメリー・プランクなる人物だ。『夕暮れだった。リアノーラは急ぎ足で広場を横切っていた。遅くならないうちに聖人たちに祈ろう。日没だった。イタリアの日没だった。オルカーニャのロッジア、いまは彫刻回廊《ロッジア・ディ・ランツィ》と呼ぶ人もいるが、その柱廊の下で――』」

ルーシーは笑いだした。「『ジョゼフ・エメリー・プランク』ですって。これはミス・ラヴィッシュだわ。ミス・ラヴィッシュの小説よ。彼女はペンネームで出版したんだわ」

「ミス・ラヴィッシュっていったい誰だい？」

「あきれた人よ。エマースンさん、ミス・ラヴィッシュのこと憶えているでしょう？」あまりに楽しい午後だった。ルーシーは手を叩きながら言った。

ジョージが顔を上げた。「もちろん憶えている。僕たちがサマー・ストリートに越してきた日、彼女に会った。君がここに住んでいると教えてくれたのは彼女だ」

「嬉しくなかった？」

ルーシーは「ミス・ラヴィッシュに会ったことが」と言いたかったのだが、彼が黙って俯いているのを見て、他の意味にもとれたことに気がつき、はっとした。彼女はジョージ・エマースンの頭を見つめた。彼女の膝にもたれそうなほど俯いている彼の耳が赤いような気がした。「その小説がばかばかしいのも不思議じゃないわ」ルーシーは付け加えた。「わたしミス・ラヴィッシュが嫌いだったのよ。でも、会ったことのある人の本だから、読んでみなくてはね」

「現代の小説はみんな良くないよ」彼女が注意して聞いてないのに不満なセシルは、その不満を小説にぶつけた。「最近は誰もが金のために書くんだから」

「まあ、セシル——」

「そうなんだよ。さあもうジョゼフ・エメリー・プランクを君に押し付けるのはよそう」

今日の午後のセシルはまるでお喋り雀だった。調子が上がったり下がったりする彼の声はみんなの耳にいやでも入っていたが、ルーシーの耳にはまったく届かなかった。ピアノの旋律とテニスの躍動の世界に浸りきっていたので、彼女の神経はセシルの耳障りな鐘のような声を拒否していたのだ。セシルを不満なままにしておいて、彼女は黒い髪をふたたび見つめた。頭を撫でるつもりはなかったが、撫でたいと思っている自分に気がついた。奇妙な感情だった。

「ここの眺めはどう？　エマースンさん」

「眺めに大きな違いはないと思う」

「どういうこと？」

「眺めというのは、みんな同じようなものだ。なぜなら眺めのなかで真に重要なのは距離と大気だから」

「ふむ」その発言が素晴らしいものと判断していいかどうか迷って、セシルは唸った。

「父は――」ジョージは彼女を見上げた。（彼の頰は少し赤らんでいた）「父は言っている。完璧な眺めはただひとつ、自分の頭上の空だって。地上のどんな眺めも、空の下手な模写にすぎないって」

「君のお父さんはダンテを読んだんじゃないでしょうか」会話の主導権を握れる唯一の手段である本をもてあそびながら、セシルが言った。

「またべつの日に、父は僕たちにこういうふうに言った。眺めというのは群れのことだ。木の群れ、家の群れ、丘の群れ、それらはみんな互いに似通ってくる傾向がある。人間の群れと同じように。眺めが僕たちに及ぼす影響はどこか超自然的だ。たぶんそれが理由で。父はそう言った」

ルーシーは口をぽかんとあけた。

「群集は単なる一人一人の集まり以上のものなんだそうだ。何かがそれに足される――どうしてだか判らないが――あの丘陵に何かが足されているのと同じように」

彼はそう言って、ラケットで南の丘陵地帯を指した。

「なんて素敵な考え方なんでしょう」ルーシーは低い声で言った。「お父さんのお話をまた聞きたくなったわ。お加減があまり良くなくて心配ね」

「ええ、あまり良くないです」

「この本には眺めについてこんなばかばかしい描写があるぞ」とセシルが言った。

「それから父はこうも言った。人は二種類に分けられる。眺めを忘れる人と、憶えている人と。どんな小さな部屋の場合でもそれは同じだと」

「エマースンさん、御兄弟がおありなの？」

「いない。どうして？」

「さっき僕たちって言っていたわ」

「母のことだ」

セシルはバンと音を立てて本を閉じた。

「まあ、セシル。びっくりしたわ」

「もうジョゼフ・エメリー・プランクを君に押し付けるのは止めた」

「三人で田舎に出かけたのを憶えている。ハインドヘッドの辺りまで見えた。一番最初の記憶はそれだ」

セシルは立ちあがった。礼儀知らずだ、この男は。テニスの後で上着も着ないではないか。だめな奴だ。ルーシーが引きとめなければセシルはその場から立ち去っていただろう。

「セシル、眺めのところを読んでちょうだい」

「エマースン君が面白い話をしてくれてるじゃないか」

「いいえ、読んで。ばかばかしいことを大声で読んでもらうのはとても面白いわ。もしエマースンさんがそんなのはばかみたいだと思ったら、エマースンさんはほかへ行くでしょうし」

ルーシーの言葉の微妙なニュアンスがセシルを喜ばせた。客はまるでこそ泥のような立場に置かれたわけである。何となく気が収まって、彼はすわりなおした。

「エマースンさん、ボールを探しに行ってくださいな」彼女は本のページをめくった。セシルに読ませてあげるなり何なり、好きなようにさせなくては。しかし彼女の頭のなかはジョージの母親のほうに、イーガー牧師によれば神の面前で殺され、ジョージによればハインドヘッドを眺めた人のほうに彷徨《さまよ》っていた。

「僕はほんとうに行かなければならないのですか?」ジョージが言った。

「いいえ、もちろん違います」彼女は答えた。

「第二章だよ」セシルが言って欠伸をした。「面倒でなかったら、第二章を探してくれ」

彼女は第二章を見つけ、最初の文章をちらりと見た。

頭がどうにかなったかと思った。

「さあ、本をよこして——」

彼女は自分の声がこう言うのを聞いた。「こんなの読むまでもないわ。あまりにもばかげている。わたし、こんな滓みたいなもの見たことがないわ。出版を許可するべきじゃなかったのよ」

セシルは本を取り返した。

「『リアノーラは』」セシルは読みつづけた。「『ひとり物思いにふけってすわっていた。眼の前にはいかにも好もしい感じの村が点在するトスカナの豊かな平野が横たわっていた。季節は春だった』」

ミス・ラヴィッシュは何かを知っていた。そして過去のことを薄汚い散文にして出版した。セシルが読むために。ジョージが聞くために。

「『黄金色の靄が遥か遠くのフィレンツェの街並みにかかり、彼女がすわっている土手は菫の花の絨毯だった。誰も見ていなかった。アントニオは彼女の背後に忍び寄り——』」

セシルが自分の顔を見ないように、彼女はジョージのほうを向いた。ジョージの顔が見えた。

「『彼の口からは恋人らしい言葉が出なかった。彼は口下手だったが、それで悩むことはなかった。彼はただ、その男らしい腕で彼女を抱擁した』」

誰の声もなかった。

「これは僕が言っていた個所じゃない」セシルは教えた。「もっと変な個所がある。もっと後のほうだよ」彼はページをめくった。

「家に入ってお茶にしましょう」ルーシーの声はしっかりしていた。

庭の小道を先頭に立って登ったのはルーシーで、つぎがセシル。ジョージが最後だった。彼女は、災難は免れたと思った。しかし、三人が植えこみのところに来た時、それが起こった。まるで悪意が足りなかったとでもいうように本が置きっぱなしにされた。セシルはそれを取りに戻らなければならなかった。そして、湧きあがる思いに衝き動かされて、ジョージは細い道で彼女の体を抱きしめた。

「だめよ――」彼女は息を呑み、二度目のキスを受けた。

それ以上下がるのは不可能だというくらい彼は後ずさった。セシルが彼女に追いついた。上の芝生まで登ったのはふたりだけだった。

第十六章　ジョージに嘘をつく

ルーシーは春に較べると成長していた。つまり世間やしきたりに背く感情をうまく押し殺すことができるようになっていた。前よりも大きな危機にさらされたが、もう涙を流したり震えたりはしなかった。「お茶は遠慮するわ。母にそう伝えてちょうだい。手紙を書かなくてはいけないの」セシルにそう言うと、彼女は自分の部屋に上った。部屋に入り、行動を起こす準備を整えた。戻ってきた愛、肉体が必要とする愛、心が理想としてきた愛、われわれの出会うなかでもっとも真実のものである愛が、その愛が、敵となってふたたび現れたのだ。彼女は愛の息の根を止めなければならなかった。

彼女はミス・バートレットを呼びにやった。

戦いは愛と義務のあいだで交わされるのでなかった。そういう戦いではなかった。戦いは真実と真実の振りをした物とのあいだで行われるもので、ルーシーは、まず自分自身を打ち負かさなければならなかった。頭のなかが雲に覆われ、眺めの記憶が薄れ、本のなかの言葉が消え、彼女は神経という馴染みの決まり文句の世界に戻った。彼女は「神経の傷を克服」した。真実を自ら歪め、かつて真実があったことさえ忘れてしまった。セシルとの婚約のことを確固たるものと規定し、ジョージとの記憶を混乱に満ちたものと決めつけた。自分にとってジョージは、以前もいまも取るに足らない男である。一度としてそう仕向けたことがないのに彼は無礼を働いた。欺瞞という鎧《よろい》は、闇のなかから巧妙に作りだされる。それは自分の姿を、他人の眼からだけでなく、自分の魂からも隠してしまう。ルーシーは短いあいだに戦いの準備を整えた。

「ひどいことが起こったわ」従姉がやって来ると早速ルーシーは言った。「シャーロット、あなたミス・ラヴィッシュの本のことを知ってる？」

ミス・バートレットは驚いた様子で、自分は彼女の本は読んだことがないし、本が出版されたのも知らないと言った。エレノアはあれで本心を見せない人なのよ。

「ある場面が書いてあったの。主人公の男と女が愛しあうの。このことを知っている？」

「何のこと？」

「このことを知っているの、シャーロット？」彼女は繰り返した。「ふたりは山の中腹にいて、フィレンツェが遠くに見えるの」

「ねえ、ルチア、わたしには何が何だかさっぱり判らないわ」

「菫が咲いているの。これが偶然の一致だとはとても思えないわ。シャーロット。どうして喋ったりしたの？　わたしはずっと考えていたのよ、あなた以外に喋った人はいないわ」

「何を喋ったのですって？」不安を募らせて彼女は訊いた。

「あの忌まわしい二月の午後のことよ」

ミス・バートレットは完全に動揺していた。「まあ、ルーシー、まあ、エレノアはまさかあれを本にしたんじゃないでしょうね？」

ルーシーは頷いた。

「読んだ人なら判るように？」

「そうよ」

「もしそうなら、わたしはエレノア・ラヴィッシュと絶交するわ。絶対に」

「やっぱり、喋ったのね」

「成り行きだったの。ローマで彼女とお茶を飲んでいた時、話の行きがかり上——」

「でもシャーロット、荷造りしていた時にわたしに約束させたこと、あれはいったい何だったの？　なぜミス・ラヴィッシュに喋ったの？　わたしにはお母さんにさえ話させなかったのに」

「わたしは決してエレノアを許さない。あの人はわたしの信頼を裏切ったのよ」

「でも、なぜ彼女に喋ったの？　これは本当に深刻なことじゃない？」

人はなぜ秘密を喋るのか？　それは永遠の謎である。だからミス・バートレットが答えの代わりに微かな溜息を漏らしたのもべつに驚くことではない。彼女は間違いをおかした。自分でもそれを認めた。彼女にはただ被害がないことを願うしかできなかった。絶対に内緒にしてくれとエレノアには言ったはずなのだが。

ルーシーは腹立ちのあまり床を蹴った。

「セシルがわたしとエマースンさんに、偶然そのくだりを読んで聞かせたのよ。それでエマースンさんがかっとなって、またわたしにひどいことをしたの。セシルの眼を盗んで。ああ、男ってあんなに野蛮になれるものなの？　上の庭に向かって歩いている時に、セシルの眼を盗んでよ」

ミス・バートレットは自責の言葉と後悔の言葉を口から迸らせた。

「どうすればいい？　教えてちょうだい」

「ああ、ルーシー、わたし、自分を許せないわ。死ぬまで自分を許さないわ。あなたの将来のことに差し障りがあるかと思うと――」

「判ったわ」ルーシーはその言葉に辟易しながら言った。「これでやっと判ったわ。セシルに言ったほうがいいとか、『誰か他の人から』とか、あなたが言ったわけが。あなたは自分がミス・ラヴィッシュに喋ったことを憶えていた。それにミス・ラヴィッシュが信頼できない人であることも」

辟易するのは今度はミス・バートレットのほうだった。

ルーシーは不実な従姉に軽蔑の気持ちを抱いた。「ともかく、ことは起こってしまったのよ。あなたのせいでわたしは抜き差しならない立場に追いこまれたわ。どうしたらここから抜けでることができると思う？」

ミス・バートレットには考えることができなかった。意気盛んな日々は終わった。彼女は付き添い人ではなくただの客で、それも信用を失った客だった。ルーシーが相応の怒りをたぎらせているそばで、彼女はただ両手を握り締めて立っていた。

「彼を、あの男を、懲らしめないと。でも、誰が、誰がそれをするの？　もうお母さんにも言えないわ。セシルにも言えない。あなたのせいよ、シャーロット。手も足もでないわ。気が狂いそう。誰も助けてくれる人がいないなんて。だからあなたに来てもらったの。いま必要なのは鞭を持った男の人だわ」

ミス・バートレットも賛成した。鞭を持った男の人が必要だわ。

「そう、でも賛成してもらってもどうしようもないわ。どうすればいい？　女はだらだらと話すだけ。若い女がごろつきに出会ったらどうすればいいの？」

「だから、あの男はごろつきだと何度も言ったでしょう。それだけは信用してちょうだい。あの最初の瞬間から、父親は風呂に入っているとあの男が言った時から」

「ああ、信用だの、誰が正しいだの間違っているだの、くだらないことを。わたしたちふたりともわけが判らなくなっている。ジョージ・エマースンはいまも庭のあそこにいるのよ。彼は罰を受けないで出て行っていいの？　それとも罰を受けるの？　わたしはそれを知りたいの」

ミス・バートレットは何の役にも立たなかった。自分のしたことが明るみに出たことですっかり気力を失い、頭のなかでただとりとめのない考えを交錯させているだけだった。彼女はふらふらと窓辺まで行き、月桂樹の茂みのあいだにいるはずの、白いフラノの服を着たごろつきを探した。

「わたしをローマに追いたてたあの時、ベルトリーニであなたの手配は万全だったでしょう。今度もまた彼に話してちょうだい」

「天でも地でも喜んで動かすわ——」

「わたしはもっと具体的なことをして欲しいの」と、ルーシーは蔑みも露わに言った。「彼に話してちょうだい。それがあなたにできるせめてものことよ。自分でした約束を破ったんですもの」

「エレノアとはもう二度と口をきかないわ。友達でもなんでもないわ」

まったく、シャーロットは懸命だった。

「話してくれるの？　くれないの？　どっち？」

「これは男の人だけにしか解決できない問題だわ」

ジョージ・エマースンがテニスボールを手に庭を横切ってきた。

「もういいわ」ルーシーは怒り心頭だった。「誰もわたしを助けてくれないのね。いいわ、自分で話すから」そう言った瞬間、ルーシーは、従姉が最初からこうなるように目論んでいたことに気がついた。

「やあ、エマースン」フレディーが階下で呼んだ。「ボールは見つかった？　そいつはいいや。お茶を飲まないか？」家のなかにいた者がみんな庭に出てきた。

「まあ、ルーシー、なんて勇敢なんでしょう。あなたには感心するわ——」

みんながジョージのまわりに集まっていた。彼女はジョージが自分を呼んでいるように感じた。魂を苛みはじめている、屑のようなもの、まとまりのない考えや、押し殺した憧れなどの向こうから。彼の姿を見ているうちに、怒りが薄れた。ああ、エマースン親子は彼らの流儀で素晴らしい人達なのだ。ルーシーは口を開く前に血の騒ぎを鎮めなければならなかった。

「フレディーが彼を食堂に連れてきたわ。ほかの人たちは庭に出て行った。来て。早く決着をつけてしまいましょう。来てちょうだい。あなたにはもちろん一緒にいて欲しいの」

「ルーシー、ほんとうにそれでいいの？」

「なんてばかなことを聞くの」

「ルーシー、可哀想に」彼女は手を差し伸べた。「わたしはどこへ行っても災いしか起さないようね」ルーシーは頷き、フィレンツェでの最後の夜を思いだした。荷造りのこと、蠟燭、扉に映ったミス・バートレットのトーク帽の影。こんどこそ悲しみの罠に嵌るわけにはいかなかった。従姉の抱擁をかわし、彼女は先にたって階段を降りた。

「このジャムを食べてごらん」フレディーが言っていた。「うまいぜ」

大柄で髪の乱れたジョージが、食堂を行きつ戻りつしていた。彼女が食堂に入ると、彼は立ち止まって言った。

「ない。食べるものはもうない」

「フレディー、みんなのところに行きなさい。わたしとシャーロットがエマースンさんになにか作ってあげるから。お母さんはどこ？」

「日曜日の手紙書きをはじめたよ。客間だ」

「それならいいわ。行きなさい」

フレディーは歌を口ずさみながら出て行った。すっかり怖気づいたミス・バートレットは、本を取りだして読む振りをした。

持って回った言い方をするつもりはなかった。彼女は切りだした。「我慢できないわ、エマースンさん。あなたと話をするのも耐えられない。この家を出ていってください。そしてわたしがここに住んでいるかぎり、二度と足を踏み入れないでください」頬を染めながら、彼女はドアを指差した。「わたしは騒ぎを起こしたくないの。お願いだから出ていってください」

「何が――」

「話すことはないわ」

「だが、僕には何も――」

彼女は首を振った。「出て行ってください。お願い。ヴァイズさんを呼びたくないのよ」

「君はまさか――」ミス・バートレットをまったく無視して、ジョージが言った。「君はあの男と結婚するつもりじゃないだろう？」

話が思いがけない方向に飛んだ。

彼女は品のなさにはうんざりだというように肩をすくめた。「あなたはばかげたことをおっしゃっています」彼女は静かに言った。

すると、重い言葉が彼女にのしかかった。「君はヴァイズとは一緒に暮らせない。彼は知りあいというのが一番ふさわしい男だ。社交界と教養のある会話だけで生きる男だ。彼は誰とも親密にはなれない男だ。まして女と親しくなるなんてことはできない」

それはセシルの性格を照らす新たな光だった。

「君は気疲れせずにヴァイズと話したことがあるか？」

「そんなことあなたと話したくないわ——」

「そう、そんな必要はない。でも、どうだい？　対象が本とか絵とかの物であるうちはあの男は悪くない。だが、人間となるとそうはいかない。こんなに混乱しているのに喋りつづけているのは、だからなんだ。君を失うのはとても辛いことだ。でも人は時には喜びを諦めなければならない。もし君のセシルが違う種類の男だったら、温柔《おとな》しく引き下がっただろう。こうまではしないはずだ。けど、最初にナショナル・ギャラリーで会った時、父が有名な画家の名前を言い違えた時の、彼のげんなりした表情を僕は見た。それから彼は僕たちをここに連れてきた。そのうち彼が近所の親切な人間に一杯食わせる目的で、下手な小細工をしたのが判った。そういう男だ。自分のまわりにある最も神聖な生命であるはずの人間達に、一杯食わせるような男だ。僕たちが最初に出会った時、彼は君を守り、君とお母さんがショックを受けるように促していた。ショックを受けるかどうかを決めるのは君たちなのに。これもまたセシルらしいことだ。女に決めさせないのだ。ヨーロッパを千年もの間このままにしておいたのはセシルのような人間だ。彼は一時も休まず君を作りあげ、どんなことが魅力的で、楽しくて、淑女らしいかを君に教えている。そして君は、君たち女の人は、自分の声に耳を貸さずに彼の声に聞き入るんだ。牧師館で二度目に会った時も同じだった。そして、今日の午後もずっとそうだった。だからだよ——いや、だから君にキスをしたというわけじゃない。あの本のせいで、僕は君にキスをしたんだ。もっと自制心があればよかったと心から思っているよ。でも恥じてはいない。謝りもしないぞ。でも君を怯えさせてしまった。それに、僕が君を愛しているのに君は気がついていないのかもしれない。でなければ、どうして出て行けなんて言ったり、こんなに大切なことを気軽な口調で言うだろう? そうだ、だからだ——だから彼と戦うことにしたんだ」

ルーシーは非常によい言い分を思いついた。

「エマースンさん、ヴァイズさんがわたしに自分の言葉を聞かせたがっていると言うけれど、あなただっていま同じことをしているんじゃありません?」

彼はこの粗雑な叱責を受けとって、永遠性の真理を含んだ洞察に昇華させた。

「そう、僕も同じだ」と言うと、ふいに疲れたように肩を落とした。「僕も芯は同じなんだ。女を支配したいという欲望は根深く潜んでいる。男と女は楽園に入る前に、闘わなければならないのだ。けれど僕は君を愛している——彼の愛し方よりもずっとましなやり方で」彼はつかのま考えこんだ。「そう、ずっとましなやり方で。僕は、腕のなかに君を抱いている時でも、君には自分自身の考えを持っていて欲しい」彼は両腕をルーシーに差し伸べた。「ルーシー、急いでくれ、いまは充分に話す時間がない。僕の許に来てくれ、あの春の日のように。そうしたら、あとで落ち着いて説明する。あの男が死んだ時から僕は君が好きだった。君がいなくては生きていけない。『いけないことだ』と僕は思った。『彼女は他の男と結婚するのだ』だけどまた君に会ってしまった。あの清々しい太陽と水のなかで。君が森のなかを歩いてきた時、すべてが問題じゃなくなった。僕は叫んだ。僕は生きたかった。喜びの手掛かりを摑みたかった」

「じゃあ、ヴァイズさんは?」恐ろしいほど冷静さを保ちながらルーシーが訊いた。「彼はどうなるの? わたしがセシルを愛していて、近々彼の妻になるということは? どうでもいい些細なことなのですか?」

しかし彼はテーブル越しに手を差し伸べたままだった。

「何が欲しくて、そんなことをするのか教えていただけません?」

彼は言った。「僕たちに残された最後のチャンスなんだ。僕は出来るかぎりのことをする」そしてあたかもほかの手段は取りつくしたというように、ジョージ・エマースンはミス・バートレットのほうを向いた。彼女はまるで夕暮れの空に現れた不吉な星のように立っていた。「もし判ってくださるのなら、今度こそ僕たちを止めないでください。僕は暗闇のなかにいた。あなたが判ってくれようとしなければ、僕はまた暗闇のなかに戻ってしまうんです」

彼女の細長い頭は前後に揺れていて、そのゆっくりと規則的な動きは、まるで眼に見えない障害物を、砕こうとでもしているかのように見えた。答えはなかった。

「若さが」ジョージ・エマースンは床からラケットを拾い上げ、立ち去ろうとしていた。歩きながら彼は低い声で言った。

「はっきりしたのは、ルーシーがほんとうに僕を好きなことだ。そうだ、愛と若さは知性の下で重要になる」

ふたりの女は黙って彼を見守った。彼の最後の言葉は何の意味もないことをふたりは知っていた。けれど、彼はさらに言葉をつづけるのだろうか？　それとも止めるのだろうか？　このごろつきは、このいかがわしい男は、もっと劇的な終わり方を考えているのだろうか？　いや、彼は明らかにそれで満足していた。彼はふたりを残し、玄関の扉を静かに閉めて出て行った。玄関ホールの窓越しに、彼が馬車寄せを通りすぎ、枯れた羊歯の茂る斜面を登って行くのをふたりは見送った。舌がほぐれ、ふたりは小声で喜びあった。

「まあ、ルチア、こっちにいらっしゃい。なんて恐ろしい男だこと」

ルーシーはまだ反動を感じていなかった。少なくともまだいまは。「そうね、彼は面白い人だわ。私の頭が変になったのか、彼の頭が変になったのかどちらかだわ。彼のほうが変になったのだと思うのだけど。シャーロット、またあなたを騒ぎに巻きこんだわね。ありがとう。でも、これが最後だと思うわ。あの人はもう面倒を起こしたりはしないでしょう」

ミス・バートレットも強がってみせた。

「あんなに女の愛情を勝ち取ったと大言壮語する男ってざらにはいないでしょうね。まあ、ほんとうに、笑い事ではありませんよ。ちょっと間違えば深刻な問題になったかもしれないんですもの。でも、あなたはほんとうに良識を働かせて勇敢に闘ったわ。わたしの時代とはぜんぜん違うわ」

「外に出てみんなのところに行きましょう」

だが、戸外の空気にふれて、彼女の心は立ち止まった。ある感情が――哀れみ、恐怖、愛、ともかく強い感情が――彼女を捕らえ、彼女は秋の到来に気がついた。夏の終わりの夕暮れの空気は、衰退の香りを放っていた。春を思わせるだけに、それはよけいに悲劇的だった。知性がいったいどうしたのだろう？　ほかの葉が微動だにせずにいるなかで、一枚の葉が、激しく舞いながら飛んでいった。大地が急ぎ足で夜に向かっていた。木々の影がウインディー・コーナーに忍び寄っているのではないだろうか？

「ルーシー、まだ明るいからもう一試合できるよ。エマースンも一緒に早く来てよ」

「エマースンさんは用事ができたのよ」

「なあんだ、がっかりだな。じゃあ、ダブルスが組めないよ。ねえ、セシル、テニスをしようよ、こいつのために。今日はフロイドの最後の日なんだ。僕たちとテニスをしようよ。あと一回だけなんだ」

セシルの声がした。「フレディー、僕は運動が苦手だ。君は今朝言ってただろう、『本よりほかに能のない奴がいる』って。僕がそうだってことを認めるよ。だから君たちに迷惑をかけないようにしているんだよ」

ルーシーの眼から鱗《うろこ》が落ちた。自分はどうして一時でもセシルに我慢できたのだろう？彼はまったく耐えがたい人物だった。その夜、彼女は婚約を破棄した。

第十七章　セシルに嘘をつく

彼は狼狽した。言葉を失った。怒ることもできずに立ちつくした。両手でウィスキーのグラスを握り締めながら、どうして彼女がそのような結論に至ったのかについて考えようとしていた。

彼女は寝る前の時間を選んだ。有産階級の習慣で、男たちに飲み物を配る時間だった。フレディーとフロイドはすでに飲み物を手に寝室に引きこもったはずだった。そしてセシルはいつもと同じように、彼女が食器棚に鍵を掛けるあいだ、ウィスキーを啜りながらその場に残っていた。

「こんなことになってごめんなさい」彼女は言った。「充分考えてみたの。わたしたちは違いすぎるのよ。どうか、なかったことにしてください。そしてこんなばかな娘がいたことを忘れてください」

悪くない言い方だった。だが、彼女自身は申しわけないというより、憤りのほうを強く感じていた。それは声にも表れた。

「違いすぎるって——何が——どんなふうに？」

「理由のひとつは、わたしはほんとうに良い教育を受けたわけじゃないこと」食器棚の前で膝をついたまま彼女はつづけた。「イタリアの旅はわたしには遅すぎたの。そこで教わったものはぜんぶ忘れてしまったわ。あなたのお友達とも話が合わないでしょうし、あなたの妻としてうまく振るまうことができないわ」

「君の言うことが判らない。ぜんぜん君らしくないよ。疲れているんじゃないかい、ルーシー?」

「疲れている?」かっとしてルーシーは言い返した。「まったくあなたらしいわね。女はいつも言っていることと、心のなかが違うとあなたは思っている」

「でも、君は疲れているように見える。何か心配事でもあるように」

「もしそうだとしても、それがどうしたというの? 真実に気がつく妨げにはならないわ。わたしはあなたと結婚できません。わたしがこう言ったことを感謝する日がくるわ、きっと」

「昨日あんなに頭痛がしたから——ああ、判った」ルーシーが怒りの声を上げたのだった。「頭痛だけじゃないのは判った。だがちょっと時間をくれないか?」彼は眼を瞑った。「僕が何かおかしなことを言っても許してくれないか。いま頭のなかがばらばらになっているんだ。一部分は三分前の僕で、君が愛してくれているのを信じている。ほかの部分は——とても難しいよ。何か間違ったことを言ってしまうかもしれない」

彼の態度がずいぶん好もしいことに彼女は胸を衝かれ、ますます苛立ちが募った。彼女は話しあいではなく、一騎打ちを望んでいたのだ。喧嘩の種を作ろうとして、彼女はこう言った。

「物事がはっきり見える日というのがあるでしょう。それが今日だったの。限界がくる時ってあるでしょう。それがたまたま今日だったの。もしもっと知りたいのなら言うけれど、ずいぶん些細なことから、あなたにこの話をしようと決心したのよ。フレディーにテニスを断ったことから」

「僕はテニスはしないんだ」痛々しいほど戸惑ってセシルが言った。「僕はテニスができないんだ。君の言うことが判らない」

「ダブルスを組むくらいは出来るはずよ。あなたはうんざりするほど、自分勝手なんだと思ったの」

「僕はできないんだ。いや、テニスのことはどうでもいい。もし何かが変だと思ったらどうして僕に言わなかったんだい？　昼食の時には君は結婚の話をしていただろう？　少なくとも僕が話すままにしていただろう？」

「あなたには判ってもらえないと思っていたの」ルーシーはきわめて不機嫌だった。「面倒な説明をしなくちゃいけないって、前もって知っておくべきだったわ。もちろん、テニスのことだけじゃないの。テニスはわたしがこの数週間ずっと感じていたことの最後のひと押しにすぎない。感じていたことがはっきりするまでは口に出せなかったのよ」彼女はその論法でいくことにした。「以前もたびたび、たとえばロンドンで、あなたの妻にふさわしいかどうか不安を感じたわ。それにあなたはわたしの夫としてふさわしいのかしら？わたしにはそう思えないの。あなたはフレディーも母も好きじゃない。この婚約には難関がありすぎるわ、セシル。でもみんなが喜んでいたし、いつも一緒だったし、このことを言いだすのはよくないと思っていたの、そう、すべてのことに限界がくるまで。それが今日なのよ。はっきりと判ったの。だから言わなくちゃいけなかったの。これがすべてよ」

「君の言うことが正しいとは思わない」セシルが静かに言った。「君の言うことはぜんぶ真実に聞こえる。けれど説明できないが、君は僕を不当に扱っているという気がする。これはあまりにひどすぎる」

「どう言ってほしいの？」

「どう言ってほしくもない。でも、僕はもう少し訊いてもいいはずだ」

セシルはグラスを置くと、窓を開けた。鍵をぶら下げて膝をついている彼女に、細長く切り取られた夜の闇が見えた。それを凝視している彼の面長な考え深い顔に、夜の闇が「もう少し」説明しているふうにも見えた。

「窓を開けないで。カーテンも閉めたほうがいいわ。フレディーか誰かが外にいるかもしれないから」彼は言われるままにした。「あなたさえ構わなければ、わたし、ほんとうはもう寝たほうがいいと思うの。これ以上なにか話すと、あとで自分が惨めになりそうだわ。あなたの言うとおり、ひどすぎるわ。もう何も話さないほうがいいと思う」

彼女を失いかけているセシルにとって、ルーシーは一瞬一瞬好ましくなっていた。婚約してからはじめて、彼はルーシーを見た。ルーシー越しに何かを見たのではなく。ルーシーはダ・ヴィンチの女から現実の女に変わっていた。固有の力と神秘性を持ち、芸術をも凌ぐ美質をもった女として。脳が衝撃から回復し、純粋に彼女に傾倒したセシルは叫んだ。

「でも僕は君を愛しているんだ。君も僕を愛してくれていると思っていた」

「そうじゃなかったの。最初は愛していると思っていたわ。ごめんなさい。三度目も断るべきだったわ」

彼は部屋のなかを歩き回った。尊厳のあるその姿がだんだん彼女の神経に触ってきた。自分はセシルの狭量な態度を予測していたのだ。そうすれば、ことはもっと簡単だったはずだ。だが皮肉にも、彼女はセシルの性格の美しい部分を、余すところなく引きだしたのだった。

「君は僕を愛していない。確かにそうらしい。君が僕を愛していないことは正しいと、敢えて言っていいかもしれない。だが、なぜなのか理由を聞いても、これ以上打撃をうけることはないだろう」

「理由は――」ひとつの文句が頭に浮かび、彼女はそれを言うことにした。「あなたは誰のことも心から親しんで知ろうとしない人だからよ」

恐怖のようなものが彼の眼に浮かんだ。

「この言い方が正確なものだと言わないわ。でも訊かれたから答えたのよ。訊かないでと頼んだのに。なにか言わなくてはいけなかったもの。わたしたちがただの知り合いだった頃は、あなたはありのままのわたしでいさせてくれた。だけど、いまはいつも守ってくれている」彼女の声が高くなった。「わたしは守って欲しくないの。わたしは何が淑女らしいかとか、正しいかとかを自分で選びたいの。わたしを庇うのは侮辱だわ。わたしは真実に直面することができないほど頼りなくって、あなたを通してしか、それを手にできないの？ それが女に相応なんでしょうね。あなたは母を軽蔑した。わたしには判っているのよ、あの人が通俗だからって。プディングの作り方に大騒ぎするからって。だけど、通俗なのは、セシル、あなたのほうだわ。あなたは美しいものを理解するかもしれないけれど、それをどう活かすかは知らないでしょう。あなたは芸術や本や音楽で自分を包んでいるし、わたしもそうしたもので包もうとした。でも、わたしは最高に美しい音楽でも、そんなものに包まれて窒息したくないのよ。そういうものより人間はもっと美しいわ。それなのに、あなたはわたしを人間から離そうとした。だからわたしは婚約を解消したの。あなたが物に関わっている時には許せたけれど、人間に関わったら——」彼女は言葉を切った。

つかのま、沈黙があり、やがてセシルが感情をこめて言った。「それは本当だ」

「だいたいのところはそうかもしれないわ」何とはなしに恥ずかしさを覚えて彼女は言い添えた。

「一言一言が本当だよ。思いがけないことだ——僕は」

「とにかく、あなたの妻になれないという理由はこういうことなの」

彼は繰り返した。「『誰のことも心から親しんで知ろうとしない人』それは本当だ。僕たちが婚約したその日に僕はすでに自分が判らなくなっていたのだ。ビーブさんやフレディーに無礼な態度をとった。君は僕が考えていたよりずっと立派だ」彼女は一歩退いた。「君を煩わせないつもりだよ。君は僕には立派すぎる。君の洞察力は忘れないよ。でも、そのために君を責める。なぜもっと早くに教えてくれなかったのかってね。僕と結婚したくないと思うようになる前に。そうすれば僕も悪いところをあらためることができたかもしれないのだから。君のことをたったいままで知らなかったのだ。僕はいままで、君を女とはどうあるべきかという下らない観念の道具として使っていたに過ぎなかったのだから。けれど、今夜は君は違う人間みたいだ。新しい考え方で、声さえも新しい——」

「新しい声ってどういうこと？」彼女は怒りに衝きうごかされて言った。

「つまり、新しい人間が君を通して喋っているようだっていうことだ」と彼は言った。

彼女は平衡を失った。「わたしが誰か違う人に恋をしていると思っているのならそれは大間違いだわ」

「もちろんそんなことは思っていないよ。君はそんな女じゃないよ、ルーシー」

「いいえ、あなたはそう思っている。古めかしい考え方よ。昔のままのヨーロッパの考え方だわ。女はいつも男のことが頭にあるという。女が婚約を解消すれば、誰もが言うの。『ああ、彼女の心には誰かほかの男がいる。彼女はほかの男が欲しいのだ』って。胸が悪くなる。野蛮だわ。女は自由を求めて婚約を解消することはできないってわけね」

彼は真摯だった。「前の僕だったらそう言っただろう。もう二度と言わないよ。君が、君が教えてくれたんだ」

頬が染まっているように思ったので、彼女は窓を点検するふりをした。

「もちろん誰かほかの人とか、気を持たせて捨てるとか、そうしたおぞましい言葉は問題外だ。僕の言ったことがそのように聞えたのならほんとうに悪かった。ただ僕がいまのいままで知らなかった力が君のなかにあると言ったつもりなんだ」

「いいわ、セシル、謝らないでちょうだい。わたしが誤解しただけだから」

「理念の問題なんだ。君と僕の純粋な理念の問題で、君のほうがずっと高潔なものだったんだ。僕は古い欠点だらけの概念に縛り付けられてきた。君はいつも素晴らしくて新しかった」彼の声から自制が失われた。「君が僕にしてくれたことに実際感謝しなければいけない。僕が本当はどんな男なのか教えてくれたのだから。真実の女というものを見せてくれた君に心から感謝する。握手してくれないか？」

「もちろんよ」片手でカーテンを握り締めながら彼女は言った。「おやすみなさい、セシル。さようなら。ほんとうにごめんなさい。落ちついて聞いてくれてありがとう」

「蠟燭の火を点けてあげようか？」

ふたりは玄関ホールに向かった。

「ありがとう。もう一度おやすみ。ルーシー、元気でね」

「さようなら、セシル」

彼女は足音を忍ばせて階段を上るセシルをじっと見つめた。手摺の隙間から注いでくる影が彼女の顔を翼のように撫でた。彼は踊り場で一息つき、放棄した者の強さの表れた、忘れ難いほど美しい一瞥を彼女に投げかけた。あらゆる教養を身に纏っていたにもかかわらず、セシルは心の底で禁欲者だった。彼の愛は手放す時が、一番彼に相応しく見えた。

自分はもう結婚できない。彼女の動揺しきった魂のなかに、この思いが大きな位置を占めた。セシルは自分を信用した。自分もいつかは自分を信用することができるだろうか。自分があんなに雄弁に謳いあげた女のようにならなければならない。男を求めるのではなく、自由を求める女に。ジョージが自分を愛していることを忘れなければならない。ジョージが自分を真剣に考えてくれ、名誉ある解放を与えてくれたことを忘れなければ。ジョージが——どこだったか、それは——そう、暗闇に向かって去ったことを忘れなければ。

彼女は灯りを消した。

核心に触れるようなことを考えるのは適当ではなかった。感じるのもまた適当なことではなかった。ルーシーは自分を理解するのをあきらめ、闇の人々の群れに加わった。感情にも知性にも従わず、決まり文句のみに導かれて自分たちの運命を生き、行進する人々の群れに加わった。そのなかには人当たりがよく敬虔な人々が大勢いる。だが、彼らはただひとつ問題とするに足る敵、内なる敵に屈服している。闇の人々は情熱や真実を断罪しているので、いくら努力して徳を積んでも、結果は虚ろなものでしかない。年を経るにつれ、彼らは非難を受けるようになる。人当たりの好さや信心にひびが入り、機知は皮肉に変わり、自己犠牲は偽善になる。行く先々で彼らは不愉快になり、周りも不愉快にさせる。闇の人々は愛の神エロスや知の神パラス・アテネを断罪してきた。だから、わざわざ天の配剤を持ちださなくとも、自然のなりゆきで、連携の密なそれらの神格の復讐を受ける運命にあるのだ。

ジョージに愛していないと偽りを言った時、そしてセシルに誰も愛していないと偽りを言った時、彼女はその一団に加わった。夜は彼女を受けいれた。三十年前にミス・バートレットを受けいれたように。

第十八章　ビーブ牧師とミセス・ハニーチャーチとフレディーと使用人たちに嘘をつく

ウインディー・コーナーは丘陵部の頂きではなく、頂きから南の斜面を百メートルばかり下ったあたりにあって、そこは丘陵を形作る幾つかの稜線のひとつから分かれでた一筋の支脈の、尾根にあたる部分である。支脈の両側の浅い谷は羊歯や松で埋まっている。左側の谷には公道が通じていて、それはウィールドの森へとつづいていた。

丘陵の頂を越え、大地の気品ある造型を見おろし、それからその真ん中に引っかかっているウインディー・コーナーを見ると、ビーブ牧師はいつも笑ってしまうのだった。あまりにも見事な景観に、場違いだというわけではないが、あまりにも当たり前の家。いまは亡きハニーチャーチ氏は四角形に愛着を感じたようである。どうやら少ない出費で最大の収容効率が望めるというのがその理由らしかった。夫人がその後追加した唯一のものは、犀の角の形をした小さな塔だった。雨の日には夫人はその塔から道路を行き交う馬車を眺めるのだった。しかしもし場違いだとしても、家はその景観のなかでそれなりにうまくやっていた。なぜなら家は周囲の風物を心から愛する人々の家だったからである。近くにある家はどれも高い報酬を取る建築家によって建てられたもので、住人もせっせと手入れしていたが、みんな偶然性の産物といった感が強く、一時的なものという印象を免れなかった。一方、ウインディー・コーナーは、必然性を感じさせた。確かにウインディー・コーナーは不器量だったが、それは自然の創造物のなかに見られる不器量なものと同質のものだった。人はそれを見て笑うかもしれないが、決して嫌悪感を覚えることはなかった。月曜日の昼を回った頃だった。ビーブ牧師はちょっとした噂話を心中に携えて自転車を走らせていた。アラン姉妹から手紙を貰ったのだった。かの端倪すべからざる姉妹は、シシーに入居がかなわなかったので、計画を変更した。姉妹は代わりにギリシアに行くことにしたのである。

「フィレンツェが姉の健康にとても好かったので」と、ミス・キャサリンは書いていた。「この冬をアテネで過ごしても、悪くはないだろうと思いました。もちろんアテネ旅行は無茶な賭事みたいなものです。お医者さまも、姉には特別に消化のいいパンが必要だとおっしゃいました。でも、それは持って行けます。あとは汽船に乗りこみ、つぎに汽車に乗り換えるだけなのです。でもアテネには英国国教会の教会がありますでしょうか？」手紙はさらにつづいていた。「アテネより先に行くことは、いまのところ考えてはおりませんが、もし、コンスタンティノープルにほんとうに居心地のよいペンションがあるのを御存知でしたら、教えていただければ幸いです」

ルーシーがこの手紙を見たら喜ぶだろう。ウインディー・コーナーの佇まいを見て彼が微笑んだ理由のひとつは、ルーシーの存在だった。彼女はこの手紙を面白がり、手紙のなかに美しいものを見つけるだろう。いまのルーシーは美しいものを見なければならない。絵画に関してはまるでお手上げで、服装の感覚もひどいものだが――昨日教会に着てきたあのさくらんぼ色のドレスときたら！――ルーシーは人生における美しさを見なければならない。そうでなければ、以前のようにピアノを弾けるようにならないだろう。音楽家は信じられないほど複雑な人間だというのが、牧師の考えだった。音楽家はほかの芸術家に比べて、はるかに自分自身のことや、自分が何をしたいかということを知らない人種だ。友人たちにとっても、自分自身にとっても謎であって、それは近代の産物であり、まだその秘密は解きあかされていない。牧師がいまのルーシーの状態を知っていたら、自分の考えが、事実によってちょうど証されるのを眼にしただろう。昨日の出来事を露ほども知らない牧師が、ここまで自転車で来たのは、ただお茶にありつくためと、姪に会うためと、老姉妹のアテネにたいする欲求のなかに、ミス・ハニーチャーチが何がしかの美しさを認めるかどうかを、確かめたかったからである。

馬車がウインディー・コーナーの玄関先に停まっていたが、牧師がちょうど家を見た時、私道を走りだし、本道に出たところでぴたりと止まった。馬が止まったのだ。馬を疲れさせないために、人間たちが坂道を徒歩で登ることを、馬は知っていた。馬の動きに促されるように、馬車の扉がすっと開き、ふたりの男の姿が現れた。牧師はそれがセシルとフレディーであることを見てとった。遠出するにしては妙な組みあわせだった。だが、馭者の足元にトランクがあった。フェルトの山高帽のセシルはどこかに出かけるところで、鳥打帽のフレディーは駅まで見送りに行くのだろう。馬車がまだ曲がりくねった道路を走っているうちに、ふたりは近道を早足で登って頂上の自分のところまで辿りついた。

ふたりは牧師と握手をしたが、何も喋らなかった。

「ヴァイズさん、しばらくお出かけですか？」牧師は訊いた。

セシルは「そうです」と答えた。フレディーはふたりから少し離れるような動きを見せた。

「ミス・ハニーチャーチの例のお友達から届いた楽しい手紙をお見せしたいと思って来たのですよ」彼は内容を言って聞かせた。「素晴らしいことではありませんか？　ロマンスではありませんか？　十中八九、姉妹はコンスタンティノープルまで行きますよ。あの人たちは逃れようのない罠に嵌ってしまったのです。最後には世界を一周するでしょう」

セシルは礼儀正しく耳を傾け、ルーシーも興味を惹かれるし、面白がるだろうと言った。

「ロマンスとはずいぶん天邪鬼なものではありませんか？　わたしは若い人たちのなかにロマンスを見つけたことがありません。あなた方若者はテニスをしながら、ロマンスは消え失せたと言うばかりです。それに比べ、アラン姉妹は行儀作法という武器を駆使して、いろいろと恐ろしいことに歯向かうつもりなのです。『コンスタンティノープルのほんとうに居心地のよいペンション』だそうですよ。体面上、あの人たちはそう言う。けれどもふたりは心のなかでは、寂しき妖精国、泡立ち荒れ狂う海に向かいて、開け放たれたる魔法の窓、そう、そういったものを望んでいるのです。尋常な眺めではアラン姉妹を満足させることはできない。だからあのふたりはキーツが描いたような宿屋がお望みなのです」

「話の腰を折ってすみませんが」と、フレディーが言った。「マッチを持っていますか?」

「僕が持っているよ」とセシルが言った。セシルのフレディーにたいする喋り方が以前より優しくなっていることに、ビーブ牧師は気づいた。

「ヴァイズさん、あなたはアラン姉妹には会っていませんでしたね?」

「ええ、一度も」

「では、このギリシア旅行の凄さがお判りになりますまい。わたしはギリシアに行ったこともないし、行こうとも思わないし、友だちの誰かが行くことも想像できません。ギリシアは我々の小さな心には大きすぎる。そう思いませんか? イタリアはちょうど我々にも何とかできるくらいだ。イタリアは英雄的だ。だが、ギリシアは神的もしくは悪魔的だ。そのどちらかは判らないが、どちらにしても我々の狭い料簡からは外れてしまう。判っているよ、フレディー、わたしは頭の良いところを見せようとしてるんじゃない。いま喋っていることは自分のものじゃない。人の説を借りたのだ。ああ、マッチをわたしにも貸して下さい」牧師は煙草に火をつけ、ふたりの若者に向かって喋りつづけた。「わたしの言いたかったのは、もしロンドンっ子が教養を身につけるのだったら、それはイタリア的なものにしたほうが好いということです。まったくのところ、それでも大きすぎるくらいだ。わたしにはシスティナ礼拝堂がちょうどです。それくらいだったら彼我の対照が実感できる。しかし、パルテノン神殿だとか、フィディアスの破風彫刻だとかはとてもとても。ああ、馬車が来ました」

「まったくおっしゃるとおりです。ギリシアは我々の器の及ぶところではありません」セシルはそう言って、馬車に乗りこんだ。まだ何か言うのではないかと、危ぶむような顔のフレディーが、軽く頭を下げてから乗りこんだ。百メートルばかり走ったあたりでフレディーが飛び降りた。そして牧師が返すのを忘れたセシルのマッチを、取り戻すために走ってきた。フレディーはマッチを受け取った。「ビーブさんが本に書いているようなことばかり言うんで助かったよ。セシルは打撃を受けてたから。姉さんはセシルと結婚しないことになったんだ。もしビーブさんがあんな調子で姉さんのことを話したら、ひどいことになってたかもしれない」

「でも、いつ？」

「昨夜《ゆうべ》遅く。もう行かなきゃ」

「それではわたしが訪ねたらお家のみなさんには迷惑かな」

「いや、行ってやってください。じゃ、また」

「ありがたい」ビーブ牧師は心の内で歓声を上げ、自転車のサドルをぱんとひとつ叩いた。「あれがルーシーの唯一の愚行だった。ああ、なんと素晴らしい回避だ」それから少しのあいだ思案顔を作った後、牧師は心も軽くウインディー・コーナーに向かって坂道を下った。家はセシルの衒学から永遠に解き放たれて、あるべき姿に戻っていた。

　ミニーさんは下の菜園にいらっしゃいますと、告げられた。

ルーシーが客間でモーツァルトのソナタを弾いていた。彼は一瞬ためらったが、召使いの言葉通りに下の菜園に行くことにした。そこで彼は悲しい一団を眼にした。その日は風が強く、ダリアの花が千切れたり折れたりしていた。不機嫌そうなミセス・ハニーチャーチが茎を棒に結わえつけていた。その場にそぐわない服装のミス・バートレットが何度も手助けしようとしていたが、邪魔にしかならなかった。少し離れたところで、ミニーと急遽駆りだされて庭師ならぬ庭子を務める男の子が、長い棕櫚縄《しゅろなわ》の端をそれぞれ手にして立っていた。

「まあごきげんよう、ビーブさん。見てください。何もかもめちゃめちゃなんですよ。この真っ赤なポンポンダリアを見てくださいな。風がスカートを膨らませるし、土が固くて棒が全然刺さらないし、パウエルの手が欲しい時にかぎって馬車を出さなければならないし。誰にでも長所はあって、パウエルはダリアを結わえるのが上手なのにねえ」

ミセス・ハニーチャーチは誰が見ても打撃を受けていた。

「こんにちは、ビーブさん」ミス・バートレットが挨拶をした。秋の嵐で台無しになったのは、ダリア以上のものだ、ミス・バートレットの表情はそんなことを訴えているようだった。

「ほら、レニー、棕櫚縄よ」ミセス・ハニーチャーチが大きな声を出した。棕櫚縄が何のことか判らない庭子が怯えて、小道に根が生えたようになった。ミニーがいつのまにかそばに来て、今日はみんなが機嫌が悪い、ダリアの茎がきちんと折れないで縦に割けてしまうのはわたしのせいじゃないわと言った。

「だったら」牧師は言った。「叔父さんと散歩に行こう。君はみんなの邪魔になっているようだ。ハニーチャーチさん、わたしはべつに用があって来たのじゃありません。差し支えなかったら、この子を蜂の巣亭にお茶に連れていきたいのですが、よろしいですか？」

「あら、そうですか。ええ、そうして下さいな――ありがとう、シャーロット、でも鋏はいらないわ、両手が塞がっているでしょう。あのカクタス咲きのダリアは、あそこまで進む前にきっと倒れてしまうわね」

事態の収拾に手腕を有する牧師は、ミス・バートレットも慎ましいお茶の会に誘った。

「ええ、シャーロット、あなたは必要ないわ。行ってちょうだい。家にも庭にもすることはないから」

ミス・バートレットは、花壇の仕事をしなければ、とお茶を断って、ミニー以外のみんなを不機嫌にしたが、結局、ビーブ牧師の誘いを受けいれることにして、今度はミニーを不機嫌にさせた。三人が菜園の小道を登りはじめた時、カクタス咲きのダリアが倒れた。ビーブ牧師が最後に見たのは、庭子がまるで恋人のようにその花を抱きしめ、そのせいで黒髪の頭部が豪奢な花に埋もれているように見える光景だった。

「花はひどい打撃を受けましたね」牧師が言った。

「何箇月も楽しみにしていたものが一瞬でだめになるっていうのは、何であれひどいものですわ」ミス・バートレットの答えは理路整然としたものだった。

「お母さんの手助けにミス・ハニーチャーチを呼んだほうが好いかな。それともわたしたちと一緒にお茶に行くだろうか」

「ルーシーは放っておいたほうがいいと思います。自分のしたいことをさせたほうが」

「みんなミス・ハニーチャーチを怒っているのよ、朝食に遅れたから」ミニーが小声で言った。「それからフロイドさんも行っちゃったし、ヴァイズさんも行っちゃったし、フレディーは遊んでくれないの。アーサー叔父さん、ほんとうにこの家は昨日とは全然違うわ」

「こそこそするんじゃないよ、ミニー。さあ、靴を替えておいで」アーサー叔父さんが言った。

ルーシーがモーツァルトのソナタを熱心に奏でている客間に彼は足を踏みいれた。彼が入ってくると、ルーシーは手を止めた。

「こんにちは。これからミス・バートレットとミニーと一緒に、蜂の巣亭にお茶を飲みに行きますが、一緒に行きませんか？」

「ありがとう、でもここにいます」

「そうですね、あまり行きたくないだろうとは思っていました」

ルーシーはまたピアノに向かい、和音を幾つか弾いた。

「モーツァルトのソナタはずいぶん快い響きですね」ビーブ牧師が言った。心の奥ではほんのお慰みのようなものだと思っていたのだが。ルーシーはシューマンを弾きはじめた。

「ミス・ハニーチャーチ」

「はい」

「さっき、あのふたりに会いました。弟さんが教えてくれました」

「あら、そうですか?」ルーシーは苛立ちを見せた。牧師は傷ついた。彼女は自分には聞いてもらいたいに違いない、とばかり思っていたのである。

「人には言いませんので御心配なく」

「お母さんに、シャーロットに、セシルに、フレディーに、ビーブさん」ルーシーは、昨夜のことを知っている人の名を挙げながら、ピアノの鍵盤を叩いた。そしてついでに六つ目の音を鳴らした。

「こう言っては何ですが、私は喜んでいるのです。あなたは良いことをしたと思っています」

「ほかの人たちもそう思ってくれるとばかり思っていました。でも、そうでもないみたいです」

「ミス・バートレットは、賢い判断ではないと思っているようですね」

「母もそう思っています。ひどく苦しんでいます」

「それはほんとうにお気の毒だ」牧師は心から言った。

何事であれ変化を嫌うミセス・ハニーチャーチは、確かに気に病んでいたが、ルーシーが言うほどではなく、それも大して長続きはしなかった。その言葉はルーシー自身が意気消沈しているのを、無意識のうちに正当化すべく、作りあげた言いわけだった。彼女は闇の人々に加わっていたのだ。

「でもフレディーまで気に病んでいるんです」

「でもフレディーはヴァイズ君とそんなに気が合っていたわけではないでしょう？　彼はお姉さんを取られるような気がして、この婚約を嫌がっていると思っていましたが」

「男の子ってとても変わっているから」

ミス・バートレットに抗議しているミニーの声が、階上から聞えてきた。ミス・バートレットにとって、蜂の巣亭でのお茶というのは上から下まですっかり着替えなくてはならないものらしかった。ビーブ牧師は、ルーシーの気分を正確に読みとった。そう、自分の行動のことをとやかく言われたくないのだ。ビーブ牧師は生真面目な表情で同情の意を表し、それから言った。「ミス・アランからこんなおかしな手紙が来ましたよ。じつは、これを見せたくて伺ったのです。あなた方がみんな喜ぶと思って」

「まあ、それは素晴らしいですね」少しも楽しそうではない声でルーシーは言った。

何もしないわけにはいかなかったので、牧師は手紙を読みはじめた。二、三行ばかり読んだあたりで、ルーシーの眼が光を帯びた。彼女はだしぬけに牧師を遮った。「海外に行く？　いつ出発するのですか？」

「来週ではないでしょうか」

「フレディーは真っ直ぐ戻ってくるって言ってましたか？」

「いいえ、何も言ってませんでしたね」

「あの子が言いふらしていなければいいけれど」

そう、彼女は婚約解消のことを話したがっている。いつも親切な牧師は手紙を脇に退けた。ところがルーシーはすぐに甲高い声を上げた。「あら、アラン姉妹のことをもっと教えてくださいな。あの人たちが海外に行くなんて、まったく羨ましいかぎりだわ」

「アラン姉妹には、まずヴェニスから出発して欲しいですね。貨客船でイリュリアの海岸に沿って南下するのです」

彼女は声高に笑った。「まあ、素敵。あの人たち、わたしを連れていってくれないかしら」

「イタリアがあなたの旅行熱を焚きつけたのですか？　ジョージ・エマースンの言ったことは正しいのかもしれない。イタリアは運命という言葉の婉曲語だと、彼は言っていました」

「まあ、イタリアじゃありません。コンスタンティノープルです。わたし、前からコンスタンティノープルに行ってみたかったんです。コンスタンティノープルは事実上アジアですよね？」

ビーブ牧師は彼女に、コンスタンティノープルはまだ先の話で、姉妹はアテネと、「もし途中が安全ならば」デルフォイの二箇所だけが、目的地になっているのだと注意した。しかし彼女の熱意は収まらなかった。彼女は前からずっとギリシアに行きたかったらしい。

そんな印象は強まった。驚いたことに、明らかに彼女は本気だった。

「シシーのことがあった後だから、アラン姉妹と、そんなに仲よくするわけにはいかないんじゃないですか」

「あら、あんなことは何でもありません。わたしはシシーのことなんて気にしません。あの人たちと一緒に行けるのなら何でもします」

「お母さんがそんなにすぐにあなたを旅行に出すでしょうかね？　家に戻ってからまだ三箇月も経っていないのですよ」

「母は私を旅に出すべきです」彼女はますます興奮して叫んだ。「わたしはどこかに行かなければならないんです」彼女はヒステリックに髪を掻きむしった。「どこかに行かなければならないのがお判りになりませんか。あの時は全然気がつかなかったけれど――それにコンスタンティノープルはとりわけ見たいところだわ」

「つまり、婚約を解消したので、あなたはどうしても――」

「そう、そう、そのとおりです。判ってくださると思っていたわ」

ビーブ牧師はすっかり判ったわけではなかった。彼女はなぜ家族のもとでゆっくりしていてはいけないのだろう？　セシルは明らかに品位を保っていたから、彼女を悩ませるようなことなどしないだろう。そこで牧師は、家族が彼女を悩ませるのかもしれないと考えた。牧師はそのようなことを仄めかしてみた。彼女は勢いよく頷いた。

「そう、ほんとうにそうなんです。みんながこのことに慣れてくれて、気持ちが収まるまで、コンスタンティノープルに行かなければ」

「さぞ大変だったでしょうね」彼は穏やかに聞いた。

「全然大変ではありませんでした。セシルはほんとうに優しかったのです。ただ——少しはお耳に入っていると思うので、ほんとうのことを話してしまいますが——セシルは主人でなければ気がすまないのです。わたしに自分のやり方で行動させてくれないのです。わたしの改善できない部分を改善しようとしたのです。セシルは女性が決断を下すことを認めませんでした——ほんとうに、そうすることが恐かったのですね。ああ、わたしはばかなことを言っているわ。でも、そういうふうなことなんです」

「それがヴァイズ氏を見ていて思ったことだし、あなたを見ていて思ったことでした。その考えに深く同意します。ほんとうに同感なので、少し意見を言わせて下さい。急いでギリシアに行くことは大事なことですか？」

「でも、わたしはどこかに行かなければいけないんです。午前中ずっと悩んでました。そこにこの願ってもない話が来たの」彼女は拳を膝に打ちつけて繰り返した。「わたしは行かなければ。これから母と話してみますわ。春に母にあんなにお金を使わせたんですけど。あなた方はみんなわたしのことを買いかぶっていらっしゃるわ。そんなに優しくしてくださらないほうがいいのに」ちょうどその時、ミス・バートレットが部屋に入ってきた。ルーシーの苛立ちが募った。「わたしはどこかに行かなきゃならないんです。できるだけ遠くに。自分の気持ちを知るために、自分がどこに行きたいのか知るために」

「さあ、出掛けよう、お茶だ、お茶だ」ビーブ牧師はそう言って、ミス・バートレットとミニーを追いたてて、玄関から外に出た。あまり急いだので、彼は帽子を置き忘れた。帽子を取りに戻った時、モーツァルトのソナタが聞えてきたのに彼は驚き、かつ安堵した。

「また弾いていますよ」彼はミス・バートレットに言った。

「ルーシーはどんな時でも弾けるのです」棘のある口調でミス・バートレットは答えた。「ルーシーにああいう気晴らしがあるのはありがたいことだ。当然のことですが、彼女はとても気に病んでいる。わたしには、そういうことがよく判ります。結婚がひじょうに間近だったから、話をするまでには、相当な苦しみがあったでしょう」

ミス・バートレットが何やら言いたげな顔をしてみせた。ビーブ牧師は話しあう準備ができていた。牧師はいまに至るまで、ミス・バートレットを完全に理解したと思ったことはなかった。フィレンツェで独り言を言ったように『彼女は奇妙な深みを見せるかもしれない。知性の深みではないが』という感想がふたたび当てはまった。ともあれ、ミス・バートレットの顔には同情心があまりに欠けていたため、逆に信頼できるかもしれないという気がした。牧師はその考えに確信を抱いた。ルーシーについて彼女と話す準備はすっかりできていた。ミニーはさいわい羊歯を集めている。

ミス・バートレットは口火を切った。「このことを話すのは、いまはやめておいたほうが好いのではないかと思いますが」

「そうですか」

「サマー・ストリートの噂にならないようにするのが、一番重要なことです。いまの時点でヴァイズさんとの婚約を解消したことを話しあうのは、致命的なことです」

ビーブ牧師は眉を上げた。致命的とは大袈裟な。あまりに大袈裟だ。悲しいことには違いないが。牧師は言った。「もちろん、ミス・ハニーチャーチは、自分で選んだ時に自分のやり方で公表するでしょう。フレディーは、わたしならば気にしないと知っていたので教えてくれたまでです」

「判っております」ミス・バートレットは慇懃な口調で言った。「でもフレディーはビーブさんにさえ言うべきではなかったのです。用心しすぎるということはありませんもの」

「そのとおりですな」

「絶対に内密にしていただくことをお願いしますわ。お友だちに何かのはずみで喋ったりすれば――」

「まったくです」彼はこうした類の神経質な老嬢たちには慣れていたし、彼女たちの言葉の大袈裟さにも慣れていた。聖職者はちっぽけな秘密や、約束や、警告などでできた蜘蛛の巣に囲まれて生きているのである。賢い聖職者であればあるほど、こうしたことを重要視しないものだ。賢い聖職者は話題を変えるだろう。ビーブ牧師が朗らかにそうしたように。「最近ベルトリーニの誰かの消息を聞きましたか? あなたはミス・ラヴィッシュと親しかったですね。あのペンションに偶然に集まった人間たちが、お互いの人生にたいして影響を与えているのはじつに妙なことですね。二人、三人、四人、いや、六人、いやいや都合八人だ。エマースン親子を忘れていた。みんな多かれ少なかれ関係があります。我々はシニョーラに感謝の品でも上げなければいけませんね」

ミス・バートレットがその計画に賛成しなかったので、三人は黙って丘を歩いた。時々、牧師が羊歯の名前を口にしてその沈黙を破った。尾根で三人は一息ついた。一時間前に牧師がそこに立った時に比べると、空に浮かぶ雲は不穏な様相を呈していて、それがサリー州には珍しい悲劇的な風景を作りあげていた。黒い雲が綿雲を駆逐していた。黒い雲はゆっくりと広がり、千切れ、裂け、厚く空を覆い、ついに青空はそこここにわずかに顔を覗かせるだけになった。夏は退場しようとしていた。風が唸りをあげ、木々が呻いたが、天空の壮大な動きに比較するといかにもそれは見劣りするものだった。天気は崩れはじめ、崩れてゆき、崩れた。この天候の急変は、天使たちが各々の武器を振るっているという非現世的な比喩を導きだすより、人間の肉体的な発作といったものを連想させた。ビーブ牧師の眼は、ルーシーがモーツァルトを稽古しているウインディー・コーナーに注がれていた。彼の唇には微笑みがなかった。牧師はふたたび話題を転じた。「雨には降られないでしょうが、暗くなりますね。急いだほうがいい。昨夜の暗さはぞっとするほどでした」

三人は五時頃、蜂の巣亭に着いた。雰囲気の好いこの店にはベランダがあり、そこには若者やいささか思慮に欠ける者たちがすわりたがる。一方、年配の者たちは砂を敷いた快い屋内のテーブルにゆったりすわってお茶を楽しむのだ。ベランダにすわればミス・バートレットが寒がり、なかにすわればミニーが退屈するだろうと、ビーブ牧師は考えた。そこで彼は勢力の分割を試み、年配のふたりが窓越しにミニーに食べものを手渡すことにした。

彼は言った。こうして彼は偶然にもルーシーの紆余曲折について語ることができた。「ミス・バートレット、わたしはずっと考えていたのですが、もしお嫌でなければまたさっきの話のつづきをしませんか」ミス・バートレットは頷いた。「過ぎたことはいいのです。ほとんど聞いておりませんし、興味もありませんから。今度のルーシーの態度は立派なものだと思っております。彼女は堂々としかも適切に行動したと思います。自分を買いかぶりすぎると言っているのもまた、彼女らしく慎ましい。だが、これからどうなるのか？　真面目な話、このギリシア行きの計画はどう思われますか？」彼はふたたび手紙を開いた。「話が聞こえたかどうか判りませんが、彼女はアラン姉妹の途方もない進軍に参加したがっています。それが問題です――よく説明できないのですが――どうもどこか間違っているようで」

ミス・バートレットは無言で手紙を読んで顔をあげ、ためらい、ふたたび最初から読みはじめた。

「要点がどうも摑めないのですよ」

ミス・バートレットの答えは驚くべきものだった。「そこのところはビーブさんと考えが違いますわ。わたしにはこのなかにルーシーの救いがあるような気がします」

「ほんとうですか？　でも、なぜ？」

「彼女はウインディー・コーナーを出たがっています」

「知っています。でも、非常に奇妙な、彼女らしくないことで、非常に——自分勝手です」

「ルーシーが変化を求めるのは自然なことです——あんなに悲しい目にあったのですから」

これは明らかに男性的精神が見逃す類のことだった。ビーブ牧師が声高に言った。「彼女もそう言った。で、もうひとりもそう言う。だったらわたしも納得する部分があると言わなければなりませんね。では彼女には変化が必要なのでしょう。わたしには姉妹もいないし、それにわたしは——いや、このようなことは難しいです。それにしても、なぜはるばるギリシアまで行く必要があるのでしょうか？」

「その質問は当然ですわね」ミス・バートレットが答えた。彼女は見るからに興味を覚えているようで、当たり障りのない態度をかなぐり捨てていた。「なぜ、ギリシアなのか(ミニー、何だいそれは？　ジャムかい？)タンブリッジ・ウエルズではなぜいけないか。ああ、ビーブさん、今朝わたしはルーシーと長々と話したのですが、どうにもなりませんでした。わたしでは彼女の役に立ちません。でもこれ以上は言えませんわ。喋りすぎたようです。何も言いません——ルーシーはある点に関してとても辛辣でした。ほんとにもう何も言えませんわ。タンブリッジ・ウエルズに半年ほど滞在したらどうかと言ったのですが、断わられました」

ビーブ牧師はパン菓子をナイフで突ついた。

「でもわたしの感情などはどうでもいいのです。わたしがルーシーにとって癇に障る存在であることは充分承知していますから。あの旅行は失敗でした。彼女はフィレンツェを出たがったのですが、ローマに行けば行ったで、そこに滞在するのを嫌がったのです。そのあいだじゅう、わたしは彼女の母親のお金を無駄遣いしていると思いつづけていました」

「これからのことを話しましょうか」とビーブ牧師は遮った。「あなたの助言が欲しいのです」

「よろしいんじゃないですか」シャーロットの口調がいきなりぶっきらぼうなものになったので、牧師は驚いた。ルーシーにはお馴染みのものだったが、牧師にははじめての経験だったのだ。「わたし個人としては、彼女がギリシアに行く後押しをしたいと思います。ビーブさんもそうしていただけません？」

牧師は考えこんだ。

「これは絶対に必要なことなのです」ヴェールを下ろしたままだったミス・バートレットは、ヴェール越しに、驚くほどの熱意をこめて囁いた。「わたしは知っています。知っているのです」闇が迫っていた。牧師は眼の前の奇妙な女は確かに何か知っているに違いないと思った。「あの子は一時《いっとき》もここにいてはいけません。そしてわたしたちは彼女が出て行くまで、何も喋らずにじっとしていなければならないのです。使用人たちが何も知らないのは確かです。後になれば――ああ、わたし、もう喋りすぎたようですわ。ただ、ルーシーとわたしだけでは、ミセス・ハニーチャーチを説得できません。もしビーブさんが助

けてくだされば うまくいくでしょう。さもないと——」

「さもないと?」

「さもないと」まるでその言葉が結びの言葉としても使えるといった調子で彼女は繰り返した。

「いいでしょう。ルーシーを助けましょう」牧師は決心した。「行きましょう。すぐ戻って、すべて片付けてしまいましょう」

ミス・バートレットはこれでもかとばかりに感謝の言葉を並べたてた。彼女がお礼を言っているあいだ、蜜蜂達が行儀良く巣にとまっている図柄の看板が、風できいきいと鳴っていた。ビーブ牧師は状況を完全に理解しているわけではなかった。しかしその時はすべてを知りたいわけでもなかったし、「ほかの男」という結論に跳びつこうとも思わなかった。より粗野な心を持つ者だったらあるいはそうしたように。ビーブ牧師に判ったことは、ルーシーが何やらはっきりしない物から逃れようとしていることをミス・バートレットは知っており、その物とはどうやら人間であるらしいということだけだった。漠然としていることそのものが、彼の騎士的義侠心を刺激した。教養や寛容の衣の下に、用心深く潜んでいた独身主義の信条が、いま表に現れ、優美な花のように開きはじめていた。「結婚する者は善し。だが結婚をしない者はなお善し」彼の信条もこのとおりで、婚約が壊れたと聞く時、彼は微かな喜びを覚えずにはいられないのだった。ルーシーの場合、相手のセシルを嫌っていたのでなおさらその気持ちは強かった。そしてビーブ牧師はさらにその先に行きたかった。彼女が独身を通す決意を固めるまで、結婚へと繋がる危険から引き離したかったのである。その気持ちはきわめて微妙で、曖昧そのものだったので、ビーブ牧師は今回の一件に関係した人物の誰にも話していなかった。だがそれはあくまでも存在し、それのみが牧師のその後の行動、そしてその行動がほかの人々に与えた影響を説明するものだった。蜂の巣亭でミス・バートレットと結んだ盟約は、ルーシーを救うばかりでなく信条を救うことでもあった。

黒と灰色の世界のなかをビーブ牧師たちは急いで戻った。ビーブ牧師は関係のない話題ばかりを採りあげた。エマースンの家には家政婦が必要なこと、召使いのこと、イタリア人の召使いのこと、イタリアに関する小説のこと、問題提起をする小説のこと、小説は人生に影響を与えたか？ ウインディー・コーナーの灯りが瞬いていた。菜園では、ミセス・ハニーチャーチが今度はフレディーの手を借りながら、花の命を救おうと奮闘をつづけていた。

「もう暗すぎてだめね」彼女はがっかりしていた。「もう間にあいそうもないわ。天気が崩れるのを予測しておくべきでした。おまけにルーシーはギリシアに行きたいと言いだすし、まったくどうなってしまうのかしら」

「ハニーチャーチさん、ルーシーはギリシアに行くべきですよ。家に入って、そのことを話しましょう。でもまずお訊きしますが、彼女がヴァイズさんと婚約を解消したことを残念に思ってますか？」

「ビーブさん、わたしはありがたいと思っています——ただありがたいとだけ」

「僕もですよ」と、フレディーも言った。

「よろしい。さあ、家に入りましょう」

彼らは食堂で三十分ばかり話し合った。

ルーシーひとりではギリシア旅行の計画を進めることができなかっただろう。費用も嵩むし、どうも大袈裟でもあった。どちらも母親の嫌うことである。シャーロットも説得することはできなかっただろう。その日の栄誉はひとえにビーブ牧師にあった。彼は、如才なさと良識と、聖職者としての影響力を使って——優秀な聖職者というものに夫人は弱かったのである——夫人を首尾よく説き伏せたのだった。

「なぜギリシアなのか判らないわ」と彼女は言った。「でもビーブさんがおっしゃるならそうなのね。わたしには判らないものがあるのでしょう。ルーシー！　あの子に言いましょう。ルーシー！」

「ピアノを弾いていますよ」牧師は言い、部屋のドアを開けて歌声に耳を澄ませた。

美の輝ける時、眼を背けよ

「歌も歌われるとは知りませんでした」

　王が武具を纏《まと》える時、座して待て
　美酒の杯が煌《きらめ》く時、唇《くち》をつけることなかれ

「あれはセシルが彼女に贈った歌なんです。女の子ってずいぶん妙ですわね」

「なあに？」歌をぴたりと止めてルーシーが呼び返した。

「判ったわ、ルーシー」母親は穏やかにそう答えた。ミセス・ハニーチャーチは娘のところまで歩を進めた。ビーブ牧師の耳に、母親がキスをする音と、つづけて語る言葉が聞こえた。「ギリシアのことをあんなに怒ってごめんなさいね。だってダリアのことで苛々していた時ですもの」

　固い声が返っていた。「いいのよ、お母さん。全然、気にしてないわ」

「あなたの言う通りだわ。ギリシアのことは判ったわ。アラン姉妹が承知してくだされば、行っていいですよ」

「いいの？　ほんとう？」

　ビーブ牧師が後から部屋に入った。ルーシーはまだ手を鍵盤の上に置いたままだった。彼女は喜んでいた。しかし、それは牧師の予想よりだいぶ控えめなものだった。母親は娘のほうに屈むようにしていた。ルーシーはフレディーに向かって歌っていたのだが、そのフレディーは火のないパイプを咥え、床にじかにすわり、ルーシーの椅子に背をもたせかけていた。奇妙なことにその光景は美しかった。古い美術を愛する牧師は、自分の好きな主題である「聖会話」を連想した。互いに好ましく思う人々が気高いことを語りあっている図で、官能的でも扇情的でもないので、今日の美術界では無視されている主題だ。この家にこれほど善き友がいるのに、なぜ彼女は結婚や旅行などのことを考えるのだろう？

美酒の杯が煌《きらめ》く時、唇《くち》をつけることなかれ
人々が耳を澄ます時、黙《もだ》して語ることなかれ

彼女はつづけた。

「ビーブさんがいらしてますよ」

「ビーブさんはわたしの不作法はよく御存知よ」

「美しい歌ですね。それに賢い歌です。どうぞつづけて」

「そんなに好いものではありません」彼女は気のないようすで答えた。「なぜだか忘れましたが——ハーモニーのせいだったかしら」

「あまり学問的ではないせいでしょうか。でもとても美しいものですよ」

「曲はいいと思うよ」とフレディーが言った。「だけど歌詞はひどいもんだ。何でこんなめそめそしてるんだ」

「つまらないことばかり言わないの」と姉が言った。聖会話は音をたてて崩れた。結局、ルーシーにはギリシアの話をする義理もないし、母親を説得してくれたことに感謝する義

理もなかった。牧師は辞去することにした。

玄関のところで、フレディーが自転車の明かりを点けてくれて、いつものようにうまいことを言った。「今日は一日半あったね」

　歌い手の歌には耳を傾けず

「ちょっと待って、歌が終わるな」

　金貨に触れることなく
　虚ろな魂と、虚ろな手と眼で
　心軽く生き、静かに死ぬべし

「こんな天気は好きだな」と、フレディーが言った。

ビーブ牧師はその天気のなかに出て行った。

大事なことふたつははっきりしていた。彼女のとった行動は素晴らしかったことと、牧師が彼女の手助けをしたことだった。ひとりの娘の人生における大きな転機の詳細をすべて知る、といったことは期待すべきではなかった。ところどころに足りないところや、首をかしげるところがあっても、それでよしとしなければならなかった。ともかく彼女はよりよい選択をしたのだ。

　虚ろな魂と、虚ろな手と眼で

おそらく歌は「よりよい選択」のことを強調しすぎているだろう。伴奏するピアノの音が高まったように思った――ビーブ牧師は風の咆哮の奥に耳を澄ましていたのだ――ビーブ牧師はその伴奏が、まるでフレディーの言葉に賛成しているような気がした。まるで自分が引き立てているはずの歌の言葉を、穏やかに批判しているような気がした。

　虚ろな魂と、虚ろな手と眼で
　心軽く生き、静かに死ぬべし

四度目に見るウインディー・コーナーは眼下にあって、浮いているように見えた――ウインディー・コーナーは轟然と押し寄せる暗い潮のなかで、まるで燈台の火のように見えた。

第十九章　エマースン氏に嘘をつく

ブルームズベリーにほど近い、禁酒ホテルにアラン姉妹は滞在していた。清潔で隙間風などないこのホテルは、イギリスの南の地方の人々に贔屓《ひいき》にされているホテルだった。姉妹はいつも海を渡る前の一、二週間、ここに泊まり、衣類や案内書や防水布や消化に良いパンなど、大陸で必要になりそうなものを揃え、静かにそれらを手にとったりして過ごすのだった。外国にも店が、いくらアテネでも店があるのだという考えは、姉妹の念頭にはまったく浮かばなかった。姉妹は旅行を一種の戦争と見て、ヘイマーケットに並ぶ店の品物で完全武装した者だけが、それに適うものと考えていたのである。ミス・ハニーチャーチも当然自分の装備を整えるだろうとアラン姉妹は考えていた。最近は、キニーネは錠剤が手に入ります。紙石鹸は汽車のなかで使うとさっぱりするので便利です。ルーシーはそれらを買うつもりだ、と少々憂鬱な顔で言った。

「でも、もちろん、こうしたことはもうすっかり御存知でしょうし、ヴァイズさんが手を貸してくださるでしょうね。殿方は頼りになりますからねえ」

娘と一緒にロンドンに出てきたミセス・ハニーチャーチは、苛立ったように名刺入れの箱を指先で叩きはじめた。

「あなたを旅に出してあげるなんて、ヴァイズさんはとても好い方ね」ミス・キャサリンが言った。「そんなに大らかな人は、いまの若い人には珍しいですよ。でも後でヴァイズさんも追いかけてくるのでしょう?」

「それともヴァイズさんは、仕事でロンドンを離れることが、できないのかしら?」妹よりも鋭敏さで勝り、親切心で劣るテリーザが言った。

「でもヴァイズさんがお見送りに来れば、わたしたちお会いできますわね。とても楽しみだわ」

「ルーシーの見送りには誰も来ません」ミセス・ハニーチャーチが口を挟んだ。「ルーシーは見送られるのが嫌いなんです」

「ええ、わたし見送りって大嫌い」ルーシーが言った。

「ほんとうですか。それはそれは変わっておいでです。でも、そんなこともあると気がつくべきでしたわね――」

「あら、ハニーチャーチさん、もうお帰りになるのですか? ほんとうにお会いできて嬉しゅうございました」

親娘は逃げた。ルーシーがほっとして言った。「これでいいわ。なんとか難関を切り抜けたわ」

しかし母親は機嫌が悪かった。「あとでわたしが付き合いにくい人って言われるのよ。

それにしても、どうしてセシルのことをあのふたりに話して、終わりにしてしまわないのか判らないわ。あんなふうに煙幕を張って、嘘をつくみたいにして、それでもきっと見透かされているのよ。ほんとうに不愉快だわ」

ルーシーにはその言葉にたいして山ほどの言い分があった。彼女はアラン姉妹の性格を話した。あのふたりは噂話が大好きなの。あの人たちに話したことは、あっという間にそこらじゅうに広まってしまうわ。

「あっという間にそこらじゅうに広まってはいけないの？」

「わたしがイギリスを出るまで公表しないってセシルと約束したのよ。イギリスを出てからあのふたりには話すわ。そのほうが差し障りがないの。ずいぶん降ってきたわね。ここに入りましょう」

「ここ」とは大英博物館だった。ミセス・ハニーチャーチは嫌だと言った。雨宿りをするのなら、お店のほうが好い。ルーシーは心のなかで母親の非文化性を見くだした。彼女はいまギリシア彫刻に傾倒しているところで、ビーブ牧師に神話事典を借りて、神々や女神たちの名前を勉強していたのだった。

「いいわ、お店にしましょう。ミューディーに行きましょう。わたしは案内書を買うわ」

「ねえ、ルーシー、あなたやシャーロットやビーブさんはわたしをばかだと言うわね。だからきっとそうなんでしょうけど、どうしてこんなにこそこそしなければならないのか、全然理解できないわ。あなたがセシルと別れてほっとしたし、好かったとも思っているわ。

一瞬だけ怒ったけれどもね。でもなぜ公表しないの。なぜこんなに声を潜めたり、足音を忍ばせたりするの？」

「ほんの数日のことよ」

「でも、いったいなぜなの？」

ルーシーは黙ったままだった。彼女の心は母親から離れはじめていた。たとえばこのように言うのは簡単だった。「ジョージ・エマースンがわたしを悩ませてきたからよ。もしセシルと別れたのを彼が知ったら、またわたしを悩ませはじめるわ」こう言うのはとても簡単なことで、しかも真実だという利点もあった。だが彼女は言えなかった。彼女は打ち明けたくなかった。打ち明けるということは、自覚に通じることだった。恐怖の王に近づくことだった。恐怖の王——光に。フィレンツェのあの最後の夜以来、彼女は自分の魂のうちまで人に見せることは、賢くないことだと思ってきたのである。

ミセス・ハニーチャーチも黙っていた。夫人は考えていた。「娘はわたしの言うことに答えようともしない。わたしやフレディーよりも、あの詮索好きなオールドミスたちのほうが好いんだわ。家を出るためにはどんな下らない人間でも歓迎というわけなのね」夫人の場合、思考は決して長く心のなかに閉じこもることに満足しなかった。ミセス・ハニーチャーチはそれらを一気にぶちまけた。「あなたはウインディー・コーナーにうんざりしてるのね」

それはまったく真実だった。セシルから逃れた当初は、ウインディー・コーナーに戻りたいと思った。だが自分の家はもう存在しないのが判ったのだ。あの家はフレディーのように真っ直ぐに考え、真っ直ぐに生きている者のためにあった。故意に精神を捻じ曲げてしまった者のための家ではなかった。彼女自身は精神が捻じ曲がっているとは知らない。そのような認識を得ることを手助けするのが、当の精神だからである。彼女は生を司る装置の調子を狂わせていた。彼女の現在の思考は以下のようなものであった。「わたしはジョージを愛していない。ジョージを愛していないから、婚約を破棄した。ジョージを愛していないからギリシアに行かなければならない。母の手伝いをするよりも、事典に載っている神々を調べるほうがだいじなことだ。わたし以外の人間の行動は最悪だ」彼女はただ苛立ち、怒り、自分に期待されている行動から外れたことをしたくなった。彼女はそうした心の状態で会話をつづけた。

「まあ、お母さん、なんて下らないことを言うの？　わたしがウインディー・コーナーにうんざりするわけがないじゃない」

「それならどうしてすぐに返事をしないの？　三十分も考えこんだりして」

ルーシーは微かな笑みを浮かべた。「三十秒くらいと言うべきね」

「どうも、あなたは家から離れて暮らしたいようね」

「シーッ、お母さん、みんなに聞こえるじゃない」ふたりはミューディーの店に入っていた。ルーシーはベデカーを買い、会話を再開した。「もちろんわたしは家で暮らしたいわ。でもこういう話が出たから言うけれど、わたしはいつか家を出たほうが好いかなという気がしてるの。前はそんなに思わなかったけど。来年はわたしの分の財産が入るんでしょう?」

母親の眼に涙が浮かんだ。

ひじょうな混乱と、年配の者がエキセントリックさと形容する傾向に、衝き動かされ、ルーシーはその点をはっきりさせようと心に決めた。「わたしは世のなかをぜんぜん見ていないわ。イタリアにいるとき、自分は何も知らないと感じたの。人生を何も見ていないもの。もっとロンドンに出たほうがいいと思うのよ。今日みたいに割引乗車券で出てくるんじゃなくて、住みたいの。誰かほかの女の子とフラットを共同で借りてもいいわ」

「そしてタイプライターに、部屋の鍵ね」ミセス・ハニーチャーチの怒りが沸騰した。「何かの運動に入って金切り声をあげて煽動して、足をばたばたさせながら警察に連れて行かれて。使命だなんて言って──誰もそんなことをして欲しくないのに。務めだなんて言って──自分の家に我慢するということができないだけなのに。仕事だなんて言って──何千何万という男の人が争って職を探しているのに。それで、その準備のためによぼよぼのお婆さんたちを利用して、一緒に外国に出かけるなんて」

「わたしはもっと自立したいの」ルーシーは舌足らずな言いわけをした。自分が何かを求めているのは確かなので、自立というのは便利なスローガンだった。自立とは誰もがつねにもっと欲しいと思っているものだ。彼女はフィレンツェにいた時の気持ちを思いだそうとした。あの気持ちは誠実さや情熱に繋がっていた。短いスカートや部屋の鍵などよりも、美しいものに繋がっていた。とはいえ、自立というのはたしかに彼女にとってひとつの手掛かりだった。

「いいでしょう。その自立とやらを選んで出ていきなさい。世界をあちこち駆けめぐって、不味いものを食べて棒きれみたいに痩せほそって戻っていらっしゃい。お父さんが造った家を軽蔑して、お父さんが植えた庭の緑を軽蔑して、あの眺めを軽蔑して――。どこかの女の子とフラットを共同で借りればいいわ」

ルーシーは唇を歪めて言った。「話すのを早まったようね」

「まあ、何ということでしょう」母親の頬が赤くなった。「あなたを見ていると、シャーロット・バートレットを思いだすわ」

「シャーロット?」今度はルーシーの頬が赤らんだ。その言葉は痛かった。

「どんどん似てくるわね」

「お母さんの言ってることが判らないわ。シャーロットとわたしは似ても似つかないわ」

「似てるわよ。いつも何かを気にしているところや、前に言ったことをいつも取り消すところとか、そっくり。昨日の晩、ふたつの林檎を三人で分けようとした時のあなたと、シャーロットはまるで姉妹のようだったわよ」

「ばかばかしい。そんなにシャーロットが嫌いなのに、あの人に滞在してもらわなきゃならないっていうのは残念ね。あの人のことは前に忠告したはずよ。呼ばないでとお願いしたはずよ。でももちろん、わたしの言うことなんて聞きいれてもらえなかった」

「ほら、いまもそうだわ」

「なあに」

「まさにシャーロットですよ。そのものずばり、シャーロットが言いそうなことそのものだわ」

ルーシーは歯を食い縛った。「わたしの言いたいのは、お母さんはシャーロットを泊めなければよかったということよ。よけいなことは言って欲しくないわ」ふたりは喧嘩腰のまま黙りこんでしまった。

娘と母は無言で買い物をつづけた。ふたりは汽車のなかでもほとんど口をきかず、ドーキングの駅に迎えに来ていた馬車のなかでも同様だった。一日中激しい雨が降った後なので、サリー州の奥の道を馬車が走っていると、道路沿いに高く茂った橅の木から大粒の雫が幌の上に落ちてきて、賑やかな音をたてた。ルーシーは、幌を被せていると息が詰まる、と文句を言った。彼女は身を乗りだして、煙るような黄昏の景色に眼を凝らし、馬車のランプがサーチライトのように泥と木の葉を照らしては、美しいものなどないということを明らかにしていくさまを見つめた。「シャーロットが乗ってきたら、ぎゅうぎゅう詰めになってひどいことになるわ」と、彼女が言った。ビーブ牧師の老いた母親を訪問したシャーロットをサマー・ストリートで拾わなければならなかった。馬車が迎えに出る時、彼女もそこまで乗せてもらったのである。「三人で片側に並ばなければいけないわね。木の枝から雨の滴が落ちてくるから。やっと雨が止んだのに。ああ、空気が少し欲しいわ」馬の蹄の音が歌っているように聞こえた。「あの人は喋らなかった。あの人は喋らなかった」蹄の音楽は道が湿っていたため、滲んで聞こえた。「幌を畳んではいけないかしら？」彼女は言った。母親が急に優しい口調になった。「そうね、ルーシー、それもいいわね。馬を止めて」馬車は止まり、ルーシーとパウエルは幌と格闘した。幌の上に溜まっていた雨水が流れでて、ミセス・ハニーチャーチは襟首でそれを受けとめる羽目になった。だが、幌が畳まれたせいで、そうでなければ見逃したものを、ルーシーは見ることになった。シシーの窓に灯りはなく、庭を囲った柵の門には、錠がかかっていた。

「パウエル、この家はまた貸家になったの？」

「そうです、お嬢さま」

「ここの人たちは出ていったの？」

「お若いほうの人にはロンドンから遠すぎるし、お父さんのほうはリューマチが悪くてひとりでは住めなくなったし、それで家具付きの貸家にできないかと思っているようです」

「じゃあ、みんな出ていったのね？」

「そうです。みんな出ていきました」

ルーシーは座席の背に深々ともたれかかった。馬車は牧師館の前に止まった。彼女は馬車を下りてミス・バートレットを呼びに行った。それでは、エマースン親子は行ってしまったのだ。ギリシアへ行くと言って騒いだことは、すべて必要ではなかったのだ。何という無駄。その言葉は人生そのものを言い表しているように思えた。無駄な計画、無駄なお金、無駄な愛。おまけに母を傷つけてしまった。自分は何もかも無駄に費やしたことになるのだろうか？　たぶんそうなのだろう。ほかの人たちには確かにそうさせることになってしまった。メイドがドアを開けた時、彼女は一言も発することができず、呆けたように玄関ホールを凝視するばかりだった。

ミス・バートレットは直ちに現れて、長々と前置きした後、夕拝に行きたいのだけれど、許していただけるかしらと言った。ビーブ牧師とお母さまはすでに教会にいらっしゃったわ。でもわたしはあなた方の許可がなければ行けないと言ったの。だって、馬車を十分以上も待たせることになるんですもの。

「そうだったわね」ミセス・ハニーチャーチは疲れたように言った。「今日が金曜日だということを忘れていたわ。みんな行くでしょう。パウエルは厩のほうで待ってもらうわ」

「ルーシー、あなたは――」

「わたしは教会には行かないわ」

溜息がひとつあって、それぞれに別れた。教会は見えなかったが、暗闇の左手のほう、上のほうに、ぼんやりと何かの色が滲んでいた。それはステンドグラスで、なかの光がそこからわずかに洩れているのだった。教会の扉が開いたらしく、ルーシーの耳に、少数の会衆とビーブ牧師が連禱を行う声が聞こえてきた。丘陵の斜面に建つ自分の町の教会さえ魅力を失っていた。左右に張りだした美しい袖廊《そでろう》や、銀色の板で葺いた尖塔のある、こんなに瀟洒な教会でさえも。そして決して口にしたことはなかったが、内なる宗教心も、ほかのさまざまなことと同様に色褪せていた。

彼女はメイドの後について行った。

書斎でお待ちいただけますか？　火があるのはその部屋だけなのです。ええ、そこで待っています。

すでに先客がいるようだった。メイドが話しかけていた。「女の方がおいでになりまして、こちらでお待ちになりますが」

老エマースン氏が暖炉の前の足台に足を投げだしてすわっていた。

「ああ、ミス・ハニーチャーチ。あなたが来られるとは」氏は声を震わせた。日曜日に会った時と比べて、あまりにも大きな変化が生じていた。

彼女は言葉を失った。ジョージだったら、また何とかできただろう。しかし、父親のほうにはどう対したらいいのだろうか。

「ミス・ハニーチャーチ、ほんとうにすまないことをした。ジョージがすまないことを。あいつは試してみる権利があると考えたんだ。わたしにはあいつを責めることはできないが、まずわたしに言って欲しかった。あんなことをするべきではなかったのだ。ちっとも知らなかった」

どのような態度をとったらよいのか判っていればいいのに。

彼は手を上げた。「だが、あいつを非難しないで欲しい」

ルーシーは背を向けてビーブ牧師の本を眺めはじめた。

「わたしはあいつに教えたのだ」エマースン氏の声は震えていた。「愛を信じろと。わたしは言った。『愛が生まれたら、それが真実なのだ』わたしは言った。『情熱は人を盲目にするものではない。違う。情熱こそ正気だ。おまえが愛する女は、おまえが本当に理解するただひとりの人間なのだ』」エマースン氏は溜息をついた。「ほんとうのことだ。永遠に変わらぬ真理だ。わたしの生は終わり、こんな結果になってはいるが。かわいそうな子だ。あいつは後悔している。あいつは言っていた。あなたがあの従姉を同席させたのは混乱したからだと。心にあることをあなたは言っていないと。だが」エマースン氏は気力を振り絞った。エマースン氏は事実を確かめるために喋っていた。

「ミス・ハニーチャーチ、あなたはイタリアを憶えていますか?」

ルーシーは本を選んで棚から抜きだした。旧約聖書の注解書だった。身を隠すように、眼の高さに開いた本を掲げて、彼女は言った。「イタリアのことや息子さんに関することは話したくないのです」

「だが、憶えているでしょう?」

「あの人の振るまいは最初から間違っていました」

「日曜日にはじめてあなたを愛していることを聞いたのだ。あいつの振るまいについては何とも言えない。たぶん——たぶん——あいつは」

少し落ち着いたので、彼女は本を棚に返して振りかえった。エマースン氏の顔はたるみ、むくんでいた。だが眼は、深く落ち窪んではいたものの、子供だけが持つような勇気を湛えていた。

「ええ、ジョージさんは醜い振るまいをしました。あの方が後悔していると聞いて嬉しいです。ジョージさんがどんなことをしたか御存知ですか？」

「醜くはない」と父親が穏やかに正した。「あいつは試みてはいけない時に試みただけだ。ミス・ハニーチャーチ、あなたは自分の欲しいものはすべて持っている。自分の愛する男と結婚しようとしている。ジョージが醜いと言ったまま、あいつの人生から姿を消さないで欲しい」

「ええ、もちろんですわ」ルーシーはセシルのことに触れられてばつが悪くなった。「醜いという言葉は強すぎました。息子さんにこんな言葉を使ってごめんなさい。わたし、やはり教会に行きます。母と従姉が行っていますので。まだそんなに遅れていませんし
――」

「あいつはだめになっていますしね」エマースン氏は静かに言った。

「どういうことですか？」

「だめになるのも当然だ」エマースン氏は軽く手を打った。湿った音が響いた。頭が胸まで垂れた。

「何のことか判りませんが」

「あいつの母親と同じなのですよ」

「エマースンさん――エマースンさん、何のことをおっしゃっているのですか？」

「わたしがジョージに洗礼を受けさせなかった時のことです」彼が言った。

動揺がルーシーを捕らえた。

「あいつの母親は、洗礼など意味がないというわたしの言葉に賛成したのだ。だが、ジョージは十二歳の時に高熱を出した。その時、あいつの母親の気持ちが変わったのです。息子の高熱が神の審きだと思ったのです」エマースン氏は身震いをした。「まったく恐ろしいことだ。そういう種類のことをすべて捨てて、彼女の両親とさえ離れることを選んだのに。まったく恐ろしいことだ。最悪だ。死よりも恐ろしい。雑草の茂る原野を耕して小さな庭を造り、太陽の光を招きいれたところに、また雑草が忍びこんできたのだ。審きだって？　教会で聖職者に水を一滴かけてもらわなかったから、チフスにかかっただって？　そんなことがあっていいものかね、ミス・ハニーチャーチ？　我々はまた永遠の闇のなかに戻っていってしまうのか？」

「わたしには判りません」喘ぐようにルーシーは言った。「あなたのおっしゃるようなことは判りません。判るように育っていないのです」

「だが、イーガーさんが——わたしのいない時にやってきて、自分の信条に従って行動した。あの人や、ほかの誰かを、責めようとも思わないが……だが、ジョージが治った頃、妻の具合が悪くなった。イーガーさんは彼女に罪のことを考えるように教えたのだ。妻はそのことを考えた。容態は悪くなっていった」

エマースン氏が神の面前で、妻を殺したという言葉の意味するところはこれだったのだ。

「恐ろしいことです」ルーシーは自分の問題を忘れて言った。

「あの子は洗礼を受けなかった」老エマースンは言った。「それだけはどうしても嫌だった」エマースン氏は本の列に確固たる眼差しを送った。まるで本たちに勝利したとでもいうように。だがどれほど尊い犠牲を払ったことか。

「息子は何の手にも汚されずに土に帰れるだろう」

彼女は若いエマースンは病気なのかと訊いた。

「ああ、あの日曜日に」彼は現実に立ち戻った。「ジョージは日曜日に——いや、病気ではない。ただ、だめになっただけです。あいつは病気ではない。だが、あいつは母親に似ている。あいつの眼は母親の眼だ。妻の額はあいつの額と同じだった。わたしはとても美しいと思ったものだ。それにジョージも生きる意味などないと思うようになるだろう。これまでもすれすれのところで生きていた。ジョージは生きる意味などないと思いながら生きていく。人生が価値あるものだとは思わないだろう。フィレンツェのあの教会のことを憶えていますか?」

ルーシーはよく憶えていた。切手を集めてみてはどうかなどと奨めたことも。

「あなたがフィレンツェを出ていった時はひどいものだった。それからここに家を借りて、弟さんと水浴びをして、元気になった。あの時息子に会われたのでしょう?」

「お気の毒なことです。でもこんなことを話しても何の意味もありませんわ。ただただ、お気の毒ですと言うしかないのです」

「それから、小説のことで騒ぎがあったらしい。詳しくは判らないが。色々尋ねてみたのだが、あいつは話したがらない。わたしを年寄りだと思って心配しているのだ。ああ、人は失敗を甘受しなければならないものだ。ジョージは明日ここに来て、ロンドンのアパートにわたしを連れて帰ることになっている。あいつにはここは耐えられないし、わたしは、あいつのところにいなければならない」

「エマースンさん」ルーシーは声を上げた。「行かないでください。少なくとも、わたしのせいで行かないでください。わたしはギリシアに行きます。居心地のいい家を出ないで」

はじめて彼女の声が優しくなった。エマースン氏は微笑んだ。「みんななんて優しいのだろう。このとおり、ビーブさんもわたしをここに置いてくれる。今朝、訪ねてきて、わたしたちが出て行くのを知ったのですよ。お蔭でわたしは暖炉の前でこんなに心地よくしていられる」

「ええ、でもロンドンに戻ってはいけないわ。そんなのばかげてます」

「わたしはジョージと一緒じゃないとだめなのです。あいつが生きたいと思うように仕向けなければいけない。ここではそれができないのです。あなたを見たり、あなたのことを聞いたりすることに耐えられないと、ジョージは言っています。べつに弁護するわけではなく、ただ事実を言っているだけですが」

「まあ、エマースンさん」ルーシーはエマースン氏の手を取った。「行ってはいけません。

わたしはそうでなくても、みんなに迷惑ばかりかけています。エマースンさんがここが好きなのに、追いだすなんてことはできません。おまけにお金も無駄になるでしょう。全部わたしのせいで。ここにいてください。わたしはギリシアに行くのですから」

「ギリシアまではるばると？」

ルーシーの態度に変化が生じていた。

「ギリシアに？」

「だから、行かないで下さい。あのことはおふたりとも誰にも喋らないって判っています。どちらのことも信頼しています」

「信頼していいですとも。わたしと息子は人生にあなたという存在を焼きつけた。あるいは、あなたが自分の選んだ人生を生きることを認めた」

「わたしは望むべきではありませんでした――」

「ヴァイズさんはジョージのことを非常に怒っているでしょうな。ああ、ジョージがしたことはまずかった。わたしたちは自分たちの信条を押しつけすぎた。この悲しみは当然だろう」

彼女はふたたび本を眺めた。黒い本。茶色い本。そして冷たい青の神学の本。壁という壁が本で埋まっていた。どこを向いても本だった。本は天井まで届いており、テーブルの上にも山のように積んであった。エマースン氏が深奥のところでは宗教的で、ビーブ牧師と異なるのは主に情熱に対する認識の点だけなのだということが、理解できないルーシーは、老人が不幸せな時にキリスト教の聖域まで入りこんで聖職者の世話になるということが、ひどく恐ろしいことのように思われた。

いままでになく彼女は疲れている、とエマースン氏は思ったので、自分のすわっている椅子を勧めた。

「いいえ、どうぞそのままで。馬車に乗って待っていますわ」

「ミス・ハニーチャーチ、ずいぶん疲れているようですな」

「いいえ、少しも」ルーシーは唇を震わせながら答えた。

「だが、確かに疲れているように見える。まるでジョージを見ているようだ。海外に行くことで何か言いかけていたようですが、何を言いかけていたのですか？」

彼女は何も言わなかった。

「ギリシアか」エマースン氏がその言葉の意味を考えているのが彼女には判った。「ギリシア。だがあなたは今年結婚するのでしょう。そう思っていましたが」

「一月まではしません」ルーシーは両手を握り締めて言った。核心まで進んだら、ほんとうに嘘をつかなければならないのだろうか？

「ヴァイズさんも一緒に行かれるのでしょうな？　ふたりでギリシアに行くのは、まさかジョージがあんなことを言ったからではないでしょう？」

「違います」

「ヴァイズさんとギリシア旅行を楽しんできてください」

「ありがとう」

この時、ビーブ牧師が教会から帰ってきた。法衣が雨で濡れていた。「ああ、そのままで」ビーブ牧師は優しく言った。「おふたりで仲良くお喋りでもしていると思っていましたよ。また降ってきました。会衆のみなさんは、といっても従姉さんやお母さんやわたしの母ですが、まだ教会にいて、馬車を待っておいでです。パウエルはもう支度をしていますかな?」

「そう思いますが。見てきましょう」

「いいえ、いいえ、わたしが見に行きましょう。アラン姉妹は元気でしたか?」

「ええ、とても」

「エマースンさんに、ギリシアの話をされましたか?」

「ええ——ええ、しました」

「エマースンさん、アラン姉妹と一緒に旅行を企てるなんて、ミス・ハニーチャーチはずいぶん度胸がいいと思いませんか? ああ、ミス・ハニーチャーチ、戻って暖まっていてください。三人で旅行するなんて、ずいぶん勇気がいることです」と言い、彼は急いで厩のほうへ出ていった。

「ヴァイズさんは行かないのです」ルーシーの声がかすれた。「言い忘れました。ヴァイズさんはイギリスに残ったままなのです」老人を騙すことはどうしてもできなかった。ジョージやセシルなら何度でも騙すことはできる。だが眼の前の老人はすべての終わりに近づいていた。自分がある説明を与え、周囲を取り囲む本が違う説明を与える深淵に近づいている時も、深淵に近づきながらも、頭を高く上げていた。それに、自分の通ってきた辛い道を振り返る眼はとても穏やかだった。本当の礼儀が――擦り切れた男女の礼儀などではなく、若い者が老いた者に向ける真の礼儀が、彼女を動かした。危険なことになるかもしれなかったが、彼女はセシルがギリシアに同行しないことを、エマースン氏に話した。そして彼女があまりに真剣だったので、危険の到来は確実なものになった。エマースン氏は眉を吊りあげた。「ヴァイズさんを置いていくのですか？　好きな人を残していくのですか？」

「はい――そうしなければならないのです」

「なぜ？　ミス・ハニーチャーチ、なぜ？」

恐怖が彼女を捕らえ、彼女はまた嘘を言った。彼女は、ビーブ牧師にも話し、世間に婚約の解消を公表する時にも話すつもりの、長く説得力のある演説をした。老人は静かに聞いていたが、やがて言った。「お嬢さん、わたしはあなたが心配だ。わたしにはあなたが――」夢見るような話しぶりだったので、彼女は思わず耳を傾けた。「あなたが、自分を見失っているように見える」

彼女は首を振った。

「年寄りの言うことは聞くものです。世のなかで自分を見失うことほど悪いことはない。死だとか運命だとか、いかにも恐ろしげなことに面と向かうのは、意外に容易いものだ。

過去を振りかえってみると、恐ろしかったのは、避けられたはずなのに、自分を見失った時だった。我々はみなお互いに少ししか助けあえない。昔は若い人たちに世のなかのすべてを教えられると考えたものだが、いまはわたしにも判ってきた。ジョージに教えたのは結局このことだった。自分を見失わないようにしろ、ということだ。あの教会のことを憶えているだろうか？　わたしを煩わしがって見せてはいたが、じつはそうではなかったことを。眺めのいい部屋を断った時のことを憶えているかな？　あれが自分を見失ったということなのだ。些細なことだ。だが忌まわしい。いまのあなたがそうなのではないかと心配だ」彼女は口をつぐんでいた。「わたしを信じなさい、ミス・ハニーチャーチ。人生は美しいものだが、とても難しいものでもある」彼女はやはり口を開かなかった。「わたしの友人が言っている。『人生とは、聴衆の前でヴァイオリンを弾くようなものだ。そして君は弾きながらヴァイオリンのことを学ばなくてはならない』と。ずいぶんうまいことを言ったものだと思う。人は生活をしながら、自分の持っている力の使い方を見つけなければならない、とくに愛の使い方を」それから、エマースン氏は声を高くして言った。「それなのだ。それが言いたいことだ。あなたはジョージを愛している」長い前置きの後で、発されたその三つの言葉は大海の波のようにルーシーに押し寄せた。

「そうなのだよ」エマースン氏は論駁の言葉を待たずに話しつづけた。「あなたはあの子を全身全霊で愛している。明白に。疑いの余地なく。あの子が愛しているのと同じように。愛しているという以外にそれを表現する言葉はない。あなたはあの子がいるから、ほかの男と結婚しないのだ」

「何てことを」波の轟きをまだ耳に感じながら、ルーシーは言った。「ああ、ほんとうに男の考えそうなことだわ。女はいつも男のことを考えていると思ってらっしゃいますね」

「だが、あなたはそうなのだ」

否定をルーシーは仕草で表わした。

「あなたは衝撃を受けている。だがわたしは衝撃を与えるつもりなのだ。結婚するべきだ。そうでなければ、あなたの人生は無駄なものになる。引きかえすには、もう進みすぎている。そう唯一の希望だから。ほかの方法ではあなたの心には届かなかった。しばしばそれが優しさや、友情や、詩など、ほんとうに大事なことについて話している時間はない。だがそういうもののために、あなたは結婚するのだ。あなたはジョージと一緒にそういうものを見つけることができる。しかもあなたはジョージを愛するだろう。それで、あいつの伴侶になる。ジョージはもうあなたの一部になっている。あなたがいくらギリシアに逃れようが、ジョージに二度と会うことがなかろうが、あいつの名前さえも忘れてしまおうが、ジョージは死ぬまであなたの心に残りつづける。愛しているものから離れることはできないのだ。それができればいいと思うようになるだろう。あなたは愛を変形させて、無視して、混乱させてしまうかもしれない。だが、ぜんぶ取りだして、捨てることはできない。わたしは詩人たちは正しいことを経験で知っている。愛は永遠だ」

ルーシーは怒り、涙を流した。怒りはやがて消えていったが、涙はまだ残っていた。

「詩人たちがこのことも言えばいいのにといつも思うのだが、愛は肉体に属するものなのだ。肉体そのものではないが、その一部なのだ。ああ、それを認めさえすれば不幸はなくなるのに。ほんの少し率直であれば魂が解放できるのに。ルーシー、あなたの魂のことだ。だが魂という言葉は嫌いだ。いまは迷信で包まれた、もったいぶったお題目になってしまっている。けれどもわたしたちには魂がある。魂がどのようにして来たのか、どこに行くのかは判らないが、魂は確かにある。そしてルーシー、あなたがその魂を荒廃させているのが、わたしには見える。わたしはそれに耐えられない。闇がふたたび忍び寄っているのだ。それは地獄だ」そこでエマースン氏は自分のしていることに気が付いた。「わたしはなんてばかなことを言っているのだろう。まるで抽象的で現実離れしている。おまけにあなたを泣かせてしまった。お嬢さん、こんな話をだらだらとして許してください。しかし、息子と結婚すべきです。人生とは何かを考えると、それから愛に愛が応えるのがどんなに稀なことなのかを考えると――あなたはジョージと結婚するべきです。世界が創られたのは、そういう瞬間のためなのだから」

ルーシーはエマースン氏の言うことが理解できなかった。まったく聞いたことのない言葉だった。しかしエマースン氏が話を進めていくに連れて、変化が生じていた。薄皮を一枚一枚剝ぐように闇が引いていった。彼女は自分の魂の底が見えてきたことを悟った。

「ルーシー――」

「あなたの言うことは恐ろしいです」彼女は小声で言った。「セシル――ビーブさん――

切符も買ってしまった――それに何から何まで」涙を流すルーシーは崩れるように椅子に腰を下ろした。「わたしはしがらみに絡めとられているのです。あの人から離れて苦しみながら年を取るしかないんです。彼のために生活をすべてだめにすることはできません。みんなはわたしを信頼しているんですから」

玄関に馬車が来た。

「ジョージさんによろしくお伝えください――それだけ言ってください。あの人に自分を見失っていたと伝えてください」そう言うと、ルーシーはヴェールを下ろした。ヴェールを下ろすと頰に涙が伝わった。

「ルーシー――」

「だめなのです。みんなが玄関ホールにいます。ああ、エマースンさん、だめなのです。みんなはわたしを信頼している――」

「だが、あなたが騙しているのに、どうしてみんなは信頼するのです」

ビーブ牧師が扉を開けた。「母が戻ってきました」

「あなたはみんなの信頼を受ける資格がない」

「いったい何のことですか?」ビーブ牧師の口調は鋭いものだった。

「わたしはこう言ったのです。この娘があなたたちを騙しているのに、どうして彼女を信頼するのかってね」

「お母さん、ちょっと待ってください」彼は部屋に入り、扉を閉めた。

「エマースンさん、どうも話が判らない。いったい誰のことを話しているのですか？　誰を信頼すると？」

「つまり、この娘はジョージを愛していないとあなた方に嘘をついていたのですよ。ふたりは最初から愛しあっていたのです」

　啜り泣いている娘をビーブ牧師は見た。牧師は静かだった。褐色の髭と色白の顔から、見る間に人間的なものが失われていった。牧師は一本の黒く長い柱となって立ち、彼女の口から発されるはずの答えを待った。

「わたしはジョージと結婚するつもりはありません」ルーシーは声を震わせた。

　ビーブ牧師の顔に軽蔑の色が浮かんだ。牧師は言った。「なぜですか？」

「わたしはビーブさんを欺いていました――自分も欺いていました――」

「ミス・ハニーチャーチ、つまらないことを」

「つまらないことではない」エマースン氏が昂ぶった声で言った。「あなたは決して理解しない。こういう人間の一面を」

　ビーブ牧師は苦笑いしながら、エマースン氏の肩に手を置いた。

「ルーシー！　ルーシー！」馬車から声がかかった。

「ビーブさん、助けてくださいませんか？」

　牧師はルーシーの願いに驚いた。彼は低く固い声で答えた。「わたしは言葉に表わせないほど悲しんでいます。嘆かわしい。じつに嘆かわしいことだ。信じられん」

「息子ではなぜいけないのです?」エマースン氏がまた怒ったように言った。

「全然いけなくはありません、エマースンさん。ただ、ジョージがわたしの興味を惹かなくなるというだけです。ミス・ハニーチャーチ、彼と結婚しなさい。彼はみごとに期待に応えるでしょう」

牧師はふたりを残して出ていった。彼が母親を連れて階段を上る音が聞こえた。

「ルーシー!」外から声がした。

彼女は絶望してエマースン氏のほうを向いた。だが、エマースン氏の顔をみた彼女は気力を取り戻した。エマースン氏の顔はすべてを理解した聖人の顔だった。

「いまはどこもかしこも真っ暗だ。美も情熱もあたかも存在しなかったように。それは確かだ。だが、フィレンツェの街や、遠い山々の景色を思いだしなさい。ああ、ルーシー、わたしがジョージだったら好かったのに。ジョージがあなたにキスをしていたら、それで勇気がでるだろう。あなたは暖かさが必要な戦いに、冷えた心で臨まなければならない。外に出て、自分が作った泥沼に入らなければならない。お母さんやまわりの人たちはあなたを軽蔑するだろう。みんなにしてみれば当然のことだ。ジョージはまだ闇のなかで、あなたはあいつの言葉なしで、惨めな闘いをしなければならない。あなたにそんなことをさせていいのだろうか?」エマースン氏の眼に涙が浮かんだ。「いや、正しいだろう。わたしたちは、愛や喜びより重要なもののために闘うのだ。真理のために闘うのだ。真理は重要だ。真理こそ重要なのだ」

「あなたがキスをして下さい」ルーシーは言った。「キスをして。わたしはやってみせます」

エマースン氏によって、ルーシーは汚れた聖性が浄められたという感覚を得た。愛する男性を得れば、世界にとっても重要なものを得られるような気がした。帰りの馬車での時間は何とも悲惨なものになった——ルーシーはただちに話したのだ。しかしエマースン氏のキスが残っていた。エマースン氏は肉体から汚れを、世界の嘲りから刺を取り、直截な欲望の聖性を示してくれた。彼女は何年か後に語った。「決して完全には理解したわけではないけれど、まるで、すべてのものを一目で見渡せるようにしてくれた感じだったわ」

第二十章　中世の終わり

アラン姉妹はギリシアに旅立った。しかし旅に出たのは姉妹だけだった。わたしたちのささやかな知人たちのなかで、アラン姉妹だけがマレア岬を船で回り、サロニカ湾を突き進むことになる。姉妹だけがアテネやデルフォイを訪れ、聡明な歌の神殿――紺碧の海に囲まれたアクロポリスの丘の上、鷲が巣を作り、青銅の馭者が意気高らかに無窮の天涯に向かって戦車を駆るパルナッソス山の麓の神殿を訪れることになる。姉妹は心配しながら、震えながら、消化に良いパンの量に辟易しながら、コンスタンティノープルまで勇躍と歩みを進めた。姉妹は世界を一周した。後に残ったわたしたちは、それほど苛酷でないが、まずまず美しい目的地で、満足しなければならない。イタリアに向かおう《イタリアム・ペティムス》、ペンション・ベルトリーニに戻ることにしよう。

ここは僕の部屋だったところだ、とジョージが言った。

「いいえ、違うわよ」ルーシーが言った。「だって、ここはわたしがいた部屋ですもの。わたしはお父さまの部屋を譲られたのよ。なぜだったか忘れたけれど。何か理由があってシャーロットがそうしたの」

ジョージはタイルの床に跪き、椅子にすわったルーシーの膝に頭を乗せた。

「ジョージ、まあ、まるで赤ちゃんね。立ちあがりなさいよ」

「赤ちゃんじゃいけないのかい?」ジョージが囁いた。

その問いに答えられず、ルーシーは靴下を繕う手を休め、窓の外を眺めた。外は夕暮れだった。そしてふたたび巡ってきた春だった。

「ああ、シャーロットは鬱陶しい人だったわ」彼女は考えこむような顔で言った。「あんなふうな人たちはいったい何で出来ているのかしら?」

「教区牧師たちと同じ物で出来ているんだよ」

「ばかなことを言って」

「そのとおりさ、ばかなことを言っている」

「さあ、冷たい床にすわっていないで。こんどはあなたがリューマチになってしまうわよ。それから、笑うのも、そんなにばかみたいなことばかりするのもやめて」

「なぜ笑ったらいけないの?」ルーシーを肘で突つきながら、彼は自分の顔を近づけた。「泣くようなことがどこにあるんだい? ここにキスしてくれ」ジョージは、キスすべき箇所を示した。

結局、ジョージは少年だった。肝心なことを思いだそうとすると、役にたつのはルーシーのほうだった。魂に筋金を打たれたルーシー。去年、そこが誰の部屋だったのか憶えているルーシーだった。ジョージも時には間違える、ということが彼女にはとても愛しいことのように思われた。

「手紙が来てた？」彼が訊いた。

「フレディーから短いのが来てたわ」

「こんどはここにキスして、それからここにも」

やがてリューマチが恐くなったジョージは立ちあがり、窓辺のほうにぶらぶらと歩き、窓を開けて（イギリス人はたいがいそうするのである）身を乗りだした。欄干が見えた。川が見えた。川の左手に丘の麓も見えた。目敏い辻馬車の馭者が、蛇が発する音を連想させるような口笛を吹いて挨拶したが、その馭者はひょっとしたら、十二箇月前にこの幸せの端緒となった、かのパエトーンだったかもしれなかった。南国ではあらゆる感情が情熱となるが、いま感謝の情熱が新たに夫となった男を襲った。若い愚か者のために骨を折ってくれた人々に彼は祝福を送った。自分でことを成し遂げたのは嘘ではないが、ずいぶん不器用なやり方だった。肝心の闘いは、すべてほかの者——イタリア、父親、妻——そうした者によって為された。

「ルーシー、こっちに来て杉の木を御覧よ。それから、名前はなんだっけ、教会がまだ見えるよ」

「サン・ミニアートよ。もう少しで繕い終わるわ」

「若旦那《シニョリーノ》、明日《ドマーニ》、一周しましょう《ファレモ・ウン・ジロ》」馭者が、明るい声でまるで約束でもしたかのように叫んだ。

僕たちはだめだよ、遠出をする金がない、とジョージが大声で答えた。それから自分たちに力を貸すつもりのなかった人々――ミス・ラヴィッシュ、セシル、ミス・バートレット、そうした者たちとの関わりを思った。相変わらず運命を崇めたがるジョージは、いまの満足すべき状態に自分を送りこんでくれた理由を数えあげた。

「フレディーの手紙に、なにか好いことが書いてあった?」

「まだないわ」

ジョージ自身の満足は完璧なものだったが、ルーシーの場合にはほろ苦さが混じっていた。ハニーチャーチ一家はふたりを許していなかった。過去の欺瞞に怒った。彼女はウインディー・コーナーと疎遠になった。たぶん永久に。

「何て書いてあった?」

「ばかな子だわ。自分の先見の明を誇ってるわ。わたしたちが春には――六箇月も前から知っていたっていうつもりかしら――家を出るのが判ってたんですって、お母さんが同意しなかったら、自分たちで決めてしまうだろうって。あれほどはっきりと予告したはずなのに、駆け落ちなんて言ってるわ、まったくおかしな子」

「若旦那《シニョリーノ》、明日《ドマーニ》、一周しましょう《ファレモ・ウン・ジロ》」

「でも最後にはすべてうまくいくと思うわ。あの子はわたしたちのことを、また最初から見直さなきゃならないけど。ただ、セシルが女の人にたいして冷笑的にならなければよかったのに。あの人はまるで変わったわ。変わったのはこれで二回目ね。どうして男の人って女はこうあるべきだと思うのかしら？　わたしは男ってどうあるべきだなどと思ったことがないわ。それから、できればビーブさんも——」

「ほんとうにそうだね」

「ビーブさんはわたしたちを決して許してくれないでしょうね。冷たくはされないけれど、わたしたちに興味を持ってくれないでしょう。ビーブさんがウインディー・コーナーであんなに影響を与えるような振るまいをしなければ好かったのに。あの時もビーブさんは——でも、わたしたちがいつも真実を大事にして行動すれば、ほんとうに愛してくれる人は、最後には判ってくれるわよね」

「たぶん」素気なくそう言ったが、つづく言葉は穏やかなものだった。「僕は真実をいつも大事にした。僕のしたことはそれだけだ。それで君が戻ってきてくれたんだ。だから、たぶん判ってくれるよ」彼は部屋のなかに戻ると、「こんな靴下なんかもういいよ」と言い、窓の外に広がる眺めを見せようと、彼女を抱きあげて窓辺まで連れていった。ふたりは道路から見えないように跪き、互いに相手の名前を囁きはじめた。それは何物にも代え難いものだった。それはふたりの待ち望んでいた大きな喜びだった。そしてふたりが思いもしなかった微少な歓びの大群だった。ふたりは口をつぐんだ。

「若旦那《シニョリーノ》、明日《ドマーニ・ファレモ》——」

「ああ、うるさいな」

だが、ルーシーはかつての絵葉書売りを思いだした。「あの人に邪険にしてはいけないわ」それから息を殺して呟いた。「イーガーさんにシャーロット。あのすさまじい氷のシャーロット。彼女がああいう人たちに、どれほど冷たかったか」

「橋の上の明かりの列を御覧よ」

「でもこの部屋にいるとシャーロットを思いだすのよ。シャーロットのように歳をとっていくのはどんなにか恐ろしいことでしょう。恐ろしいわ。シャーロットはあの夜、牧師館にお父さまがいるのを知らなかった。もし知っていたら、わたしが牧師館に入るのをなんとかして止めたでしょう。お父さまは一切の意味を教えることのできた唯一の人だったのだから。あなただって出来なかったことだわ。とても幸せないまの状態を思うと」彼女はジョージにキスをした。「この幸せがかろうじて細い糸で繋がっていたことに驚くわ。シャーロットが知っていれば、わたしがなかに入るのを止めたでしょう。そうすればわたしはギリシアなんておかしなところに旅をして、まったく違う人間になっていたでしょう」

「でも、シャーロットは知っていたよ」と、ジョージが言った。「あの人は確かに親父を見たんだよ。親父が言っていたもの」

「あら、そんなことないわ。あの人は、ほら、ビーブさんのお母さまと二階にいたのよ。それから真っ直ぐ教会に行ったのだから。シャーロットはそう言ってたわ」

　彼も頑固に言った。「親父は見たんだ。僕は親父の言葉を信じるよ。書斎の暖炉の前でうとうとしていて、眼を開けたらミス・バートレットがいたんだそうだ。君が行く数分前のことだろう。親父が眼を覚ました時、ちょうどミス・バートレットは部屋を出て行くところだった。親父は声をかけなかったらしい」

それからふたりはほかの話をした。たわいのない話だった。求める者を得るために闘い、その報奨が互いの腕のなかで安らいでいるという状況にある者が、いかにもしそうな話だった。ミス・バートレットに話が戻ったのはずっと後のことだった。しかし、ふたたび考えを進めると、ミス・バートレットの行動は前より興味深いものに思えてきた。うやむやなことの嫌いなジョージが言った。

「あの人が知っていたのは明らかだ。ではどうして君と親父が出会う危険を放っておいたのだろう？　親父があそこにいるのを知っていたのに、そのまま教会に行った」

ふたりは互いの心のなかにある断片的な事実を繋ぎあわせた。

ふたりで話しているうちに、ルーシーの心に信じられない結論が浮かんできた。彼女は自分の結論を退けた。「最後の最後にもたもたして失敗するなんて、いかにもシャーロットらしいわね」しかし、夕暮れの静寂のなかの何かが、川の咆哮のなかの何かが、ふたりの抱擁のなかの何かが、ルーシーのその意見は真相とは違うと告げていた。ジョージが囁いた。「それとも、あの人はそのつもりだったのかもしれない」

「何のつもり？」

「若旦那、明日、一周しましょう《シニョリーノ・ドマーニ・ファレモ・ウン・ジロ》」

ルーシーが身を乗りだして穏やかに言った。「お願い、放っておいてね《ラッシア・プレーゴ・ラッシア》。わたしたち結婚《シアモ・スポザティ》したばかりなの」

「すみませんでした《スクズィ・タント》、奥さん《シニョーラ》」馭者も同じように穏やかに答え、馬に鞭を当てた。

「さようなら、ありがとう《ブオナ・セーラ・エ・グラッツェ》」

「どういたしまして《ニエンテ》」

　馭者は歌いながら去って行った。

「何のつもりですって?」

　彼は囁いた。「こうではなかったんだろうか? こんなことはありえるだろうか? 君を驚かせてみせよう。君の従姉はいつも願っていた。僕たちが出会った最初の時から、あの人は心の底でこうなることを願っていた。もちろん、心のずっと奥で。表面では僕たちと闘ったが、でも願っていた。僕にはほかの説明が思いつかない。君はできるかい? 夏のあいだじゅう、彼女がどんなに君の心に僕を植えつけようとしていたか、思いだしてごらん。どんなふうに君の心を騒いだままにさせておいたか。毎月毎月、あの人はどんどん常識外れになっていったし、信頼できなくなっていった。僕たちの姿が瞼の裏にちらついていたんだよ。そうでなければ、あの人が僕たちのことを友達に、あんなふうに話せるわけがない。あんなに詳しく。心のなかに焼きついたんだ。僕は後であの本を読んだ。あの人は凍ってなんかいないよ、ルーシー、はじめから萎んでなどいなかったんだ。彼女は二度も僕たちを引き離した。けどあの日の夕方、牧師館であの人は僕たちを幸せにする機会をもう一度だけ与えられたのだ。僕たちは彼女とは決して親しくなれないし、感謝することもできない。けど、彼女は心の奥底で、あのお喋りや行動のずっと底のほうで、喜んでいると思うよ」

「そんなことありえないわ」ルーシーは呟いた。しかし自分の心が経験したことを思い返した後で言った。「そう、そうかもしれないわね」

若さがふたりを包んだ。パエトーンの歌は、報われた情熱と、獲得した愛を、高らかに宣言する歌だった。しかしふたりはそれよりもずっと不思議な愛の存在に気が付いた。歌が遠ざかって消えた。ふたりの耳に川の音が聞こえた。それは冬のあいだに積もった雪を地中海まで流しさる川の音であった。

解説　『眺めのいい部屋』をめぐるスケッチ

西崎　憲

1　E・M・フォースターという作家

『眺めのいい部屋』の作者E・M・フォースター Edward Morgan Forster (1879-1970) は、ヴィクトリア朝後期のロンドンに生まれている。同時代の文学者としては、前年に生まれたダンセイニ卿、翌年に生まれたリットン・ストレイチー、さらにはチェスタトン、ジョイス、モームなどがいる。トンブリッジ・スクールを出て、一八九七年にケンブリッジのキングズ・コレッジに入学。ウルフ夫妻が中心となった文学サークル「ブルームズベリー・グループ」のメンバーでもあった。代表作としては、この『眺めのいい部屋』*A Room with a View*。それに『ハワーズ・エンド』*Howards End* (1910)、『モーリス』*Maurice* (1913-14, 刊行は1971)、『インドへの道』*A Passage to India* (1924) などがある。

フォースターは自分の人生はドラマティックなものではなく、自分のなした仕事も大したものでないという見解を抱いていたようである。八十歳の時、BBCのインタビューで彼はつぎのようなことを述べている。「わたしは思い通りに書くことができなかった……わたしはふたつの理由で小説を書いた。ひとつの理由は金で、もうひとつは自分の尊敬する人たちに尊敬してもらいたいと思ったからだ……自分が偉大な作家でないことは自分で確信している」

「自分の尊敬する人たちに尊敬してもらいたいと思ったから」という理由は、小説を書く理由としてはあまり一般的ではないように思われる。まず内面的な欲求があって、やむにやまれず書きはじめるというのが、作家が小説を書く理由としては、一応は順当なものだろう。実際、ヴァージニア・ウルフや、ジョイスなどの作品は、そうした欲求を強く感じさせるものである。フォースターに小説を書かせたその理由は、しかし、彼の作品に奇妙な客観性を与えているようである。フォースターの筆致は冷静である。その冷静さは観察者のそれである。思うに「尊敬してもらいたいと思った」という言葉自体が、他者から向けられる視線を意識した言葉である。フォースターは自分が、そして人間が、見られる存在、観察される存在であるという認識を強く抱いていたのではないだろうか。

フォースターが興味を感じて観察したもの。それは人間の性格だった。確かに彼はイギリス文学の伝統である「キャラクター」という概念の正当な伝承者である。シェイクスピア、ディケンズ、オースティンの伝統に立つべき作家である。そしてそれらの作家たちと同様に、フォースターが試みたのは、類型を描くということだった。

類型を描くこと、紋切り型の人物を描くこと。これはなかなか容易ではない。類型を描くことは類型的な表現を用いるということではない。たとえば、誰でも一冊は小説が書けるということが言われる。それは自分の人生について書けばいいという意味であるが、その言葉には確かに真実があると思われる。それぞれの人生にはそれぞれのプロットが存在するからだ。そして、固有のものを描く時は、その固有性を描けばいい。登場する人物の固有の思考や行動を追っていけばいいのである。だから、ある意味でそれは簡単な仕事である。固有性があるのだから、そこには必然的に読み手の興味が付随してくるだろう。しかし、類型を描く時はどうだろうか。果たして類型的な人物の類型的な思考や行動を追って、読者の心中にしかるべき興味を抱かせることはできるだろうか。もちろんそれはなかなか難しいことである。類型的な人物を描いて、しかもそれが興味深いというのは、ありきたりの筆力ではできないのだ。フォースターはそれが出来た数少ない作家のひとりだった。

しかし、フォースターの時代でも、すでにキャラクターを作品の中心に据えることは、古いことだと思われていた。小説の中心になるべきものは、その当時の英国では人間の意識であり、キャラクターやプロットなどは、すでに時代後れのものになろうとしていた。だが、どうだろう。『眺めのいい部屋』が書かれた時からさらに一世紀が経とうとしている。キャラクターやプロットは死に絶えただろうか。シェイクスピアやディケンズは死んだだろうか。それらは遺物であろうか。答えは明らかである。それらは現代文学のなかですら悠々と生き残っているのである。キャラクターやプロットというものは、どうやら古いものであるが決して死に絶えることはないようである。

「自分が偉大な作家でないことは自分で確信している」とフォースターは言った。フォースターの頭のなかにあった偉大な作家とは誰だろう。おそらくはジョイスやコンラッドといった作家だろう。確かに、フォースターはジョイスやコンラッド的な意味では偉大ではない。しかしフォースター的な意味において見た時、決して小さい作家ではないのである。

また、長篇ばかりが目立つフォースターであるが、優れた短篇を書いていることにもっと注目してもいいだろう。「岩」や「コロノスからの道」などは長篇とはまったく趣の違うものであって、それらは長篇からは窺うことのできない深みが、フォースターのうちにあったことを示唆している。

2 『眺めのいい部屋』の諸相

『眺めのいい部屋』が完成するまでには長い時間が必要だった。フォースターが着想を得たのは、一九〇一年から翌年にかけてイタリアに旅行した時だった。刊行されたのは一九〇八年なので、結局六年の歳月がその間に流れたわけである。その六年間にフォースターは『天使も踏むを恐れるところ』と『ロンゲスト・ジャーニー』を出版している。後に『眺めのいい部屋』と名付けられる草稿は、その度に据え置かれることになった。長い時間がかかったせいだろうか、草稿の内容はさまざまに変化したようで、最終的に採用はされなかったものの、駆け落ちしようとルーシーを説得するが、結局受けいれられなかったジョージが自転車で帰る途中、倒れてきた木の下敷きになるという結末も一時は考えられたようである。

「いったいどうすればいいのだろう。ルーシーの話は苛立たしいものになっている。明晰に、輝かしく、巧みに書きあげた。しかし、浅薄だ。昨日はどうしようか考えて一日憂鬱な日を過ごしてしまった」

原稿がはかどらないことには、さすがにフォースター自身も苛立ちを覚えていたようで、一九〇七年の六月十二日の日記には右のような記述が見える。しかし結局その後は順調に進んだらしく、『眺めのいい部屋』はその年の暮れに完成している。出版時の評価は前作『ロンゲスト・ジャーニー』より手応えのあるものだった。ヴァージニア・ウルフも書評で称賛の言葉を贈っている。『ハワーズ・エンド』『インドへの道』を最良とする意見は多いが、現在では『眺めのいい部屋』がフォースターのなかで、もっとも有名な作品ということになるかもしれない。

けれどもフォースター自身は幸福な結婚という結末に、単純さを感じて不満だったようである。彼はまたこの作品の批評が内容ではなく、登場人物を語ることによってなされる傾向があることに不満だったようでもある。しかし『眺めのいい部屋』を読む者がみなキャラクターに眼を奪われるのはいかんともしがたいことであろう。それほど登場人物たちは生彩を帯びている。あるいは執筆に長い時間を掛けたことが、登場人物たちを熟成させる結果になったのかもしれない。フォースターには気の毒であるが、『眺めのいい部屋』を読んだ者は、キャラクターについて語ることから逃れることはできないのである。

登場人物のなかで、完全な共感をもって書かれているのは、おそらくミセス・ハニーチャーチと弟のフレディーだろう。ルーシー自身に完全に感情移入をすることは誰にとっても難しいかもしれない。なぜなら彼女はわたしたちにあまりに似すぎている。ルーシーの犯す失敗はあまりにリアルすぎるのだ。ジョージも魅力的に描かれているが、人物像の面白さという点ではセシルに一歩を譲るだろう。失敗だと言われることが多いのは、老エマースンである。確かに老エマースンはあまりに超越的に描かれている。ことに後半の長広舌などは、全体から遊離している印象を与えるかもしれない。しかし完全な欠点というものはなかなか稀なもので、フォースター自身の思想を色濃く投影していると思われる老エマースンは、その欠点ゆえの好もしさもまた備えている。

もっとも印象に残るのはあるいはミス・バートレットかもしれない。オールド・ミスの典型として描かれる人物像と、結末において示される新たな像は、人間の複雑さとプロットというものの面白さを同時に感じさせてくれるものである。ミス・バートレットはH・O・メレディスという、友人をモデルにしたようで、献辞も彼女に捧げられている。

そして『眺めのいい部屋』のなかで一番の謎とも言えるのがビーブ牧師である。終始好意的に描かれていたビーブ牧師が、最後の瞬間に決定的な変貌を遂げる箇所は、多くの人々の興味の対象になっているようだ。ペンギン・ブックス版に詳細な序文を書いているオリヴァー・ストーリーブラスは、その変貌が、フォースターの聖職者への嫌悪の情からもたらされたものだという説を紹介している。さらにストーリーブラスは、それより説得力のある説として、ビーブ牧師がジョージに恋愛感情を抱いていたからだという説も紹介している。しかし、確かにフォースター自身にも同性愛の傾向があり、牧師自身もたまには単なる独身主義者ではないということを仄めかしはするが、そうすると全篇を通じて描かれるビーブ牧師のルーシーにたいする執着は、どうやって説明したらいいのだろうか。ビーブ牧師が終始関心を持っているのは、一応表面的にはルーシーである。会話を追っていくかぎりでは決してジョージではない。だから同性愛説と同時に、独身理想主義説をここで述べておきたいと思う。ビーブ牧師はルーシーが音楽のごとき自由さを得ることを望んだ。しかしビーブ牧師の考えていたような種類の自由はジョージとの結婚で潰えた。ルーシーと半ば一体化していた牧師の独身主義的自由への希求心も、それで潰えたわけである。この見方は作中で語り手がほのめかしている見解でもあるが、ビーブ牧師の変貌に関しては様々な解釈があってしかるべきだろう。

ビーブ牧師の扱いに関しては、一九八六年に映画化したジェイムズ・アイヴォリー監督も頭を悩ませたのかもしれない。映画のなかのビーブ牧師は理想的な人物であり、愛さずにはいられないような存在として描かれる。おそらく多くの者が望むように、アイヴォリー監督もこの牧師が最後に冷淡さを見せることを残念に思ったのだろう。ともあれジェイムズ・アイヴォリーの『眺めのいい部屋』はきわめて美しく、見事な映画である。これほど原作に忠実で、しかもこれほど映画として成功している作品は稀であろう。

3 「部屋のない眺め」

フォースターは登場人物によって作品が評価されるのを厭わしく思ったわけであるが、老境に至って意見を変えたようでもある。

『眺めのいい部屋』が出版されてから五十年後、一九五八年六月二十七日の『オブザーヴァー』紙、『ニューヨーク・タイムズ・ブック・レヴュー』紙にフォースターのエッセイが掲載される。それは「部屋のない眺め」と題された文章で、フォースターはそのなかで登場人物たちの消息に触れている。その口振りからは、彼もまた登場人物たちに何らかの種類の、感慨を感じていることが伝わってくる。フォースターの伝える消息は以下のようなものである。

ルーシーは六十代の後半、ジョージは七十代前半になっているが、その歳になっても、見た眼の好もしさはまだ失われていない。ふたりはまだお互いに愛情を感じていたし、子供や孫のことを愛していた。

フィレンツェへのハネムーンの後に住んだのは、ロンドン北部のハイゲートにある家だった。六年間はそれまで経験したことがないくらい楽しく過ごした。ジョージは鉄道会社の仕事をやめ、もっと給料のいい行政関係の組織で働いていた。ルーシーには持参金が少しあったし、ミス・バートレットはわずかの資産をすべてふたりに残した。ふたりは住みこみの召使いをひとり雇うことができた。

しかし第一次世界大戦ですべてが駄目になった。ジョージは良心的兵役拒否者になった。兵役の代わりになる務めを拒むことはしなかったので、投獄は免れたが、行政関係の職を失うことになった。ミセス・ハニーチャーチは義理の息子の行動に心底たまげた。

ルーシーも夫の考えに同意して、危険を顧みることなくベートーヴェンを弾きつづけた。もちろん敵国の音楽である。警察がきた時、一緒に住んでいた老エマースンが、長々と弁舌をふるい、その場を切り抜けた。老エマースンはその後しばらくして世を去る。

やがてエマースン一家はハイゲートからサリー州のカーショールトンに引っ越すが、いまはふたりの娘、ひとりの息子を持った五人家族である。田舎に真の家と呼べるものが欲しくなる。ミセス・ハニーチャーチはすでに亡くなっていた。愛するウインディー・コーナーに帰ることも検討された。しかし、ウインディー・コーナーを相続したフレディー、子沢山だが流行らない医者になっていたフレディーは、子供たちに充分な教育を授けるために、ウインディー・コーナーを売らなくてはならなかった。ウインディー・コーナーは取り壊される。庭には建物が建つ。以後ハニーチャーチの名前はサリー州で聞かれることはなくなる。

第二次世界大戦が勃発した。今度はジョージはすぐに志願する。前の戦争の時のドイツは悪いとしても、それはイギリスと同じ程度だった。しかし、今度のドイツは悪魔的だと思ったのだ。五十歳のジョージはヒットラーのドイツに知性と芸術と精神の敵を見たのである。

従軍したジョージは戦うのが好きであることを発見し、戦っていない時に物足りなさを覚えるようになった。ジョージはまた、妻から離れたこの時、ほかの女性に心を奪われたりもしている。

ルーシーはピアノを教え、ラジオのためにベートーヴェンを弾いた(この時は問題なかった)。しかし、ウォトフォードの小さなフラットで、家族と一緒にジョージの帰還を待っていたルーシーは、空襲に遭う。物も記憶も一切が失われた。ナニートンに住んでいた結婚した娘も、同じように空襲を受けた。

伍長になっていた最前線のジョージは、アフリカで負傷し、ムッソリーニの治めるイタリアに運ばれ、そこで虜囚となる。ジョージは収容所でイタリア人たちが旅行で訪れた時より親切であること、また酷薄であることを知る。

イタリアが降伏した時、ジョージは混乱のなかをフィレンツェを目指し、北に向かった。街は酷い状態だったが、シニョリーア広場、かつて殺人があった場所はそのままだった。ペンション・ベルトリーニがあった地区も戦火は免れていた。ジョージはペンションを探してみた。しかし、見つからなかった。破壊はされなかったものの、すべてが変わっていたのだ。川岸通り《ルンガルノ》は番地さえも変わっていた。道は広く、あるいは狭くなっていた。何十年も前にロマンティックな時間を過ごした部屋を突きとめることはできなかった。ジョージはルーシーに手紙を書いた。眺めはまだ残っている。部屋もまたそこにあるに違いない。しかし見つけることはできなかった、と。住む家を失っていたルーシーだが、その手紙を読んで喜んだ。眺めがまだあるということには重要な意味があった。ふたりが互いに愛するということに重要な意味があるように。

フォースターは最後にセシル・ヴァイズの消息も伝える。

セシルはその後、ジョージやルーシーと会うことはなかった。第一次世界大戦が勃発した年に、彼は政府の宣伝機関勤務を命じられる。アレクサンドリアで行なったセシルの宣伝活動はまことに歓ばしいものであった。

アレクサンドリアの郊外のある屋敷で小さなパーティーが開かれていた。誰かがベートーヴェンを所望した。女主人は躊躇った。敵国の音楽なので、支障があると思ったのである。その時、若い士官が口を開いた。「いや、まったく問題はありません。ある事情通に聞いたのですが、ベートーヴェンはどうもベルギー人のようです」

この人物はおそらくセシルであろう。この茶目っ気と教養の混ざり方の具合は明らかに彼の特徴である。女主人は安心した。かくして砂漠に「月光」の旋律が静かに流れだす。

本書の底本は一九八七年にペンギン・ブックスから上梓されたペーパーバックで、アビンジャー版のリプリントである。同書にはオリヴァー・ストーリーブラス氏の精緻な序文や補遺が付されていて、解説を書く際には参考にさせていただいた。翻訳は中島がまず全篇を訳し、西崎がそれに手を入れ、仕上げる形をとった。フォースターの堅実な筆致に見合う仕上りとなっていることを願わずにはいられない。北條文緒氏の先行訳の恩恵に浴すことができたのは僥幸と言うべきであろう。編集部の磯部知子氏には多くの助言をいただいた。記して謝辞と代えたい。

本書はちくま文庫のための訳し下ろしである。

素粒子
ミシェル・ウエルベック
野崎歓訳
人類の孤独の極北にゆらめく絶望的な愛——二人の異父兄弟の人生をたどり、希薄で怠惰な現代の一面を描き上げた、鬼才ウエルベックの衝撃作。

地図と領土
ミシェル・ウエルベック
野崎歓訳
孤独な天才芸術家ジェドは、世捨て人作家ウエルベックと出会い友情を育むが、作家は何者かに惨殺される——。最高傑作と名高いゴンクール賞受賞作。

競売ナンバー49の叫び
トマス・ピンチョン
志村正雄訳
「謎の巨匠」の暗喩に満ちた迷宮世界。突然、大富豪の遺言管理執行人に指名された主人公エディパの物語。郵便ラッパとは？（巽孝之）

スロー・ラーナー［新装版］
トマス・ピンチョン
志村正雄訳
著者自身がまとめた初期短篇集。「謎の巨匠」がみずからの作家生活を回顧する序文を付した話題作。驚異に満ちた世界。（高橋源一郎、宮沢章夫）

エレンディラ
G・ガルシア＝マルケス
鼓直／木村榮一訳
大人のための残酷物語として書かれたといわれる中・短篇。「孤独と死」をモチーフに、大著『族長の秋』につらなるマルケスの真価を発揮した作品集。

氷
アンナ・カヴァン
山田和子訳
氷が全世界を覆いつくそうとしていた。私は少女の行方を必死に探し求める。恐ろしくも美しい終末のヴィジョンで読者を魅了した伝説的名作。

アサイラム・ピース
アンナ・カヴァン
山田和子訳
出口なしの閉塞感と絶対の孤独、謎と不条理に満ちた世界を先鋭的スタイルで描き、作家アンナ・カヴァンの誕生を告げた最初の傑作。（皆川博子）

オーランドー
ヴァージニア・ウルフ
杉山洋子訳
エリザベス女王お気に入りの美少年オーランドー、ある日目をさますと女になっていた——4世紀を駆ける万華鏡ファンタジー。（小谷真理）

昔も今も
サマセット・モーム
天野隆司訳
16世紀初頭のイタリアを背景に、「君主論」につながるチェーザレ・ボルジアとの出会いを描き、「政治人間」の生態を浮彫りにした歴史小説の傑作。

コスモポリタンズ
サマセット・モーム
龍口直太郎訳
舞台はヨーロッパ、アジア、南島から日本まで。故国を去って異郷に住む〝国際人〟の日常にひそむ事件のかずかず。珠玉の小品30篇。（小池滋）

バベットの晩餐会　I・ディーネセン　桝田啓介 訳
バベットが祝宴に用意した料理とは……。一九八七年アカデミー賞外国語映画賞受賞作の原作と遺作「エーレンガート」を収録。（田中優子）

ヘミングウェイ短篇集　アーネスト・ヘミングウェイ　西崎憲 編訳
ヘミングウェイは弱く寂しい男たち、冷静で寛大な女たちを登場させ「人間であることの孤独」を描く。繊細で切れ味鋭い14の短篇を新訳で贈る。

カポーティ短篇集　T・カポーティ　河野一郎 編訳
妻をなくした中年男の一日を、一抹の悲哀をこめ、ややユーモラスに描いた本邦初訳の「楽園の小道」他、選びぬかれた11篇。文庫オリジナル。

フラナリー・オコナー全短篇（上・下）　フラナリー・オコナー　横山貞子 訳
キリスト教を下敷きに、残酷さとユーモアのまじりあう独特の世界を描いた第一短篇集『善人はなかなかいない』を収録。個人全訳。（蜂飼耳）

動物農場　ジョージ・オーウェル　開高健 訳
自由と平等を旗印に、いつのまにか全体主義や恐怖政治が社会を覆っていく様を痛烈に描き出す。『一九八四年』と並ぶG・オーウェルの代表作。

パルプ　チャールズ・ブコウスキー　柴田元幸 訳
人生に見放され、酒と女に取り憑かれた超ダメ探偵が次々と奇妙な事件に巻き込まれる。伝説的カルト作家の遺作、待望の復刊！（東山彰良）

ありきたりの狂気の物語　チャールズ・ブコウスキー　青野聰 訳
すべてに見放されたサイテーな毎日。その一瞬の狂った輝きを切り取る、伝説的カルト作家の愛と笑いと哀しみに満ちた異色短篇集。（戌井昭人）

死の舞踏　スティーヴン・キング　安野玲 訳
帝王キングがあらゆるメディアのホラーについて圧倒的な熱量で語り尽くす伝説のエッセイ。「2010年版へのまえがき」を付した完全版。（町山智浩）

スターメイカー　オラフ・ステープルドン　浜口稔 訳
宇宙の発生から滅亡までを壮大なスケールで描いた幻想の宇宙誌。1937年の発表以来、各方面に多大な影響を与えてきたSFの古典を全面改訳で。

トーベ・ヤンソン短篇集　トーベ・ヤンソン　冨原眞弓 編訳
ムーミンの作家にとどまらないヤンソンの作品の奥行きと背景を伝える短篇のベスト・セレクション。「愛の物語」「時間の感覚」「雨」など、全20篇。

ちくま文庫

眺《なが》めのいい部屋《へや》

二〇〇一年九月十日　第一刷発行
二〇二三年五月二十日　第九刷発行

著　者　E・M・フォースター

訳　者　西崎　憲（にしざき・けん）
　　　　中島朋子（なかじま・ともこ）

発行者　喜入冬子

発行所　株式会社　筑摩書房
東京都台東区蔵前二―五―三　〒一一一―八七五五
電話番号　〇三―五六八七―二六〇一（代表）

装幀者　安野光雅
印刷所　中央精版印刷株式会社
製本所　中央精版印刷株式会社

ISBN4-480-03676-8　C0197

週末に会ったりしながら関係を続けていくというのはなかなかロマンチックではあるけれど、それではオーウェンから離れるという本来の目的が果たされなくなってしまう。どんな形であれ、ふたりがいっしょにいるかぎり、わたしの身は依然として危険であり、オーウェンのアキレス腱になってしまうことに変わりはないのだ。

わたしは決意を固め、言うべきことを頭のなかで練習しながら、オーウェンのラボに向かった。ラボにいるのがジェイクひとりなのを見たとき、早くも決意が揺らぎはじめる。わたしは拡大鏡を使って古い本に見入っている彼に向かって言った。「オーウェンは？」

「ミスター・ランシングとミーティング中です」ジェイクは顔をあげずに言った。「いま始まったばかりだから、しばらくかかると思いますよ」

「そう、ありがとう。じゃあ、メモを残すわ」正直いって、ほっとした。面と向かって伝えるべきだということはわかっているが、彼の顔を目の前にしたら、果たしてちゃんと言えるかどうかわからない。彼の美しい青い瞳にきっと浮かぶであろうショックと悲しみを想像しただけで、きびすを返し、マーリンのところに気が変わったと告げにいきたくなってしまう。メモを残すというのは、決意を維持したまま伝えるべきことをきちんと伝えるのに、いちばんいい方法なのかもしれない。

オーウェンのオフィスに行き、散らかったデスクの上に白紙を一枚見つけ、この状況のなかでふたりの関係を続けるのは難しいという趣旨のことを簡潔に書いた。〈あなたにはやるべきことがある〉――彼の大好きな映画からエンディングの台詞《せりふ》を借りた。わたしの意図を理解してくれることを期待しながら。〈あなたがやらなければならないことに、わたしは関わることはできない——あなたの足かせになることなく〉。一瞬、テキサスの連絡先を残そうかと思ったけれど、結局、やめることにした。もし彼がわたしの居場所を突き止めたければ、訊ける人はいくらでもいるし、連絡先を残せば、それを期待しているような印象を与えてしまう。最後に、この先の戦いに対する激励の言葉と幸運を祈る旨を書いてサインをし、デスクの下に落ちていた空の封筒に入れて、気が変わる前に封をした。封筒に彼の名前を書き、椅子の上に置く。ここなら見逃すことはないだろう。

それから、彼がラボの隅につくってくれた仮のオフィスへ行き、ラップトップをデスクに置いて、空になったコンピュータ用の鞄に、卓上カレンダーやマグカップやその他のこまごまとした私物を入れる。「あなたが来たこと、伝えておきますよ」ラボを出ていくとき、ジェイクが言った。

「ありがとう。椅子の上に手紙を置いたと言っておいて」

わたしは胸を張り、会社を出た。より大きな善のために身を引くことを決めた自分を少しだけ誇らしく思った。この世は人々が思うよりずっとクレイジーな場所だ。わたしの問題など、大きな思惑の前では取るに足らないこと。歩道の人混みに紛れて消えていくわたしの後ろで、サウンドトラックが感動的に流れはじめたような気がした。

大丈夫。わたしたちにはマンハッタンの思い出がある——。

解　説

妹尾ゆふ子

とにかく面白いのだ。

第一巻にあたる『ニューヨークの魔法使い』を読んですぐ、わたしはこのシリーズの大ファンになってしまった。

友だちと本屋に行っては書棚からひっこ抜いて薦め、ブログでも何度も絶賛し。販売促進に取り組む勢いは、自作の小説に対するそれをしのぐと断言していい。我ながら天晴れな馬鹿っぷりである。

解説のご依頼をいただいたあと、天にものぼる心地でゲラを受け取り、皆さんより先に読ませていただきますことよ、悪しからず！……と封筒を開くなり、その場に座りこんで一気読み。早く読めるということは、続刊までの待ち時間が長くなるということなのだと、読み終えてから気がついた。ほんとうに馬鹿だ。

分厚い紙束を膝の上に置いたまま、えー、どうしよう、と途方に暮れている光景をご想像いただきたい。次はいったい何ヶ月待たねばならないのか、と。

それくらい、面白い。

シリーズの魅力をあげていくなら、まずはファンタジーとしての設定の良さを押さえておくべきだろう。説得力があり、整合性もとれている。既存のイメージをうまく利用しながら、陳腐にはなっていない。

舞台は現代のニューヨーク。われらが日本とは少々勝手が違うが、それでも異世界ほどには遠くなく、何百年もの昔というわけでもない、身近な世界だ。

そこに、実は魔法が渦巻いているとしたら。

妖精がいて、魔法使いがいて、ドラゴンがいて。蛙に変えられた王子様もいて。ただし、巧妙に姿を隠したり変えたりしているから、人目にはつかない（もちろん蛙は目撃されるが、残念ながらキスをするような酔狂《すいきょう》な乙女は滅多にいない）。

なんと、わたしたち一般人にも魔力はある、と作者は設定してしまう。かすかな魔力のせいで魔法にかかり、目くらましに騙される。

ところが、ヒロインはまったく魔法の力がない珍しい資質の持ち主。魔法に惑わされず、真の姿を見破ってしまう……のだが、『指輪物語』のエルフのコスプレかしら、ニューヨーカーはこんなの慣れっこなのね、見向きもしないわ！……なんて思ってしまう。

ここのところが、実にうまい。なるほど、奇矯な人がいても適当にスルーするのが都会の流儀。これが東京でも、ほとんどの人が「普通でないものは見なかったことにする」という選択肢をとるだろう。

ともあれ、異能者であることを魔法使いたちに気づかれた彼女のもとに、転職案内のeメールが届く。かくて、ヒロインは魔法製作会社のスペシャリストに転身を遂げ、対抗勢力（もちろん、悪い魔法使いもいるのだ！）との戦いに巻きこまれることに。

この設定にロマンスがうまく乗り、バランスがとれていること。それが、本シリーズの最大の強みなのではないかと思う。

いくらロマンス成分が満点でも、ファンタジーとして見たときに萎《な》えてしまうと、ここまで夢中にはなれない。早い話、ファンタジー＝なんでもありだろうと思っている作家が書いたのでは、こうはいかないのだ。

しかも、ロマンスがまたよくできている。

ヒロインは兄たちに揉《も》まれて育ったせいで、万人の妹っぽいフランクな女性に成長。男性から恋愛の対象として見られないのが悩み。

彼女の憧れの男性は、稀代の魔法使い。見た目は完璧なハンサムで、彼の魔法使いとしての実力を知らない女性の視線も集めてしまうタイプだ。しかし、恥ずかしがり屋の赤面症で、女の子に親密な態度をとったりとられたりするのが大の苦手。

読みたかった本をきりがいいところまで読んでから女性を助けに行ったり、猫にはとても甘かったり、朝食を作らせたら完璧だったり……。

彼のどのへんがどう魅力的かの説明は自粛するが（上の調子でポイントを書き並べてみたら、

かるく規定の枚数をオーバーした)、奥手同士の恋愛描写には、やきもきさせられること必至である。

ロマンスとしてのレベルも、かなり高い。

三作読み通してみて、あらためて興味深く感じたのは、ヒロインの造形である。

一見すると、ケイティは非常に現実的かつ度胸もある女性だ。

ガイコツや不遜な魔法使いを相手にするなら、腰は引けても弱みは見せない。ちょっと真似できないくらい勇敢だ。

だが、彼女の中には、とても傷つきやすい少女が隠れているのではないか。

実をいうと、シリーズ第二巻『赤い靴の誘惑』を読んでいた時点では、釈然《しゃくぜん》としないものを感じていた。ケイティが重要な秘密を誰にも話さず、隠してしまうということに。

読者には、彼女の周囲をかためる魅力的な友人や同僚たちなら、力になってくれるという確信がある。だから、早く打ち明けて助けを求めればいいのにと思ってしまう。

だが、本書を読んで気がついた。ケイティに、それはできない。彼女には、自分が見捨てられないという確信がないのだと。

だから、すぐに秘密を抱えこんでしまう。

今回、彼女の口をつぐませてしまう秘密とは、ケイティの恋愛に断固として介入しはじめた、フェアリーゴッドマザーの存在である。

フェアリーゴッドマザーというのは、西洋のおとぎ話で見かけることのある言葉で、「妖精の名付け親」などと訳される。作中でも説明されているが、『眠れる森の美女』をイメージするとわかりやすい。赤ん坊が生まれたときに祝福を与える超自然の存在、というのが辞書的な定義だろう。この作品では、恋人探しに効能あり、として出現する。

このフェアリーゴッドマザー、悪気はないが思いこみが激しく、人の話を聞かない。断っても無駄。自称熟練者による恋愛盛り上げ大作戦はすべて逆効果、空回りしながらエスカレート、ついにはケイティが身の危険を感じるほどなのだから、たまらない。

それでも、ケイティは話さない。

ああもう話しちゃいなさいよと苛立つのと同時に、理解できる気もするのだ。

会社を辞めさせられたら。シェアしている家賃が払えなくなったら。恋に破れたら。

実は、ケイティの日常は「怖いもの」でいっぱい。自分は価値がある、ここにいてもいいのだ、と納得しつづけるために、彼女は闘いつづけているのだ。一瞬でも休めば自分の居場所はなくなってしまう……と、そう思いこんでいるかのように。

おそらく、彼女の問題はそこにある。

ケイティは田舎から都会へ出てきた女性で、良くも悪くも生粋のニューヨーカーではないという意識が抜けない。

彼女の自己像は、南部の田舎町に家族と暮らしていた「よいお嬢さん」のまま、変化していないのだろう。

今の仕事や恋人、環境すべてを自分には不似合いなものと感じていればこそ、彼女は自分をさらけ出すことができない。ほんとうの自分が知られたら、もうここにはいられないからだ。十二時の鐘が鳴りっぱなしのシンデレラのようなものだ。しかも、その鐘はいつ鳴りやむかもわからない。

これでは、疲れ果ててしまう。

こうして見ると、オーウェンの親友ロッドは、ケイティが抱える問題の一面を、ファンタジーの文法と言葉であらわした存在ではないか、とも思われる。自分を魅力的に見せる魔法による彼もまた、巻を重ねるにつれ変化を見せているのだが……。

自分がニューヨークに居場所を築きつつあるということ、つねに立証しつづけなくてもよい自分の価値を、ケイティは認めることができるのか？　傷つくことを恐れず、家族以外の他者を信じることができるのか。

ファンタジー&ロマンスという形をとった、ひとりの女性の成長物語。それが、シリーズ本来のテーマなのかもしれない。

気になる続刊では舞台をケイティの故郷に移し、愉快な家族も大活躍。ニューヨーク組も交えて話が展開するらしい。

ホーム・グラウンドでのケイティの活躍を楽しみに待ちたい……いや、白状しよう。待ちたくない。今すぐ読みたい（日本語で）！　それが偽らざる心境である。

訳者紹介　キャロル大学（米国）卒業。主な訳書に，スウェンドソン『ニューヨークの魔法使い』『赤い靴の誘惑』，スタフォード『すべてがちょうどよいところ』，マイケルズ『猫へ…』，ル・ゲレ『匂いの魔力』などがある。

検印
廃止

㈱魔法製作所
おせっかいなゴッドマザー

2008年3月14日　初版
2024年7月19日　8版

著　者　シャンナ・スウェンドソン
訳　者　今《いま》泉《いずみ》敦《あつ》子《こ》

発行所　（株）東京創元社
代表者　渋谷健太郎

162-0814/東京都新宿区新小川町1-5
電　話　03・3268・8231-営業部
03・3268・8204-編集部
URL　http://www.tsogen.co.jp
DTP　工友会印刷
印刷・製本　大日本印刷

乱丁・落丁本は，ご面倒ですが小社までご送付ください。送料小社負担にてお取替えいたします。

ISBN978-4-488-50304-8　C0197